Karl Bienenstein

Der Einzige auf der weiten Welt

Ein Menschenleben

Karl Bienenstein: Der Einzige auf der weiten Welt. Ein Menschenleben

Erstdruck: Stuttgart, Adolf Bonz und Co., 1911. Hier nach der dritten Auflage von 1922 mit der Widmung: »Emil Sulzbach, dem feinsinnigen Komponisten, dem tiefen Menschen und edlen Freunde zugeeignet.«

Neuausgabe
Herausgegeben von Karl-Maria Guth
Berlin 2020

Der Text dieser Ausgabe wurde behutsam an die neue deutsche Rechtschreibung angepasst.

Umschlaggestaltung von Thomas Schultz-Overhage unter Verwendung des Bildes: Caspar David Friedrich, Der Wanderer über dem Nebelmeer, um 1817

Gesetzt aus der Minion Pro, 11 pt

Die Sammlung Hofenberg erscheint im
Verlag der Contumax GmbH & Co. KG, Berlin
Herstellung: BoD – Books on Demand, Norderstedt

ISBN 978-3-7437-3864-5

Bibliografische Information der Deutschen Nationalbibliothek

Die Deutsche Nationalbibliothek verzeichnet diese Publikation in der Deutschen Nationalbibliografie; detaillierte bibliografische Daten sind im Internet über www.dnb.de abrufbar.

1.

Winterstille im weiten Wald. Der Schnee leuchtet bis in die Gründe hinein. Reinweiß ist er und er liegt so gleichmäßig hoch, dass nirgends ein blauer Schatten seine Oberfläche streift. Auch die Spur meines Schlittens ist verweht und ausgeglichen, und ich fühle mich wieder als der, der ich im Innersten meines Herzens bin: der Einzige auf der weiten Welt. Und wie wohl das tut! Nie hätte ich gedacht, dass nach einem Leben, das an den Menschen Schiffbruch gelitten hat, noch so großer Friede werden kann. Ich sage Friede. Und wenn ich dies Wort ausspreche, langsam, andächtig, dann höre ich eine Glocke anschlagen mit tiefem, feierlichem Tone und ihr Klang geht dahin durch den verschneiten Wald und schwebt empor zu den glitzernden Felszacken über dem leuchtenden Firn und erfüllt die riesige blassblaue Himmelswölbung hinauf, hinein in unermessene Ewigkeitsfernen. Friede, Friede auf der weiten Welt!

Mein Herz geht mit so sanftem Schlag und meine Augen sind so mild und selig, denn was sie sehen, das gehört zu mir, das ist so selbstlose und dabei doch so selbstherrliche Natur, wie ich es selbst bin. Da draußen stehen die Tannen still, regungslos. Auf ihren Ästen und Zweigen liegt es in dichten, schweren Massen. Doch sie ächzen nicht, sie schütteln sich nicht. Sie tragen, was ihnen auferlegt ward, denn sie wissen, es ist Notwendigkeit, Naturgesetz: tragen zu müssen, und es ist schön, mit Würde und edler Gelassenheit zu tragen. Und dort drüben liegt der See. Willig hat er sich die glasgrüne Eisdecke über die blaue Brust breiten lassen und sein Atem geht so leise, dass sich nirgends auch nur um eine Haaresbreite die Decke hebt. Auch er weiß, dass es so sein muss, und ist stolz genug, das Notwendige aus freien Stücken zu wollen. Und darin liegt alle Weisheit und alle Größe, darin liegt die einzige, wahrhaftige Freiheit: sich eins zu fühlen mit dem, was sein muss. Das schafft das Leid aus der Welt und auch die Freude, die ja nur überwundenes Leid ist, aber eben doch Leid. Wer sich aber dem Unabwendlichen fügt, der wird zum Herrn und seine Demut wird zum weltgebietenden Zepter. Ihm ist der Friede Gottes!

O armes Menschentum! Wie fern bist du diesem Frieden! Ich aber, ich, an dessen Hand Menschenblut klebt, ich bin dieses Friedens teilhaftig. Durch Kampf und Irrtum und durch das, was ihr Menschen

Schuld nennt, bin ich gegangen und ich habe geweint wie ihr, ich habe getobt, ich habe gejauchzt und gejubelt, ich habe verzweifelt: Ich bin mit einem Wort ein Mensch gewesen wie ihr, ein Mensch mit denselben Süchten und demselben Hochmut, ja, ich war ein größerer Mensch als ihr oder doch die meisten von euch, denn alles Menschliche war in mir tiefer und stärker und darum musste ich aus eurer Mitte, darum bin ich der geworden, der ich bin: der Einzige auf der weiten Welt.

Die Sonne geht draußen zur Rüste. Meine Schneeeinsamkeit blüht im roten Abendlicht wie ein Rosenhain auf der Märcheninsel Bimini. Die Berggipfel glühen wie Freiheitsfeuer, die Tannen hängen sich purpurne Mäntel um und über die Schneeflächen gleitet es wie ein beglücktes Lächeln, das die Wangen rosig färbt. Und auch über die weißen Blätter vor mir fließt es in rotem Schimmer. Was will es bedeuten? Blut meint ihr, Blut, das ich vergossen? Nein: Morgenrot des Friedens für euch alle, die ihr vielleicht einmal diese Blätter lesen werdet, auf denen ich niederschreiben will, wie ich zu dem geworden, was ich bin.

Ich bin durch einen Schrei zum bewussten Leben erwacht und den hat meine Mutter ausgestoßen, als man ihr den Vater erschossen in die Stube trug. Was vorher gewesen, davon habe ich nur einen ganz unbestimmten, verschwommenen Eindruck, etwa so, wie von einem Bild, das in einer dämmernden Stube hängt: ein leiser Goldglanz, hie und da ein Schimmer einer helleren Farbe, aber sonst weiches, wolkiges Grau. Wie in einem Traum habe ich früher dahingelebt, der aus Tag und Nacht, aus Frühling, Sommer, Herbst und Winter die Fäden zu einem Teppich spann, in den das Leben seine Bilder hineinwob. Da waren endlose Wälderweiten, da waren Wiese, Bach, die Berge, das kleine Elternhaus, das Schloss, da war unten am Bach die große Mühle und da war das Dorf und die Kirche mit den goldenen Engeln über dem Altar. Immer dasselbe war es von der ahnungsvollen, nebelbrütenden Adventzeit, da der Krampus mit seinen Ketten schepperte, bis zu den Weihnachten, da in die weihrauchduftende Stube, in der unter dem Christbaum die Krippe mit Maria und Joseph und dem heiligen Kinde, mit Öchslein und Eselein stand, die mitternächtigen Mettenglocken hallten, weiterhin bis zu den roten Ostereiern und fort zu den Sonnwendfeuern, die allenthalben von den Bergen in die sternfunkelnde Nacht hineinleuchteten. Und alle Jahre kam der Tag wieder, da der Herr Graf mit seinen Freunden zur Jagd kam und glänzende Herrschaftswagen die Straße hereinrollten, auf der sonst nur knarrende Bauernwagen mit Holz und Kohlen entlang schlichen. Immer dasselbe war es, jahraus, jahrein, und ich war sieben Jahre alt geworden und lebte doch in Traum und Dämmer dahin. Mein Vater war Heger und was er und die Mutter vom Leben beanspruchten, das hatten sie reichlich, und deswegen war Ruhe und Friede im Haus und jenes wohlige Genügen, das dem Leben seinen Runengriffel aus der Hand nimmt und die Zeit um das Maß beträgt, dass es ist, als stünden auf der ganzen Welt die Uhren still.

Und nun auf einmal dieser Schrei, dieser furchtbare Schrei! Da lag mein Vater auf einer aus Fichtenästen gefügten Bahre. Wachsfahl war sein Antlitz; das eine Auge war geschlossen, das andere halb offen; im blonden Bart unter den Lippen klebte Blut, Rock und Weste waren geöffnet und über das weiße Hemd zogen sich von einer Stelle, wo es verbrannt und durchlöchert war, tiefrote blutige Bänder.

Mit weit vorgequollenen Augen starrte ich den Toten an. Da wieder ein Schrei und meine Mutter warf sich über die Bahre, wühlte mit der Hand in dem krausen, üppigen Blondhaar des Vaters, hob seinen Kopf empor und rief mit jedem Wort drängender, angstvoller, in wahnsinnigem Schmerze flehend: »Franzl, mach die Augen auf! – Ich bitt dich, Franzl, mach die Augen auf! Nur einmal mach sie noch auf! Franzl! – Hörst nit! – Franzl!«

Und dann war ein Schrei, so wild, so entsetzlich, wie ich in meinem ganzen Leben keinen mehr gehört; ich sah noch, wie meine Mutter mit den Händen nach ihrem Herzen fuhr, als wollte sie sich das Gewand von der Brust reißen, wie die Holzknechte, die den Vater gebracht und mit gesenktem Haupte dagestanden, auf sie zustürzten, dann fasste mich eine so grauenvolle Angst, dass ich aus der Stube lief. Noch jetzt, nach nahezu einem halben Jahrhundert, sehe ich mich selbst den Fahrweg hinabstürmen zur Mühle, unfähig zu weinen, aber bis in die letzte Faser hinein aufgewühlt vom Entsetzen, bei jedem Aufschlag des bloßen Fußes auf dem staubigen Boden des Weges heiser aufstöhnend, nein, nicht stöhnend: krächzend, als schnürte mir jemand die Kehle zu. Und so kam ich in der Mühle an.

Die Müllerin war meiner Mutter beste Freundin, und in der Bohnenlaube ganz im hintersten Winkel des schönen Mühlengartens, wo daneben der Bach vorübertoste, haben die beiden manchen stillen Sonntagnachmittag verplaudert. In die Mühle hatte es mich ganz von selbst getrieben und als ich nun vor der Müllerin stand und sie mein Gesicht sah und meine vergeblichen Bemühungen zu sprechen, da schlug sie die Hände zusammen: »Heinerle, um Gottes willen, was ist denn geschehen?«

Ich konnte nichts erwidern, ich konnte nicht schreien, nicht weinen, ich schluchzte nur, aber ohne eine Träne dabei zu vergießen. Wie ein Krampf war es. Bei jedem Versuche, etwas von dem zu sagen, was mir wie ein entsetzliches Traumbild vor der Seele stand, verzerrte es mir die Lippen, sodass ich keine Silbe artikulieren konnte. Furchtbares musste geschehen sein, das erkannte die Müllerin, das musste sie erkennen, und im nächsten Augenblick stand ich allein in der großen Stube.

Wie mich der so vertraute Raum heute finster und unheimlich ansah! Die altersbraune Holzdecke hatte so etwas Drückendes, Düsteres; die Wände waren so hoch und kahl; die große Schwarzwälderuhr neben der Tür sprach ihr Ticktack so dumpf und drohend vor sich hin, als säße in ihrem Kasten der leibhaftige Tod und zähle mit dumpfer Stimme: »Eins – zwei; eins – zwei!« Was aber das Furchtbarste war, das war das Schweigen, das grenzenlose Schweigen. Wohl waren der Uhrenschlag da und das Rauschen des Baches und das Klappern der Mühle, aber das alles kam nicht auf gegen das Schweigen. Von oben sank es herab und drückte und drückte, bis mir der kalte Angstschweiß aus allen Poren trat, von den Wänden rückte es gegen mich heran und umschloss mich immer fester und fester, dass mir schier der Atem ausging, durch das Fenster herein glotzte es mich mit unheimlichen toten Augen an und dann bekam es auch eine Stimme. Erst war es nur ein Wispeln und Flüstern, dann ein Raunen wie von unsichtbaren Menschen, dann ward daraus mehr und mehr ein Brausen, ein Rauschen, wie wenn der Sturm den Wald erfasst, und dann ein Schmettern und schließlich über alles ein gellender Schrei, der Schrei meiner Mutter, aber lang, lang hingezogen in die Unendlichkeit. In mir war jede Faser Entsetzen und da begann ich zu schreien in wahnsinniger Angst.

Und da öffnete sich die Tür und da standest du, du Marie, du Treue, die ich immerdar und doch zu spät geliebt habe, weil von der anderen zu viel Glanz und Schimmer ausging und weil meine Seele ein Kind war, das nach Glanz und Schimmer griff, sehnsüchtig und unwissend. Schon damals als Kind hattest du jene zärtliche Mütterlichkeit, die mich in meinen wildesten Stunden begütigte und in meinen schwersten und verlassensten mit Stärke und neuem Vertrauen erfüllte. Schon damals trugst du jene große, heilige Liebe in dir, der nie eine Frage über die Lippe quillt, die nur geben, beglücken und trösten will. Und stumm, nur mit unendlicher Güte nahmst du meine Hand und ich ließ mich willig führen.

Es gibt Fleckchen auf der weiten Welt, die für das Herz geweiht sind für alle Zeit, weil in ihnen ein reines und darum unendliches Glück schlummert. Ein solches ist für mich die Bohnenlaube im Garten neben der Mühle, in die mich Marie führte.

Da zog sie mich auf die Bank nieder, legte den dünnen kühlen Kinderarm um meinen Hals und während ich noch immer krampfhaft schluckte und schluchzte, streichelte sie meine Wangen, mein Haar, meine fiebernden Hände und redete mir mild und leise zu: »Heinerle, nit weinen, nit. Geh, nit! Hast du schon vergessen, was der Herr Pfarrer in der Schul gesagt hat? Brave Kinder sollen nit weinen, weil das den lieben Herrgott und die Engerl kränkt, weil sie meinen, wir sind mit der Welt nit zufrieden. Nit weinen, Heinerle, nit weinen!«

Und da stieß ich unter Schluchzen und Schlucken hervor: »Meinen Vater haben s' erschossen.«

Klar stand es mir vor der Seele, was geschehen war, ich war zum Leben erwacht.

Das Marieli fragte nicht, wie es geschehen sei und ob es wirklich wahr sei, sie hat ja immer an mich und mein Wort geglaubt, treuer und stärker als an alles andere in der Welt, und so sagte sie auch diesmal nichts anderes, als die stillen, ernsten Worte: »Dann müssen wir für ihn beten, Heinerle!«

Und ohne meine Antwort abzuwarten, kniete sie nieder, zog mich neben sich, faltete die Hände und fing an, das Vaterunser zu sprechen. Willenlos folgte ich ihrem Beispiele und sprach die Worte des Gebetes, erst das Vaterunser, dann das Ave Maria und wieder das Vaterunser und so fort. Ich wusste eigentlich nicht, dass ich betete, es waren nur Worte, die ich sprach, aber sie lösten die Spannung meiner Seele, es kam wie ein Träumen über mich. In unser monotones Beten rauschte der Bach hinein und die Mühle klapperte, aber so fern, so fern wie die Sonne, die leuchtend über den Blumen des Gartens lag und den Kies des Weges flimmern machte, dass meine Augen, die in einem fort auf ihn hinaussahen, sich mit webenden Schleiern umzogen.

Wie lange wir so gebetet haben, ich weiß es nicht, ich weiß nur, dass auf einmal im Eingang der Bohnenlaube die Müllerin und meine Mutter standen und die Müllerin sagte: »Siehst du, Agnes, die Kinder haben das Rechte gefunden. Opfer's unserm Herrgott auf, was dich betroffen hat, er wird's auch wieder recht machen.«

Und dann zog mich die Müllerin empor und sagte, indem sie mich leise an sich drückte: »Und gelt, Heinerle, du wirst jetzt erst recht brav sein und wirst deiner Mutter recht viel Freude machen.«

Ich nickte. Aber meine Mutter hatte das Haupt über die auf dem Tisch gekreuzten Arme gesenkt und begann aufs Neue herzbrechend zu schluchzen, dass ihr Körper zitterte und bebte.

Auch in mir wallte es aufs Neue heiß auf, aber das Marieli bemerkte es und führte mich aus der Laube hinaus in den Garten. »Komm«, meinte sie, »wir tun für deinen Vater einen schönen Kranz machen; weißt, er schaut jetzt sicher vom Himmel herab und wenn er uns sieht, hat er eine Freud!«

Längs des Lattenzaunes entlang dem Mühlenbache blühte es in allen Farben. Da standen dunkelsamtene Nachtviolen, blauer Rittersporn, rotflammende Nelken, zartrosige Levkojen, orangegelbe Feuerlilien und Marieli griff mit achtlosen Händen in den bunten Flor und brach davon ab, bis sie das ganze Schürzchen voll hatte. Damit setzten wir uns auf die Hausbank neben der Gartentür und nachdem Marieli ein paar Bindfaden geholt hatte, begann sie das Kränzlein zu winden und ich sah ihr zu, während meine Gedanken fern, fernhin auf die Reise gingen. Wohin, das wusste ich ja selbst nicht. Die ganze Welt war mir ja auf einmal so neu und so fremd und meine Seele ging von Ort zu Ort und tastete wie im Dunkel, ob sie nicht das Pförtchen zur alten, vertrauten Heimat finden könnte, darin Friede und Ruhe wohnt.

Was das Marieli plauderte, ich habe es nur mit halbem Ohr gehört, ich sah nur immerfort hinüber zum Wald, über dessen Wipfel allmählich ein violetter Schimmer ging, denn im Lichte der sinkenden Sonne hatte sich der Himmel zu purpurner Lohe entzündet, die nun auch die Felsgipfel der Berge in Brand steckte, dass sie wie zwei Riesenfackeln in das dämmernde Tal niederleuchteten. Ein leises Lüftchen summte das Tal herein und nun kam auch ein weiches Klingen daher: die Abendglocken vom Dorf. Ihrem Klange folgte ein dünner schneidender Ton: Man läutete für meinen Vater das Totenglöcklein.

Kaum hatte das Marieli ihn gehört, da legte sie den nahezu vollendeten Kranz aus den Händen, schlug das Kreuz und sprach mit Andacht das kurze Gebet, wie wir's in der Schule gelernt hatten: »Herr, gib ihm die ewige Ruhe und das ewige Licht leuchte ihm. Herr lasse ihn ruhen in Frieden, Amen.«

Die ewige Ruhe! Ich kann dies Wort noch heute nicht hören, ohne von tiefsten Schauern erfasst zu werden. Damals aber, obwohl ich es selbst schon oft aber völlig gedankenlos gesprochen hatte, ergriff es mich so, dass ich aufs Neue zu weinen anhub.

Ich hatte es nicht gesehen, dass mittlerweile Marieles Bruder, der Bartl, herangekommen war. Er war ein Jahr älter als ich und hatte mich immer seine Überlegenheit fühlen lassen, denn er steckte immer bei den Knechten und Mühlburschen, bildete sich auf seinen Verkehr mit den Erwachsenen viel ein und suchte es ihnen nach Möglichkeit gleichzutun.

»O je«, rief er jetzt, »der Heinerle heult, weil's seinen Vater erschossen haben! Sei nit so dumm! Ihr kriegt jetzt viel Geld vom Grafen, sei froh, bis jetzt habt's so nix g'habt.«

So hatte er es jedenfalls von einem Erwachsenen gehört und er sagte es nach. In mir aber kochte augenblicklich ein solcher Zorn auf, dass ich auf ihn zusprang und mit der Faust nach ihm schlug. Er wollte sich auf mich werfen, aber da fasste eine starke Hand jeden von uns am Kragen und hielt uns auseinander.

Es war der alte Sägeknecht, der Rupert, und der sagte jetzt: »Na hörst, Heinerle, dass du so ein Wildling bist, das hätt ich nit verhofft von dir. Dein Vater liegt auf dem Laden und du tust da raufen! Schäm dich, das ist aber schon ganz wild und völlig aus der Weis'.«

Augenblicklich, wie die Wut in mir aufgestiegen war, war sie auch wieder verschwunden. Ich hatte etwas in mir besudelt gefühlt, nun aber empfand ich tiefste Scham und eine unbewusste Erkenntnis schattete über meine Seele, dass das Natürlichste und Begreiflichste oft die unnatürlichste und unbegreiflichste Bewertung findet.

Vielleicht hat auch der Rupert gefühlt, dass er mir Unrecht getan hatte, denn als er in meinen Augen die neuerlich aufschießenden Tränen sah, sagte er: »Na, sei nur still, bist halt a bissl jähzornig und für das kann niemand dafür.« Und zum Bartl gewendet fuhr er fort: »Und du gehst jetzt mit mir. Der Heinerle ist heut ein armer Bub und den muss man mit Ruhe lassen.«

Damit zog er den Bartl fort und ließ mich mit dem Marieli wieder allein, das nun wortlos den Arm um meine Schultern legte.

Da kamen die Mutter und die Müllerin aus dem Garten. Die Mutter sah ruhiger und gefasster aus, aber als sie mich an der Hand fasste und sich von der Freundin verabschiedete, da rollten ihr doch wieder aufs Neue die Tränen aus den Augen und leise schluchzend schritten wir nach Hause, wo inzwischen im Flur der Vater, angetan mit seiner schönsten Dienstuniform, aufgebahrt worden war und sich bereits Leute zu der üblichen Totenwacht eingefunden hatten.

Oft und oft bin ich in den zwei Tagen, da der Tote aufgebahrt im Flur lag, zu ihm hingeschlichen und habe ihn still betrachtet. Wie das nur so sein kann, dass ein Mensch, der vorher sich bewegt und gesprochen hatte, nun auf einmal so daliegt und nichts mehr hört und sieht und kein Glied rühren kann, dass er nun tot ist. Etwas Fremdes, Geheimnisvolles war da in unser Haus getreten, etwas Großes, Riesiges, das man nicht sieht und nicht nennen kann und das doch alle kennen und dem sie sich in stummer Ehrfurcht neigten. Ich sah es ja an den Leuten, die da kamen. Munter und schwatzend waren sie sonst ins Haus getreten, nun aber überschritten sie unsere Schwelle ernst, andachtsvoll wie die der Kirche, wo der liebe Gott in dem goldenen Tabernakel wohnt. Vielleicht war Gott auch in unserem Hause, nicht so wie sonst, sondern so wie in der Kirche in all seiner Majestät, dass sich ihm willenlos die Knie beugten.

In jenen Augenblicken an der Bahre meines Vaters hat mir zum ersten Male die Ewigkeit ihre Pforten geöffnet und mich hineinschauen lassen in ihre dunklen Räume, aus denen es so kühl haucht, dass die schlichten Blumen des Daseins die Köpfchen sinken lassen, wie von Reif verbrannt.

Am dritten Tage war das Leichenbegängnis. Von allen Besitzungen des Grafen waren Beamte, hauptsächlich Forstleute gekommen, um dem von unbekannter Hand und aus unbekanntem Grunde meuchlings hingemordeten Manne die letzte Ehre zu erweisen. Kurz bevor der Geistliche erschien, kam vom Schlosse herab, das ihm zum Wohnsitz angewiesen war, der Oberforstverwalter und neben ihm schritten seine Frau und sein Töchterlein, die Heriberta, die etwa in meinem Alter war.

Meine Mutter, obwohl ganz in Tränen aufgelöst, begrüßte die feine Dame, die selten das Schloss und den Park verließ, mit Ehrfurcht;

diese aber schritt auf sie zu, fasste ihre beiden Hände und wenn ich auch nicht verstand, was sie sagte, so viel weiß ich, dass sich meine Mutter plötzlich niederbeugte und die Hände der vornehmen Frau küsste, die aber sanft abwehrte.

Dann beugte sich die gute Frau zu mir herab und sagte: »Du bist der Heinerle, gelt?«

»Tu schön handküssen, Heinerle«, sagte meine Mutter mit dem Schluchzen kämpfend.

»Nein, nein, lass nur, Heinerle. Ich hab dich auch so lieb und weiß, dass du ein braver Bub bist. Wenn du willst, darfst du jetzt öfter zu uns kommen und mit der Heri da spielen. Komm, Heri, gib dem Heinerle die Hand!«

»Mama, darf ich ihm nicht lieber einen Kuss geben?«

Und da stand das kleine Fräulein vor mir. Aus dem zartgeschnittenen Gesichtchen leuchteten die tiefdunklen Augen, auf das weiße Gewand flossen die schwarzen Haare, die damals schon von selten reicher Fülle waren und auf einmal lagen zwei Arme um meinen Nacken und ein roter Mund drückte sich auf meine zuckenden Lippen, dass ich ganz verwirrt wurde.

»Aber Heri!«, mahnte die Frau des Oberforstverwalters. »Ach, sie ist ein so stürmisches Kind«, setzte sie, zu meiner Mutter gewandt, hinzu, »aber gut ist sie und Heinerle wird sich mit ihr sicher gut vertragen. Lassen sie ihn nur so oft kommen als er will, er soll es gut bei uns haben!«

Heriberta aber hatte meine Hand erfasst und wie eine Siegerin stand sie neben mir. »Nun bist du mein!«, leuchtete ihr Blick und ihre schlanken Finger legten sich mit starkem Druck um die meinen. So hat mich Heriberta zu eigen genommen, so bin ich ihr verfallen.

2.

Das ungewohnte Schreiben hat mich gestern merkwürdig erregt und doch zugleich auch müde gemacht. Man ist nicht umsonst zehn Jahre Kohlenbrenner und Genosse der Einsamkeit. Sie will auch die Gesellschaft der Schatten vergangener Tage nicht, denn die Einsamkeit ist Gegenwart und nichts als Gegenwart. Die da sagen, sie wollen allein sein, um Vergangenem nachhängen oder in die Zukunft hineinbauen zu können, die haben die Einsamkeit nie kennengelernt. Sie nimmt den ganzen Menschen in ihre Arme, sie löscht alles aus, was nicht von ihr selbst stammt, und wer ihres Friedens teilhaftig werden will, der muss sich ihrer Liebe hingeben und ablegen, was von den Menschen und zu ihnen führt.

Und ich hatte gestern wieder einen Schritt ins Menschenland getan. Darum begann mein Herz zu zittern und ängstlich zu pochen und aus der Hütte, darinnen jetzt Menschenschatten an meinem Tische saßen, trieb es mich hinaus zur Einsamkeit des Hochwaldes.

Mondverklärte Stille. Nicht der leiseste Laut in Nähe und Ferne. In schimmernd weißen Pelzmänteln stehen die uralten Bergtannen und ihre Äste hängen zum Boden herab wie die Hände müder Menschen. Über ihren Wipfeln glänzen die Sterne und es ist wie ein schöner Traum, der ernste Häupter umschwebt. Weißes Licht bis in die dunklen Gründe hinein, weißes Licht auf den vereisten Schroffen der Berge, die so groß und majestätisch in die brunnenklare Nacht hineinragen, dass sie aussehen wie Könige, die mit hocherhobenen lichten Stirnen auf das vor ihnen in den Staub gesunkene, arme Menschentum herabblicken. Hehr ist die Nacht und schön, göttlich schön.

Ich habe den Wald gesehen, wenn der eisige Wintersturm in seinen Kronen wühlte. Da konnten die Raben nicht Ruhe finden und flatterten krächzend um die knarrenden und krachenden Kronen; das Wild klagte in den Dickichten, in die brechende Äste niederschlugen; heiser bellten die Füchse und mit plumpem, rauschendem Flug suchte das Schneehuhn von Ort zu Ort nach einem sicheren Platz. Bis an meine Hütte kamen die Hirsche und Rehe heran und die Wildkatze vergaß so weit ihre Scheu, dass sie auf mein Fenstergesims sprang und mit grünglimmenden Lichtern in meine Stube äugte. Und der Sturm brauste, eine riesige Weltenorgel, auf der der Ewige, hingerissen in wilde Urweltfantasien, die Tasten schlägt.

Und doch: Noch größer, erhabener ist das Schweigen der weißen Winternacht. Im Sturme spricht die Kreatur und klagt ihr Leid, im Schweigen spricht die Ewigkeit und die kennt kein Leid, die kennt nur Frieden, tiefsten Gottesfrieden, vor dem alles Irdische abfällt, wie totes Laub an grau verhangenen Herbsttagen. Und auch mir ward dieser Friede. Lächelnd bin ich gestern zu Bette gegangen, lächelnd bin ich heute aufgestanden und nun, da ich die Blätter, die ich gestern bei

Lampenschein geschrieben, wieder lese, weiß ich nicht, wie sie mich erregen konnten. So will ich denn in Ruhe weiterschreiben.

Meine Mutter und ich blieben für die nächste Zeit noch in unserem alten, lieben Heim. Freilich war es so ganz anders als früher, alles fremd und leer und so voller Geheimnisse, die alle vorher nicht dagewesen waren; aber wenn ich abends im Bette lag, war doch alles wie sonst und ich schlief ruhig und befriedigt ein.

Eines Tages aber erschien der Oberforstverwalter und sagte meiner Mutter, dass sie in vierzehn Tagen das Häuschen für den Nachfolger des Vaters zu räumen hätte.

Die Mutter begann zu schluchzen und auch in mir stieg ein unsäglich wehes Gefühl auf. Aber der Oberforstverwalter hatte auch den Trost zur Hand und sagte: »Aber Frau Reinhold, so weinen Sie doch nicht gleich, hören Sie mich doch zu Ende. Es ist ja ganz selbstverständlich, dass Sie der Herr Graf, dem Ihr Mann ein so treuer Diener war, nicht auf die Straße setzt. Er hat im Gegenteil in einer Weise für Sie gesorgt, die seinem bekannten Edelsinn aufs Neue ein glänzendes Zeugnis ausstellt. Da Ihre Pension zu gering wäre, hat er bestimmt, dass Sie zu uns ins Schloss kommen sollen. Sie sollen Beschließerin werden und dazu sollen Ihnen die beiden Zimmer über der Meiers-Wohnung angewiesen sein. Küche brauchen Sie keine, da Sie von uns, aus unserer eigenen Küche alles erhalten werden. Und seien Sie versichert, meine Frau wird sich's angelegen sein lassen, dass Ihnen nichts fehlt.«

Meine Mutter wusste darauf nicht gleich etwas zu erwidern, denn sie war immer darauf gefasst gewesen, mit einer ganz, ganz kleinen Pension abgefertigt zu werden und sie hatte auch schon mit der Müllerin eine Verabredung getroffen, dass ihr diese in der kleinen Stube über dem Kellergebäude der Mühle ein Zimmerchen gebe; mit Taglöhnerei wollte sie uns beide fortbringen. Und nun war sie auf einmal aller Sorge enthoben.

»O mein Gott«, stotterte sie nach einer Weile hervor, »das ist aber ein Glück, ein großes, großes Glück! Das verdanke ich Ihnen, Herr Oberforstverwalter, gewiss Ihnen und Ihrer lieben Frau! Sie war ja schon bei der Leiche so gut zu mir!«

»Ich will's nicht leugnen«, entgegnete der Oberforstverwalter, »dass meine Frau den Anstoß gegeben hat; aber mehr noch meine kleine Heri, die Ihren Heinerle da ins Herz geschlossen hat. Der Herr Graf hat mich zu einem Vorschlag betreffs Ihrer Versorgung aufgefordert und da hab ich meiner Frau und dem Kinde gefolgt. Und seit gestern Abend, Frau Reinhold, bin ich glücklich, dass ich den beiden gefolgt habe.«

Der ernste Nachdruck, mit dem er die letzten Worte sprach, ließ meine Mutter gespannt aufhorchen.

»Ja, ja, Frau Reinhold, ich bin glücklich. Denn wissen Sie, für wen Ihr Mann gestorben ist? Für mich! Die Kugel, die mir bestimmt war, hat ihn getroffen.«

Meine Mutter sank mit gerungenen Händen auf den Stuhl und starrte den Oberforstverwalter an.

Und dieser erzählte weiter: »Sie werden sich vielleicht noch an den Philipp Holzinger, den Holzknecht, erinnern. Seine eigenen Kameraden haben ihn den ›versoffenen Lippl‹ genannt. Vor fünf Jahren musste ich ihn aus unserem Dienste entlassen. Er ist immer tiefer und tiefer gesunken, war während der fünf Jahre wiederholt eingesperrt und ist erst vor etwa anderthalb Monaten eben wieder aus dem Zuchthaus gekommen.«

Meine Mutter nickte vor sich hin, denn das wusste sie schon vom Vater.

»Vor etwa vierzehn Tagen«, fuhr der Oberforstverwalter fort, »war er bei mir und bat mich um Wiederanstellung. Der Kerl stank aber so nach Schnaps, dass ich ihn abwies. Auch seine Versuche, anderswo Arbeit zu finden, schlugen fehl, denn niemand will so einen Süffling. Seine Wut kannte keine Grenzen und so hat er auch den Holzknechten, bei denen er sich oft einfand, um zu schmarotzen, gesagt, ich hätte ihn zugrunde gerichtet und dafür solle ich meinen Denkzettel abbekommen. Ihr armer Mann hat daran glauben müssen. Die Holzknechte lenkten sofort den Verdacht auf den Lippl. Seit gestern früh ist er in sicherem Gewahrsam und er hat seinen Mord auch gleich eingestanden. Das furchtbare Bewusstsein, einen Unschuldigen ums Leben gebracht zu haben, hat sogar diesen verkommenen Kerl mürbe gemacht.«

Meine Mutter weinte still vor sich hin und schüttelte dabei immer wieder traurig den Kopf. Diese Wege des Schicksals konnte sie nicht begreifen. Von dieser Stunde – sie hat mir's oft gesagt – ist in ihr etwas Heiliges zerbrochen: das unbedingte Vertrauen auf eine weise Vorsehung und eine allwaltende Gerechtigkeit.

Heute verstehe ich es, was die Mutter meinte, als sie, kaum der Oberforstverwalter draußen war, auf mich zustürzte, mich umschlang und mir entsetzt zuraunte: »Heinerle, er hat keine Schuld gehabt! Nit die geringste Schuld! O Gott!«

Man hatte ihr Trost und Glauben genommen.

Von dem Abschied von unserem Heim will ich nicht reden; es hieße nur Tränen schreiben. Aber die Frau des Oberforstverwalters und Heri waren so lieb und gut zu uns, dass wir uns auch droben in dem Schlosse bald wohl fühlten.

Ich ging in die Dorfschule, zu Heri aber kam der Lehrer ins Haus; doch wusste sie es bald durchzusetzen, dass ich zu ihren Lehrstunden beigezogen wurde und da lernte ich manches, was ich in der einklassigen Dorfschule, in der die Kinder vom sechsten bis zum dreizehnten Lebensjahre nebeneinander saßen, nie gehört hätte.

Nur eines war, was mich mit heimlichem Kummer erfüllte: Ich kam jetzt nur äußerst selten zum Marieli in die Mühle. Meine Mutter war wohl wie früher jeden Sonntagnachmittag bei der Müllerin und auch abends fand sie oft Zeit, auf ein Stündchen zu der alten, treuen Freundin zu gehen, mich aber ließ Heri nicht los und mein ganzes Zusammensein mit dem Marieli beschränkte sich auf die paar Minuten, die wir auf dem Schulwege zusammenkamen. Doch waren da immer auch noch ein paar andere Kinder dabei und wir mussten das, was wir uns gerne gesagt hätten, in die Brust zurückdämmen. Nur die Hand reichten wir uns und so schritten wir dahin in stiller Seligkeit.

Wenn ich bei Heri war, kam ich aus der Unruhe nie heraus. Sie war so lebhaft, wusste immer Neues, fand an keinem Spiele lange Gefallen, ihre Sprache war so ganz anders als die meine, geschmeidiger, gewandter; ich kam mir neben ihr immer so ungeschickt, so plump vor und doch musste ich ihr folgen. Sie brauchte mich nur mit ihren dunklen Augen anzustrahlen, ihre feine, immer etwas zuckende Hand in die meine zu legen und ich war wie in einem Bann.

Aus Marielis Wesen aber strömte eine unendlich süße Ruhe auf mich aus; wenn ich ihre Hand in der meinen hielt, dann fühlte ich mich geborgen und sicher. Die ganze Welt hätte um mich stürzen können und ich hätte nur gelächelt. Was konnte mir geschehen, solange diese milden blauen Augen neben mir schimmerten, solange ich den leisen Druck dieser zarten treuen Hand fühlte!

Und einstmals kam es dem Marieli doch über die Lippen, was ich schon so lange aus dem stillen, traurigen Blick ihrer Augen gelesen hatte: »Heinerle, warum kommst denn jetzt garnit mehr zu mir?«

»Ja weißt du, sie lasst mich halt garnit aus und wenn ich von der Schul heimkomme, da wartet sie schon auf mich und da muss ich mit ihr spielen und lernen und die Mutter sagt auch immer, ich muss der Heri folgen, weil wir halt arm sind und ihr Vater hat uns so viel Gutes getan. Aber« – jäh erfasste mich die Erbitterung, so geknebelt worden zu sein – »das sag ich dir, Marieli, jetzt tu ich's nimmer. Ich mag sie eh garnit, die Heri, weil sie mich so oft auslacht und weil man garnit ordentlich spielen kann mit ihr. Alleweil will sie was anderes, als ich. Ich hab dich viel lieber, Marieli!«

Bei diesen letzten Worten hob das Marieli seine blauen Augen zu mir auf und ein Jubel lag darin, der mich ganz stolz machte. Hochauf flammte mein knabenhafter Mut und ich rief: »Jawohl, Marieli, dich hab ich viel lieber und jetzt folg ich der Heri nimmer. Wenn ich will, komm ich jetzt alleweil zu dir, sie soll allein spielen.«

Es war auf dem Heimweg von der Schule, wo wir so sprachen. Ein Spätsommertag war es. Der Himmel war tiefblau und wundersam klar hoben sich die Berge zu ihm auf. Jede Runse, jede Felszacke war aufs Deutlichste zu sehen. An der Seite des Weges am Waldessaum hingen in dem dunklen Laube der Sträucher die feuerroten Fruchttrauben der Berberitzen und das Marieli und ich setzten uns unter einen dieser Sträucher, brachen uns eine Traube, eines steckte dem anderen eine der herbsauren Beeren nach der anderen in den Mund und wir suchten uns unter fröhlichem Lachen darin zu überbieten, die dem Geschmack der Beeren entsprechenden Gesichter zu schneiden.

Da kam rasches Pferdegetrappel die Straße vom Dorfe daher und im nächsten Augenblicke bog um die Waldecke der Wagen des Oberforstverwalters. Auf dem Bocke neben dem Kutscher saß Heri, die Zügel in den Händen.

Mein erster Gedanke war, mich hinter einem Strauche zu verstecken; aber sie hatte mich schon gesehen und ehe ich noch fliehen konnte, hielt auch schon der Wagen, in dessen Fond die Frau Oberforstverwalter saß.

»Mama, da ist der Heinerle! Nicht wahr wir nehmen ihn gleich mit?«

»Gewiss mein Kind! Wenn er will, so kann er mit uns fahren! Aber wer weiß, will er?«

Heri sah ihre Mutter verwundert an, dann schüttelte sie den Kopf und rief mir zu: »Heinerle, gelt, du fährst mit uns?« Und dabei sah sie mich so herrisch, so siegesgewiss an, dass in mir plötzlich aller Trotz aufschwoll und mit gesenktem Haupt – sie anzublicken wagte ich nicht, denn ich fürchtete die Macht ihrer dunklen Augen – sagte ich: »Ich geh mit dem Marieli!«

Und nun ich das entscheidende Wort gesprochen, fühlte ich auch die Kraft, ihr in die Augen zu sehen. In diesen flackerte eine wilde Flamme und ich fühlte, das war Schrecken und Zorn zugleich.

»Mama, er will nicht!« Stahlscharf klang die Stimme Heris und in dem Ton der Worte lag die Aufforderung an die Mutter, sie solle ein Machtwort sprechen.

Doch die immer sanfte Frau entgegnete: »Aber Kind, so lass den Heinerle doch! Schau, er und das Marieli gehen alle Tage mitsammen zur Schule und es ist schön von ihm, dass er seine Freundin jetzt nicht im Stiche lassen will.«

»Und er muss mitfahren!«, rief Heri und da war sie auch schon vom Bocke heruntergesprungen und nun stand sie vor mir und blitzte mich mit ihren schwarzen Feueraugen an. Als ich aber standhielt, kam ein großes wehes Erstaunen in ihren Blick, ein feuchter Schimmer schattete wie ein Schleier darüber und gab ihm eine Weichheit und Süße, davor sich mein Knabenherz erschauernd zusammenzog wie vor einem Glück, das es nicht fassen und halten kann. Und willenlos mit gesenktem Haupt ließ ich mich zum Wagen führen.

Mein Schicksal hatte gesprochen. Zum ersten Male hatte die Macht der dunklen Augen über mich gesiegt und dieser Sieg war ein entscheidender. Von nun an wusste ich, nein das Wort »wissen« ist da viel zu grob – ich fühlte es, dass es etwas auf der Welt gebe, was imstande sei, meinen Willen, meine besten Vorsätze über den Haufen zu werfen. Ein unangenehmes Gefühl, und doch wieder so viel jubelndes Glück drinnen, dass ich es nicht missen hätte wollen, nicht um den höchsten Preis.

Und auch Heri musste dunkel erkannt haben, wie schwer sie in mein Geschick eingegriffen hatte, denn als wir zu Hause waren und dann allein durch den Garten schritten, da schlang sie plötzlich ihre Arme um meinen Hals und zum ersten Male nannte sie mich nicht bei meinem gewöhnlichen Namen, sondern sagte leise und mit einem innigen Flehen in der Stimme: »Heini!«

Und als ich stumm, unfähig ein Wort zu sprechen, den Kopf senkte, da umschlang sie mich nur noch fester, plötzlich brannten zwei Lippen auf den meinen und heiß und drängend klang es in mein verwirrtes Herz: »Heini, du musst immer bei mir bleiben!«

Ich wusste nichts zu sagen, ich nickte nur. Vor meinen Augen blühte etwas empor, eine große, leuchtende Blume, aus deren Kelch es in den abendlich dämmernden Park floss wie Mondlicht, alles verklärend und wundersam verschönend.

Als ich aber dann im Bette lag, da konnte ich nicht Ruhe finden. Erst ferne, ganz, ganz ferne tauchte Marielis sanftes Gesichtchen mit den milden blauen Augen auf, dann kam es immer näher und näher und die Augen sahen mich so vorwurfsvoll und traurig an, dass es mir in schneidendem Schmerz durch die Seele ging, und da brach ich plötzlich in krampfhaftes Schluchzen aus.

»Was hast du denn, Heinerle?«, rief meine Mutter und kam besorgt an mein Bett.

Aber ich konnte nicht antworten, ich wusste ja eigentlich selbst nicht, warum ich weinte. Mitleid mit Marieli war wohl dabei, aber die Hauptsache war doch etwas ganz anderes, etwas, für das mir der Name fehlte und das mich gerade deswegen, weil es so dunkel und unfassbar in meinem Leben stand, ängstigte.

Die Mutter aber stand neben mir und streichelte in einem fort mein Haar und fragte und fragte, und ich zerquälte mir den heißen Kopf nach einer Antwort.

»Hast du vielleicht an den Vater gedacht?«, kam es ihr dann auf einmal in den Sinn.

Das war ein Ausweg für mich und ich nickte. Da zog mich die Mutter fest an sich, ich spürte ihren zuckenden Mund auf meinem Scheitel und dann fielen auf meine Stirne schwere, heiße Tropfen nieder.

Lange saß die Mutter auf meinem Bette und hielt mich weinend im Arme. Der Uhrenschlag ging durchs Zimmer, einsam und schwer, durch das offene Fenster glänzten die Sterne aus dem dunkelsamtblauen Himmel herein und die Nacht raunte draußen im Garten und in den Wäldern hinter dem Schloss einmal lauter, dann wieder leiser, und leise, ganz leise klang dazwischen das Klappern der Mühle und das Plaudern des Baches.

3.

Es ist ganz merkwürdig, mit welcher Deutlichkeit all das Vergangene mir wieder vor die Sinne tritt. Wie mit schwerer Grabeserde schien mir bisher der größte Teil meiner Jugend verdeckt und nun flattert es allenthalben empor wie leichte, windwehende Schleier und vergangene Tage treten hinter ihnen hervor mit ihren strahlenden Sonnen und dumpfen Nächten, mit all ihrem zitternden Glück und heimlich weinenden Leid, mit der süßschmerzlichen Unruhe einer jungen Seele, die zum Leben, Lieben und Leiden erwacht.

Ich habe in den letzten Wochen nicht schreiben können; zu groß war die Fülle der Erinnerungen und ich musste erst in mir selber klar werden. So bin ich denn im Schnee meiner Einsamkeit herumgestapft und habe all die leisen Zeichen beachtet, die mir sagen, dass es wieder Frühling wird.

Noch steht der Wald in tiefem Schnee, aber hier und dort schnellt ein Zweiglein, das bisher regungslos zu Boden gehangen ist, empor und wirft die weiße Last von sich, die es so lange getragen; eifriger turnen die Meisen im Geäst auf und ab, und ihr Zwitschern klingt von Tag zu Tag lauter. Die Luft ist durchsichtig und auf den Bergen und Felsgipfeln ist jede Runse, jeder Stein deutlich zu erkennen. Am schönsten aber sind die Nächte. Sie werden gar nicht mehr dunkel. Der Mond leuchtet mit einer Helligkeit, dass jede Linie scharf hervortritt; wie geschmolzenes Silber liegen die blendenden Schneeflächen auf den Bergen und ebenholzschwarz heben sich von ihnen die Wälder ab. Die Sterne brennen hell und unruhig und ein Rauschen ist in der weiten Runde, als gingen unter dem tiefen Schnee Tausend und Tausend Bäche zu Tal und in der Welt hinter den Bergen sei ein Sturm erwacht, der Einlass in meine Waldeinsamkeit sucht. Gestern schrie drüben am See, der schon dort und da die tiefschwarzen Flecken offener Stellen zeigt, ein fremder Vogel. Ein ganz eigener Ton war das, als hätte die Nacht plötzlich eine Stimme bekommen und schreie voll Sehnsucht nach Licht.

Ja, die Sehnsucht! Ein Kind des Lichtes ist sie und darum strebt sie auch zum Licht. Nur dass die Kreatur zumeist das Ziel nicht klar erkennt und wenige zum großen, ewigen Weltlicht, zum Frieden kommen, in dem alles Vergängliche untergeht wie in einem Meere von Harmonie.

Auch mein Leben ist auf den dunklen Irrpfaden der Sehnsucht gegangen und wenn ich auch in früheren Tagen oft bereut habe, dass ich willenlos mich auf ihnen hintreiben ließ, heute lächle ich dazu: Sie waren doch Wege zum Frieden, wie überhaupt alles, was da ist, diese Wege geht, mögen sie auch durch Dornen und Wüsten führen und mögen auch ganze Lachen roten Herzblutes auf ihnen stehen.

Ich war Heri verfallen. Wenn auch immer wieder eine Stunde kam, wo sich mein ganzes Wesen gegen die Macht aufbäumte, die von ihr ausging, wenn ich auch dann jedes Mal den Versuch machte, zu Marieli zurückzukehren, die mir trotz aller Vernachlässigung in gleichmäßiger Innigkeit ihr stilles reines Kinderherz entgegentrug, – ich musste wieder zu Heri zurück.

Nicht wenig trug dazu bei, dass ich mich auch geistig von dem Marieli von Tag zu Tag weiter entfernte. Der Unterricht, den Heri erhielt und an dem ich noch immer teilnehmen durfte, ging allmählich weit über das hinaus, was in der Dorfschule gelehrt wurde, und mir öffneten sich Blicke in die Welt und in die Natur, die mich mit dem eifrigsten Streben erfüllten, immer noch mehr und mehr kennenzulernen. Hand in Hand mit Heri wanderte ich durch fremde Länder und sah längst begrabene Völker auferstehen. Ach Gott, wie glücklich musste der sein, der alles lernen konnte, was es da noch zu lernen gab!

»Du musst studieren!«, sagte eines Tages Heri zu mir und warf damit einen Brand in meine Seele, der nicht mehr zu löschen war. Nun fing ich auch an, über meine Zukunft nachzudenken. Bisher war ich mit dem Lebenswege, wie ihn mir meine Mutter wiederholt vorgezeichnet hatte, ganz zufrieden gewesen. Ich sollte erst meine Lernzeit in der Dorfschule beenden, mit fünfzehn Jahren dann in eine niedere Forstschule eintreten und nach Absolvierung derselben in den Dienst des Grafen treten. Ich konnte es da bis zum Förster bringen und das schien meiner Mutter ein so hohes und ehrenvolles Ziel, dass sie ganz außer sich war, als ich ihr eines Tages sagte, dass ich weiter hinaus wolle.

»Kind«, rief sie, erschrocken die Hände ringend, aus, »wie kommst du auf solche Gedanken! Bedenke doch, dass ich kein Geld habe, um dich studieren zu lassen. Und sonst haben wir auch niemand, der dir dazu verhelfen könnte. Und glaubst du, dass das Studieren allein glücklich macht? Dein Vater war nichts als ein einfacher Heger und war doch zeitlebens« – sie seufzte auf, wie immer, wenn sie an die schöne, friedliche Zeit ihres kurzen Eheglücks dachte – »ein zufriedener, glücklicher Mensch. Du aber wirst mehr als er, bekommst selbstständig dein Revier, das wird doch für ein Kind armer Leute, wie du eines bist, genug sein.«

Ich erwiderte darauf nichts, aber überzeugt war ich von den Worten der Mutter durchaus nicht. Warum sollte es für mich genug sein, nur Förster zu werden, warum sollte ich nicht auch hinaufgelangen können zu der Höhe, auf der z. B. Heris Vater stand! Ich hatte durch den Verkehr im Hause des Oberforstverwalters eine Form des Lebens kennengelernt, deren Schönheit tief auf meine junge, empfängliche Seele wirkte. Der ruhige, vornehme Ton, der im Hause herrschte, das innige Verhältnis zwischen den drei Personen mit all den Hundert und Hundert kleinen Aufmerksamkeiten und Rücksichten, mit denen man sich täglich das Leben verklärte, das waren Dinge, die mir das ganze Herz aufrührten. Wie schön müsste das sein, einmal ein Zimmer zu haben mit weichen Teppichen, einem schwellenden Sofa, schweren Samtvorhängen vor den großen Fenstern und großen Bildern an den Wänden. Sollte es das für mich nicht geben dürfen, dass mir in stiller Feierstunde ein Dichter die Welt der Schönheit erschließt oder dass mir nach des Tages Arbeit Musik das müde pochende Herz erquickt? Sollte ich, weil meine Eltern zufällig arme Hegersleute waren, in die Masse derjenigen hinabgestoßen werden, die nichts Höheres kennen, als gut Essen und Trinken. Da hätte man mich nicht mit Besserem bekannt machen, mich nicht an tieferem Unterrichte teilnehmen lassen sollen.

Stundenlang grübelte ich nun oft über meine Zukunft und entwarf Plan auf Plan, denn studieren musste ich, das fühlte ich von Tag zu Tag stärker und klarer. Gewiss, auch das bescheidene und schlichte Leben, wie es mein Vater geführt hatte, hatte seinen Reiz und sein Glück, aber ich musste höher hinauf, schon wegen Heri.

Ja, wegen Heri! Auf einmal war mir der Gedanke gekommen. Wenn ich nicht studierte, dann musste sich mit den Jahren eine tiefe Kluft zwischen uns öffnen, dann stand sie hoch über mir, dem niederen Forstmanne, und ihre Augen würden stolz und kalt auf mich herabsehen. Eine glühende Welle lief bei diesem Gedanken durch meinen Körper, ich fühlte die Scham im Voraus, die ich dabei empfinden würde. Nein, das durfte nicht sein, das könnte ich ja nicht ertragen und darum musste ich es durchsetzen, studieren zu können. Nur so konnte ich an ihrer Seite bleiben.

Wer aber sollte mir zum Studium verhelfen, wer konnte es? Einzig und allein der Oberforstverwalter, und diesen für den Plan zu gewinnen, war niemand besser geeignet, als sein Abgott, Heri. Nur wusste ich nicht, wie ich das Gespräch auf mein Thema bringen sollte; denn eine direkte Bitte wollte ich nicht tun.

Und da kam mir wieder einmal etwas zu Hilfe, was die Menschen so gerne Zufall nennen und was doch, wie alles auf der Welt, seinen zwingenden Grund hat, und wäre das auch kein anderer, als unser sehnlicher Wunsch, der auf uns noch geheimnisvollen Wegen in den ehernen Ring von Ursache und Wirkung tritt.

Unsere Lernstunde war vorüber und Heri und ich stiegen die breite Schlosstreppe zum Garten hinab. Heri war heute so still und versonnen, in ihren Bewegungen lag etwas so Weiches und Wehmütiges dass ich sie endlich besorgt fragte: »Heri, was hast du denn heute?«

Da fasste sie meine Hand, sah mir tief in die Augen und erwiderte: »Heini, kannst du dir vorstellen, dass wir zwei in einem Vierteljahre nicht mehr beisammen sein sollen?«

Ich erschrak auf das Heftigste und fühlte mein Herz für einen Augenblick stillstehen.

»Du – du sollst fort?«, stotterte ich dann hervor.

»Ja, in die Stadt ins Kloster zu den grauen Schwestern. Der höheren Ausbildung wegen, meinen Papa und Mama.«

»Und du freust dich darauf?«

»Nein. Das heißt, auf das Lernen freue ich mich schon, aber auf das andere alles nicht! Wie oft werde ich an unseren schönen Garten da zurückdenken und wie wir zwei da so lustig waren. Bei den Klosterschwestern, da heißt's schön still zwei und zwei spazieren gehen, da gibt's kein Laufen, kein Klettern und Springen und denk dir, lange Röcke soll ich dann auch schon tragen!«

Sie wusste noch von einer ganzen Menge von Dingen zu erzählen, die ihr nicht passten; aber ich hörte nur mit halbem Ohre darauf hin und als sie endlich schloss: »Ja, Heini, so ist's und du musst dich an den Gedanken gewöhnen so wie ich!«, da platzte ich plötzlich heraus: »Und ich gehe auch mit in die Stadt!«

Sie sah mich eine Weile an, ob es mir Ernst sei, oder ob ich Scherz mache und dann sagte sie: »Du willst mit in die Stadt? Was wolltest du denn dort?«

»Studieren!«

»Ja, aber du, Heini, das kostet viel Geld. Papa muss auch für mich viel zahlen! Woher wolltest du denn das Geld nehmen?«

Wie mir da augenblicklich der Gedanke kam, weiß ich heute noch nicht, aber schlagfertig erwiderte ich: »Wenn dein Vater für mich bitten tät, wer weiß, ob mich nicht der Herr Graf studieren ließe. Der hat doch Geld genug!«

Heri heftete ihre dunklen Augen in die Ferne, dann fuhr sie plötzlich mit einem Ruck herum und rief: »Du, Heini, das muss gehen. Ich will den Papa bitten, dass er für dich bei dem Herrn Grafen ein gutes Wort einlegt. Und weißt, der Herr Graf hält große Stücke auf den Papa und wenn der etwas sagt, dann geschieht es auch.«

Und im nächsten Augenblicke hatte sie auch schon das Angenehme für sich selbst herausgefunden und sie klatschte in die Hände und jubelte: »Heini, das ist ein vorzüglicher Gedanke. Weißt du, die Eltern haben mir versprochen, dass ich alle Sonntage zu Tante Berta kommen darf und da kommst du dann auch hin und wir können wenigstens jeden Sonntag beisammen sein. Tante Berta ist sehr nett und hat bei ihrem Haus auch einen netten Garten, freilich viel kleiner als unserer da, aber ein Garten ist's doch. Ja, Heini, du musst mit. Ganz gewiss, und ich, wenn der Papa nicht gleich will, ich werde schon mit Betteln nicht nachlassen. Ich setz' es durch!«

Und sie setzte es durch. Über Verwendung des Oberforstverwalters erklärte sich der Graf bereit, die Kosten für meine Unterbringung in dem Studentenheim der Stadt zu tragen. Für die Bücher versprach der Oberforstverwalter zu sorgen und das andere, Kleider und weitere Notwendigkeiten, konnte schon meine Mutter bestreiten.

Es war ein herrlicher Septembertag, als ich mit meiner Mutter zur Mühle hinabschritt, um mich von der Müllerin und dem Marieli zu verabschieden.

Die Müllerin saß in der großen Stube, von der einige Stufen hinaufführten zur Tür in das Mühlenwerk, und hatte einen gewaltigen Stoß Wäsche zum Ausbessern vor sich. Sogleich aber schob sie ihn zur Seite und den Zweck unseres Kommens erratend, sagte sie: »Also jetzt wird's Ernst.« Und mit diesen Worten reichte sie nicht nur der Mutter, sondern auch mir die Hand. Letzteres hatte sie noch nie getan und ich fühlte mich deshalb jetzt sehr gehoben. Nun galt ich schon als Erwachsener.

Und die Müllerin wollte zur Feier des Abschieds sogar etwas Besonderes tun, nämlich Tee kochen.

»Das Zuschaun wird dich wohl nit interessieren, Heini«, meinte sie, »such derweil das Marieli auf. Sie wird im Garten sein.«

So war sie nun gekommen, die Stunde, die ich schon seit Wochen so arg gefürchtet hatte. Aber ich nahm allen Mut zusammen und ging in den Garten hinaus.

Still lag er da im weichen, lauen Sonnenschein. Keine Glut strömte von den sauber gepflegten weißen Kieswegen aus, nur sanfte, wohlige Wärme. An den Seiten der dunkelgrünen Buchseinfassung leuchtete das Tiefrot der Georginen und dazwischen schimmerten in blassen, vornehmen Farben die Astern. Darüber lagen flimmernde, zarte Gewebe, die Sommerfäden, und ließen in dem sanften Lufthauch ihre Enden wie silberne Wimpel wehen.

Von dem gelben Hauch des Welkens umwittert, lag die Bohnenlaube vor mir, und da meine Blicke das Marieli sonst nirgends fanden, schritt ich auf die Laube zu.

Ich hatte wider Willen meine Schritte verlangsamt und war auf den Zehenspitzen gegangen und deshalb hatte auch Marieli mein Kommen gar nicht gehört. Sie hatte beide Arme auf den Tisch gelegt, den Kopf darauf gesenkt und schluchzte, dass es mir das Herz zusammenzog.

Eine Weile stand ich regungslos und überlegte, ob ich mich melden oder heimlich wieder davonschleichen sollte. Am liebsten hätte ich eigentlich letzteres getan, aber ich schämte mich und dann dachte ich daran, dass ich mich wohl auch vor der Müllerin und der Mutter nicht verantworten konnte.

So nahm ich denn allen Mut zusammen und rief leise: »Marieli!« Sie hörte mich nicht, denn ich hatte ihren Namen nur so hervorgewürgt und er klang zu leise und heiser.

Da tat ich einen festen Schritt auf sie zu und rief lauter: »Du, Marieli!«

Nun hob sie jäh ihr tränenüberströmtes Gesichtchen empor und Erschrecken und Glück zugleich malte sich auf ihren Mienen.

Ich konnte mir zwar denken, warum sie weine, ein inneres Gefühl sagte es mir; trotzdem aber fragte ich: »Warum weinst du denn, Marieli?«

Sie sah mich groß an, als wollte sie sagen, wie ich denn so fragen könne, dann aber senkte sie das blonde Köpfchen und erwiderte leise: »Ich hab dich und deine Mutter kommen sehen.«

Ich wusste nichts zu sagen und es entstand eine lange Pause, in der ich mich vergebens nach einem erlösenden Worte abquälte. Wie sie so dasaß mit ihren lieben, nun so nassen und traurigen Augen, fühlte ich plötzlich wieder, wie lieb ich sie hatte und wie schwer es mir sein würde, sie nun auf Monate nicht mehr zu sehen. Denn wenn mich auch Heri ganz mit Beschlag belegt hatte, dann und wann hatte ich doch ein Stündchen mit Marieli verplaudert und gespielt und jedes Mal hatte ich die wundersame Ruhe gefühlt, die von ihrem Wesen auf das meine überströmte.

So stand ich hilflos vor ihr und meine Seele bebte in Leid und Wehmut.

»Fahrst morgen schon fort?«, unterbrach sie endlich das Schweigen.

»Nein, übermorgen in der Frühe fahren wir fort.«

»Du und deine Mutter?«

»Nein, der Herr Oberforstverwalter und die Frau und die Heri. Und da nehmen sie mich auch gleich mit.«

Auf diese Erklärung senkte Marieli wieder den Kopf und es entstand wieder ein Schweigen zwischen uns. Ich sah, wie sich ihr Gesichtchen immer tiefer und tiefer zur Brust hinabneigte und wie plötzlich ein Zittern durch ihren Körper lief. Ich wusste, nein, ich ahnte nur, was in ihr vorgehen mochte, und quälte mich neuerdings vergebens, ihr ein liebes, beschwichtigendes Wort zu sagen. Aber als ich auch diesmal keines fand, und plötzlich ihr leises Schluchzen an mein Ohr drang, da nahm ich sie in heißer, inniger Aufwallung in die Arme, drückte ihren Kopf an meine Wange und flüsterte: »Marieli, nicht weinen, ich bitt' dich, nicht weinen!«

Und als sie nun ruhiger wurde und dann ihre Augen zu mir aufschlug, die im Schimmer taufeuchter Veilchen erglänzten, da kam es plötzlich über mich so seltsam, so fremd und stark und ich küsste sie.

Heri hatte mich schon manches Mal geküsst, wenn sie gerade in toller Laune gewesen war oder ein Unrecht gutzumachen hatte, das ihr stürmischer Sinn an mir begangen hatte, aber außer einem Gefühl augenblicklicher Verwirrung hatten diese Küsse nichts in mir bewirkt. Nun ich aber selbst und zum ersten Male Marieli geküsst hatte, war es mir, als sei etwas Großes geschehen, etwas, das nie und nie mehr aus meinem Leben zu schaffen sei.

Über Marielis verweintes Gesichtchen aber glitt ein unsäglich seliges Lächeln und in ihre blauen Augen kam ein so süßes Leuchten, als sei ein ganzer Frühlingshimmel in sie herabgesunken.

»Gelt, Heini, du schreibst mir auch einmal?«, sagte sie nach einer Weile.

»Ich werde dir alles schreiben, wie's in der Stadt ist, und weißt«, – ich war in dem Augenblicke wirklich fest entschlossen dazu – »wenn's mir dort nicht gefällt, dann komm' ich zurück und bleib da. Und dann werd' ich auch nicht Förster, dann lern' ich die Müllerei.«

In diesem Augenblicke erscholl hinter mir ein höhnisch meckerndes Lachen. Bartl war nach seiner Gewohnheit, überall zu horchen und zu lauern, heimlich herangeschlichen und hatte jedenfalls unser Gespräch oder wenigstens einen Teil desselben belauscht.

Wir beide hassten uns aufs Grimmigste, und hätte mich nicht ein bittender Blick Marielis abgehalten, ich hätte mich augenblicklich auf ihn gestürzt und mit den Fäusten Abschied von ihm genommen.

Aber auch er erkannte, dass mit mir jetzt nicht gut Kirschenessen sei, und ein paar Schritte zurückweichend sagte er: »O je, was der jetzt für Augen macht, so wild! Und grad hat er so gut Busserl geben können!«

Ich trat einen Schritt auf ihn zu und drohte ihn an: »Du!«

Schon war er aber wieder zurückgewichen und an der Gartentür höhnte er: »Mit einem Studenten rauf ich nit; aber wannst heimkommst und Müller wirst, dann ja. B'hüt dich Gott, Busserlstudent!«

Wieder ein höhnisch meckerndes Lachen und der Bursche war verschwunden.

Zornglühend wandte ich mich wieder dem Marieli zu. Sie stand da, das liebe Gesichtchen mit flammender Röte bedeckt.

»Was hast du denn, Marieli?«, fragte ich, als sie vor meinem Blick die Augen senkte.

Da ging ein leichter Schauer durch ihren schmächtigen Körper, und dann sah sie mich an, so eigen, so fremd und doch so vertraut, wie mich noch kein Mensch angesehen hatte. Es war nicht Heris fordernder und zugleich verheißender Blick, es war etwas, wie aus einem mir ganz unbekannten Lande. Wie ein Schauer zog es durch meine noch eben von heißem Zorn erfüllte Seele, wie ein kühler Strom, der alle Aufgeregtheit besänftigt und doch das Herz wieder erzittern macht. Ein Neues war in mein Leben getreten, dessen Namen ich damals noch nicht kannte, aber noch tief und schmerzlich kennenlernen sollte: die Liebe.

Verwirrt standen Marieli und ich voreinander und es war uns beiden eine Erleichterung, als wir die Stimmen unserer Mütter hörten, die sich voneinander verabschiedeten.

Die Müllerin gab mir noch herzliche und wohlgemeinte Worte und Lehren auf den Weg mit und ließ sich's auch nicht nehmen, mir zwei blanke Guldenstücke in die Westentasche zu schieben, denn, meinte sie, sie habe einmal gehört, dass Studenten immerzu Geld brauchten.

Meine Mutter und ich schritten weiter. Wir hatten noch einen Abschiedsbesuch zu machen, den auf dem Friedhofe.

Dieser lag vor Beginn des Dorfes auf einem sanft geneigten Abhang, der sich zum Hochwald hinanhob. Auf der Wiese zwischen der niederen Kirchhofsmauer und dem Wald ästen in den frühen Morgenstunden die Rehe und von den gewaltigen, moosüberzogenen Buchen jubelten die Finken, als wüssten sie um das köstliche Geheimnis, dass alles Schlafen da unten unter den grünen Hügeln eigentlich nichts anderes sei, als ein Ausruhen zwischen zwei Reisen.

Jetzt, als meine Mutter und ich durch die alte, schon ganz verrostete Pforte, die immerfort offen stand, eintraten, war es auf dem Friedhofe wundersam still. Kein Fink sang in den Buchen, kein Lüftchen raschelte in den dürren Kränzen, die hie und da an den schmucklosen Kreuzen hingen; ich konnte den eigenen Atem hören, das eigene Herz, das immer heftiger pochte, wenn ich zum Grabe meines Vaters kam.

Fester umspannte die Hand meiner Mutter meine Rechte und da standen wir vor dem kleinen Hügel, den ebenso wie das schlichte Kreuz aus Eichenholz ein Kranz aus Tannenreisig umwand.

»Jetzt, Heini«, sagte meine Mutter mit zitternder Stimme, »tu noch einmal recht andächtig drei Vaterunser beten.«

Mit diesen Worten zog sie mich neben sich auf die Knie und schlug das Kreuz. Ich folgte ihrem Beispiel und begann zu beten. Aber ich war noch mit dem ersten Vaterunser nicht zu Ende, als ich neben mir heftiges Schluchzen vernahm. Da stieg es auch mir würgend in die Kehle, und all der bange Abschiedsschmerz, den ich bisher so mutig zurückgedämmt hatte, brach mit einem Male los und ich begann ebenfalls zu weinen.

Da zog mich meine Mutter sanft an sich und sagte: »Sei still, Heini, sei still! Schau, mir ist nur jetzt plötzlich so schwer ums Herz geworden, weil ich jetzt ganz allein bin. Und dann ist's mir auch eingefallen, was für eine Freud' der Vater haben tät', wenn er das sehen könnt', dass du jetzt studieren darfst. An so was hat er sicher nie gedacht, geradeso wenig wie ich. Und gelt, Heini, du versprichst es mir und dem Vater da drunten, dass du alleweil recht brav bleibst. Gelt, du versprichst es uns?«

Ich nickte, denn sprechen konnte ich nicht vor Tränen.

Aber die Mutter drängte: »Heini, laut musst es sagen!«

Da stammelte ich hervor: »Ja, Mutter!«

Aber auch damit war sie noch nicht zufrieden. »Auch dem Vater musst du's versprechen. Denn, weißt, er hört dich ganz gut, vom Himmel schaut er herab und sieht uns und jedes Wort hört er, ganz so wie unser Hergott!«

Und da hob ich die Augen gegen Himmel und sprach laut und fest: »Ja, Vater, ich werd' alleweil recht brav sein!«

»So ist's recht, Heini! Und jetzt beten wir noch miteinander einen Vaterunser.«

Laut hub meine Mutter das Gebet an und ich sprach es mit und dann schlugen wir das Kreuz und erhoben uns langsam.

In der Höhe des Grabhügels war an dem Kreuze ein kleiner Blechkessel mit Weihwasser angebracht, über dem ein vollständig abgewelkter Strauß von Kornblumen steckte. In diesen Kessel tauchte nun die Mutter die Finger und zeichnete mir dann drei Kreuze auf die Stirne. Darauf wandte sie sich noch mal zum Grabe und wie in einem Selbstgespräche sagte sie: »B'hüt dich Gott, Franzl! Schau auf unser Kind, du kannst es. Lass ihn nit unglücklich werden!«

Schweigend verließen wir den Friedhof. Als wir die rostige Gitterpforte hinter uns hatten, sah ich nochmals zurück und da hatte sich auf die weiß lackierte Blechtafel des Grabkreuzes, die den Namen des Vaters trug, soeben die Sonne gelegt und es war mir, als lächle mir von dort das liebe Gesicht des Vaters zu. So stark war dieser Eindruck, dass ich leise zurückwinkte und mit gestärktem Mute ging ich weiter.

Zu Hause gab es noch allerlei zu packen und die Mutter begleitete jedes Stück, das sie in den großen Holzkoffer legte, mit guten Lehren, Ermahnungen, Gebrauchsanweisungen und von all dem Aufmerken und den Aufregungen des Tages war ich schließlich so müde geworden, dass ich wie ein Stück Holz ins Bett fiel und auch sofort einschlief. Und kein Traum störte diesen Schlaf.

4.

Und nun hat er doch Einlass gefunden, der Sturm. In einer der seltsamen Nächte, die wir jetzt hatten, mag er das Pförtlein gefunden haben, das in unsere Bergwelt führt. So still war's draußen und doch so voll heimlichen Lebens. Jedes Wesen hatte mit sich selbst zu tun, sich zu rüsten zur Frühlingsfeier, und das war ein Geraune und Getue, ein Gewisper und Geflüster fern und nah, als wäre die ganze Welt in Aufruhr geraten und alles eile im schützenden Dunkel einem Verschwörungsort zu.

Und plötzlich war er da. Erst nur ein ganz kurzes Brausen, als stürze von den Bergen ein Strom hernieder, dann kamen kurze, starke Stöße einer feuchtwarmen Luft, auf den Bergen fing es an zu rauschen und zu tosen und da sauste es auch schon in den Wald herein mit übermütig gellendem Pfeifen und die Bäume bogen ihre Wipfel und schlugen mit den Ästen krachend aneinander. Vom Dach meiner Hütte fing es an zu tropfen und zu platschen und noch vor der Frühe mischte sich in die wilde Auferstehungsmusik auch das Donnern ferner Lawinen und das mächtige Rauschen und Orgeln der Gießbäche, die allenthalben in das Tal niederbrachen, als könnten sie es nicht erwarten, auch im Flachland zu erzählen, dass der Frühling gekommen sei.

Schon in meiner Jugendzeit hat diese Zeit des ungestümen Drängens und Werdens immer mein ganzes Wesen erfasst, und nie sonst ist es mir so klar geworden, dass der Pulsschlag der Natur mitten durchs menschliche Herz geht, als in den Tagen, da der Frühlingssturm rauscht und die Tauwasser gehen.

Und so hat es mich auch in diesen Tagen hinausgetrieben und wie einst habe ich die entblößte Stirn den Winden dargeboten und mir das Haar zausen lassen. Und mit suchenden Augen bin ich durch meinen Wald gewandert. Unter jeden Strauch habe ich gespäht, und richtig, da fand ich, von ihren dunkelgrünen Blattarmen noch halb umfangen, die große, schneeige Blüte der Christrose und an den Haselhecken des Hanges, der zum See hinuntersteigt, die schüchtern geöffneten Sterne der weißen Anemone und am Rand neben dem Bach die feinstrahlige Blume des Huflattichs. Das sind unsere Blumen, die Blumen des Hochwalds. Sie duften nicht; aber doch liegt es rings wie Veilchenatem, und wie auch der Sturm tobt und durch die Wälder wütet, dazwischen schwebt es auf leisen ruhigen Wellen von Baum zu Baum, von Strauch zu Strauch und küsst die Knospen, mild und warm, wie eine Mutter ihr Kind küsst.

Schön, unsagbar schön ist dieses erste Werden und Blühen nach dem weißen Schneetraum. Ein Glück, nicht mit Menschenworten auszusagen, liegt darinnen und doch breitet sich darüber ein Schleier, in dem heimlich alles Weh schluchzt, das mit jedem Keim geboren wird.

Und so mächtig ist dieser Frühlingshauch, dass ich gestern in meinem alten, ruhig gewordenen Herzen beinahe etwas wie Wehmut fühlte. Ja, ich habe den Frieden und ich habe mir ihn in so heißen blutigen Kämpfen errungen, dass er mir das Höchste ist, was die Welt bieten kann. Und doch, schön war's auch damals, als die ersten Frühlingsstürme durch meine Seele brausten und die Gießbäche der Sehnsucht durch meine Adern schäumten. Ich schäme mich ihrer nicht, ebenso wenig, als wie sich die Blume des Keimes schämt, der sich in seinem natürlichen Drange so lange dehnt und reckt, bis ihn die Sonne des Frühlings aufs junge Haupt küsst.

Ein Dehnen und Recken war's auch, was meine Studienzeit ausmacht.

Ich war in einem Studentenheim untergebracht worden, das ungefähr anderthalbhundert Schüler beherbergte. Das Gebäude lag am südlichen Saume der Stadt und über den großen Garten hinweg konnte man schon von den Fenstern des ersten Stockwerkes die weite Ebene überblicken, hinter der sich, meist in silbernen Duft versteckt, die Berge erhoben. Am Fenster stand ich anfangs denn auch am liebsten, denn das Innere der Anstalt war kahl und von den Wänden, die kein Bild schmückte, strömte eine Kälte in mein Herz, dass es sich fröstelnd zusammenzog. Auch der Umgang mit meinen Kameraden war nicht angetan, mir das Dasein leichter zu machen. Die meisten von ihnen stammten aus Städten und wohlhabenden Familien, hatten über das Anstaltsleben genug gehört und waren deshalb mutig genug, sich vom ersten Tage an Übertretungen der strengen Hausordnung zu gestatten, die mir als heiliges Gesetz erschien. Unbekannt war es mir, ja unfassbar, dass man von Vorgesetzten in höhnischem, verächtlichem Tone sprechen könne, und als gar einmal einer die Bibel gegen den Boden schmetterte und wütend schrie, dass er es nicht einsehe, wozu man jetzt noch solche blödsinnige Volksmärchen lernen müsse, da empfand ich mit Schrecken, welch ungeheure Kluft mich von meinen Kameraden trennte, wie einsam ich unter all den Altersgenossen sei.

Jeden Mittwoch, Samstag und Sonntag hatten wir nach dem Mittagessen bis vier Uhr freien Ausgang und ich benützte denselben, um mir die Stadt genau anzusehen. Am liebsten wanderte ich durch die weiten Höfe und Kreuzgänge des bischöflichen Palastes. Da war es so still und einsam und man konnte träumen und fantasieren nach Herzenslust. Der alte Springbrunnen mitten in dem Hofe machte seine leise Musik dazu und die großen Bilder an den Wänden mit den seltsamen Darstellungen aus der Heiligengeschichte leuchteten in ihrem düsteren Bunt so geheimnisvoll aus dem Halbschatten der Kreuzgänge, dass ich mir oft wie in einer fremden Welt vorkam, besonders wenn die alte, riesige Kastanie, die den Springbrunnen beschattete, über und über im Schmucke ihrer roten Blütenkerzen dastand und die Bienen in der Krone summten. Da war es, als lägen vor den Bildern Tausend und Tausend Andächtige auf den Knien und raunten leise ihre Gebete.

Gerne stand ich auch vor dem Schaufenster der Buchhandlung und sah mir die prächtigen Bucheinbände und die goldenen Schnitte der zarten Lyrikbände an und versank in Träume, wie schön das sein müsste, wenn da auf einem dieser Bände von goldenen Arabesken umschlungen mein Name und darunter »Gedichte« stehen würde.

An Sonntagen war ich jedes Mal bei Heris Tante. Sie war die Witwe eines höheren Offiziers und hatte unweit des Klosters der grauen Schwestern ihr eigenes Haus. Sie war eine feine, vornehme Dame, die es trefflich verstand, auf die zarteste, unauffälligste Weise Heri und mir das Verständnis beizubringen, dass nun die Kinderzeit vorüber sei und dass wir in anderen Formen mitsammen verkehren müssten. Unvermerkt baute sie eine Scheidewand zwischen uns auf, sodass ich mit der Zeit, ohne selbst recht zu wissen, warum, die Sonntagsbesuche als lästig zu empfinden begann und mich unter allerlei Ausflüchten derselben öfter und öfter entschlug.

Ich trieb mich nun gerne in den weiten Auen herum, die den Lauf des Stromes, der an der Stadt vorüberzog, begleiteten und streifte mutterseelenallein durch die grüne Wildnis. Wie ein Marder kroch ich durch die wildverflochtenen Ranken, welche die Waldrebe in dichten Massen über die Weiden und Erlen hing, watete durch scharfriechende Nesselwälder und saß dann wieder in weltfernes Sinnen verloren an den kleinen Weihern, um die das Schilf rauschte und deren schwarze Wasser mich, je länger ich in sie hineinstarrte, immer unheimlicher ansahen, als höbe sich aus ihnen etwas empor, das riesige, glotzende Auge eines gespenstigen Ungeheuers, bis mich plötzlich ein banges Grauen anlief und ich in wahnsinniger Hast davonstürzte und nicht eher Ruhe fand, als bis ich auf dem breiten, schönen Promenadeweg stand, der am Saume der Au entlang zur Stadt führte.

Es waren ganz wunderbare Erlebnisse, die mir diese einsamen Streifereien brachten, Erlebnisse, die mich mit dem süßen Schauer des Märchens durchrieselten. Ich sah hinter den grünen Laubwildnissen schimmernde Schlösser erstehen mit marmornen Altanen und goldenen Säulen, ich sah Feen und Prinzessinnen die Anmut ihrer schlanken, in kostbare Gewänder gehüllten Leiber durch die Gründe tragen, dunkle Augen strahlten mich an und ein Singen und Klingen war um mich, so weich und süß, dass mir die Seele in unsagbarer Sehnsucht schwoll.

Aber von alldem erfuhr kein Mensch, keiner meiner Kameraden, auch Heri nicht und ebenso nicht Marieli, mit der ich in den Ferien öfter zusammenkam.

So verloren hatte ich mich in meine eigene Traumwelt und so glücklich fühlte ich mich in meiner Einsamkeit, dass ich auch in den Ferien am liebsten in den Hochwäldern meiner Heimat umherstreifte, die mir nun alle ihre Schönheit willig zeigten.

Und eines Tages da ging ich schon in aller Frühe fort. Noch lag die Welt im weichen Morgendämmer und auf den Wiesen lag der stumpfe Silberschimmer des Taus. Groß stand der Morgenstern an dem Himmel, den ein leises Gold zu färben begann. Im Hochwald erwachten die Vögel und bald da, bald dort erklang der kurze Flötenlaut ihrer Stimmen, ehe sie mit voller Brust zu ihrem Morgenlied einsetzten. Ich wanderte weiter und weiter; auf ungebahnten Wegen über Felsblöcke kletterte ich empor, bis ich endlich an den Schutthalden stand, die sich von den weiß leuchtenden Kalkmauern der Berge zum Hochwald herunterzogen.

Und wie ich dastand und an den schwindligen Zacken und Rissen emporblickte, da fasste mich mit einem Male ein brausendes Gefühl von Kraft und Mut und ich begann in einer der Runsen emporzuklimmen. Es war ein hartes Stück Arbeit und erforderte die Anspannung nicht nur meiner körperlichen, sondern auch meiner geistigen Kräfte, denn da galt es in blitzschnellen Entschlüssen jeden Vorteil auszunützen, hier eine Zacke zu fassen, dort den Fuß in eine Spalte zu zwängen, und, wiewohl mir der Schweiß in brennenden Bächen über Gesicht und Leib lief, ich empfand doch ein unendliches Lustgefühl.

So kletterte ich aufwärts und aufwärts, bis ich auf einmal auf einer breiten Felsplatte anlangte, die zur Rast wie gemacht erschien.

Und da sah ich nun den Weg, den ich zurückgelegt hatte und wunderte mich selbst, wie ich da, ohne zu stürzen, hatte heraufkommen können. Schwindlig jäh ging es hinunter und die großen Blöcke am Rande der Schutthalden sahen aus wie kleine Steine auf grünen Wiesenboden versät. Wo aber nun aus? Hinab auf demselben Wege, das sah ich ein, konnte ich nicht mehr, hinauf aber, das gab noch eine ärgere Kletterei als bisher, und in mir, der ich an körperliche Anstrengung nicht gewöhnt war, zitterte jede Muskel unter der Nachwirkung der geleisteten Arbeit.

Nun befiel mich ein Bangen, und um dasselbe nicht Herr über mich werden zu lassen, nahm ich die Kletterei wieder auf. Steiler und steiler türmte sich die Wand empor, glatter und glatter wurden ihre Flächen und Fuß und Hand tasteten oft minutenlang nach einem kleinen Vorsprung oder einer Spalte, um sich ansetzen oder einkrallen zu können.

Noch ein paar Schritte vorwärts und nun hing ich am Felsen und fand keinen Weg, keinen Tritt mehr vorwärts und auch zurück konnte ich nicht mehr. Kalt rieselte es mir aus allen Poren. Ein flüchtiger Blick zur Seite zeigte mir nur nacktes, glattes Gestein und blaue, gähnende Tiefe. In einer Entfernung von etwa anderthalb Metern ragte wohl eine Felsnase vor, aber die war wohl für mich nicht zu erreichen.

So war ich also hier am Ende meines Lebens angelangt und blitzschnell schoss es mir durch den Kopf, was dann, wenn man mich zerschmettert am Felsen gefunden hatte, sein würde. Der Absturz würde in die Zeitung kommen, meine Lehrer würden davon lesen und eine Zeit lang von mir sprechen; meine Kameraden würden mich vielleicht gar ein bisschen um meinen kühnen Tod beneiden, die Mutter, ja, die würde wohl wieder so aufschreien wie damals bei des Vaters Leiche und ihr zur Seite würde das Marieli stehen, die blauen Augen voll Wasser und voll des stillen Vorwurfes: »Heini, warum hast du mir das getan!« Und Heri? Plötzlich sah ich ihr dunkelflammendes Auge vor mir und glaubte ihre in der Erregung metallen klingende Stimme an meinem Ohr zu hören: »Du darfst nicht stürzen, Heini!

Vorwärts, es muss gehen!« Nein, Heri würde um mich nicht weinen; denn sie würde mich verachten, dass ich nicht die Kraft besessen, etwas Angefangenes durchzuführen.

Fort war meine Angst, brennende Scham durchglühte mich und zugleich kaltblütige Entschlossenheit. Ich fasste die Felsspitze scharf ins Auge, krallte meine Hände, so viel es ging, ins Gestein, begann die Beine zu dehnen, ein vorsichtiges Seitwärtsrutschen Zoll um Zoll und nun hatte meine rechte Fußspitze die Felsnase erreicht. Glücklich fand sich auch für die Rechte ein sicherer Griff, ein mutiger Schwung und ich stand drüben und sah zu meiner unendlichen Freude, dass jetzt überhaupt die Gefahr vorüber war. Die Felsnase war das Ende eines sich immer mehr verbreiternden Bandes, das zu grünem Almboden hinüberführte.

In zehn Minuten lag ich wohl todmüde, aber von einem unnennbaren Hochgefühle durchströmt auf weichen Graspolstern und trank mit glänzenden Augen die großartige Schönheit der vor mir entrollten Alpenwelt. Berg an Berg, Spitze an Spitze; aus der Tiefe stieg es auf mit wunderlich geformten, weiß leuchtenden Zacken und Schroffen, wie das Fialengewirr eines gotischen Domes, der Hochwald lag drunten und schlug seine dunklen Arme wie schützend um den blaugrünen Kristall des Sees, und weiter hinaus in blauem Duft verschwimmend das weite, weite Land mit blitzenden Häuserpunkten und ganz ferne mit einem Silberstreifen, dem Strom.

Welche Schönheit! Mein Herz schwoll und schwoll zum Zerspringen, meine Lippen fingen an Worte zu stammeln, unzusammenhängend, unbewusst, und dann war auf einmal ein Klingen da, das meine Seele auf den Schwingen jauchzender Harmonien zum Himmel trug, und ich sprang auf, breitete in überquellendem Glücksgefühl die Arme aus und rief meine ersten Verse in die sonnenschimmernde Ewigkeit hinaus:

Der Himmel so blau und die Welt so weit!
So weit und so schön mein Heimatland!
Mein Herz tanzt vor lauter Seligkeit!

O wie ich euch liebe, ihr Berge, dich Tal,
Ihr grünen Wälder in rauschender Rund,
Dich, Gottesleuchten, Goldsonnenstrahl!

Weiter kam ich nicht; aber diese Verse schienen mir so schön, und ich sagte sie immer vor mich hin, auch dann noch, als sich endlich auch meine Leiblichkeit in brennendem Durst und Hunger fühlbar machte und ich über den Almboden zu einer Sennhütte niederstieg.

Spät am Abend kehrte ich heim. Meine Mutter war schon in Sorge um mich, denn obgleich sie es gewohnt war, mich halbe Tage nicht zu sehen, so lange war ich noch nie ausgeblieben, und als ich ihr nun auf ihre Frage erzählte, wo ich gewesen – den gefährlichen Aufstieg verschwieg ich allerdings – und sie aus meinen Worten, die sich in schwärmerischen Ausdrücken überstürzten, die unendliche Gehobenheit meines Wesens erkannte, da sah sie mich so eigentümlich, fast scheu an und dann senkte sie den Kopf und sagte leise: »Du bist ein merkwürdiger Bub, Heini!«

Es war kein freudiger Ton in diesen Worten, vielmehr das heimliche Leid der Mutter, die ihr Kind fremde, ihr unverständliche Wege einschlagen sieht, auf denen sie ihm nicht folgen kann.

»Wo warst du denn gestern den ganzen Tag?«, fragte mich Heri, die ebenfalls die Ferien zu Hause zubrachte, als wir uns am nächsten Vormittag im Garten trafen.

»Auf dem Blassenstein!«, entgegnete ich und in den paar Worten musste so ein triumphierender Klang gelegen haben, dass Heri überrascht aufblickte und dann lächelnd meinte: »Du sagst das, als ob das weiß Gott was wäre. Der Blassenstein ist doch bei Weitem nicht der höchste unter unseren Bergen!«

Diese Herabsetzung meines Erfolges kitzelte mich und obgleich ich mir vorgenommen hatte, zu schweigen, nun verriet ich mein Geheimnis doch: »Das stimmt. Aber weißt du auch, wo ich den Aufstieg nahm?«

Sie sah mich fragend an.

Über dem Hochwald hob sich im Glanz der Morgensonne die weiße Mauer leuchtend auf, an der ich gestern gehangen. Zu ihr hinauf wies ich mit dem Finger und sagte: »Dort schau hin, das war mein Weg!«

»Was, über die Mauer bist du hinauf?«, fragte sie in ungläubigem Staunen.

Ich nickte stolz bejahend.

»Du, das musst du mir erzählen! Komm!«

Und sie zog mich zu einer Bank inmitten einer Fichtengruppe, wo wir vor Lauschern sicher sein konnten, und da erzählte ich ihr nun, wie ich eigentlich, ohne es zu wollen, die Kletterei begonnen und wie ich dann nicht mehr zurückgekonnt hätte, sondern zum Weiterklettern gezwungen gewesen wäre. Und dann erzählte ich ihr, wie ich hoch droben über der grausigen Tiefe am Felsen gehangen hätte.

»Du, das ist herrlich!«, rief sie und ihre Augen flammten stolz in die meinen. »Aber sag, was hast du dir eigentlich gedacht, als du dort oben hingst?«

Sollte ich ihr die Wahrheit sagen? Nur einen Augenblick überlegte ich, dann entschied ich mich für die Wahrheit und ich erzählte ihr von meiner kurzen Todesangst und wie mich dann der Gedanke an sie und ihre Verachtung zum letzten und entscheidenden Wagnis angespornt hatte.

Ich hatte ruhig erzählt und war nun ganz überrascht, welche Wirkung meine Worte auf Heri ausgeübt hatten.

Regungslos saß sie da, das dunkelerglühte feine Antlitz zur Brust hinabgeneigt, die sich in raschen stürmischen Atemzügen hob und senkte.

Ich wurde ganz verwirrt und dachte angestrengt nach, was ich gesagt habe, das Heri so tief erregen konnte.

So saßen wir eine Weile schweigend nebeneinander. In den jungen Fichten summte ein ganz leiser lauer Morgenwind, den Kiesweg entlang gaukelte ein dunkelsamtener Trauermantel und irgendwo auf einem Baum in der Nähe jubelte ein Fink sein sonnentrunkenes Morgenlied.

Je länger das Schweigen dauerte, desto verwirrter wurde ich, und da konnte ich es endlich nicht mehr ertragen und fragte, indem ich leise Heris Hand fasste: »Was hast du denn, Heri?«

Da hob sie groß und schimmernd ihre Augen zu mir auf und sagte leise: »Ich hab dich also gerettet, Heini?«

»Ja, Heri, du, du ganz allein! Freust du dich nicht darüber?«

»Freuen, Heini?« Ihre schlanken, bebenden Finger umschlossen mit festem Druck meine Hände und wie eine schwarze, heiße Gewitternacht von goldenen Blitzen durchflammt, umfing mich ihr Blick, als sie sagte: »Freude ist zu wenig. Stolz bin ich, Heini! Ja und ich werde dich nicht verlassen. Du musst was Großes werden! Hoch hinauf musst du, denn du hast die Kraft dazu. Und ich will mit dir! Hand darauf!«

Nochmals presste sich fest Hand in Hand, tauchte Blick in Blick und dann schritten wir aus unserem Versteck gegen das Schloss zu, schweigend, ganz erfüllt von unserem Verlöbnis, zwei Menschen, die noch vor einer Stunde Kinder gewesen waren und über die nun der erste Stoß des Lebenssturmes gefahren war.

Gegen Abend desselben Tages begleitete ich meine Mutter zu ihrer Freundin, der Müllerin. Ich war lange nicht in der Mühle gewesen, und als ich nun dem Marieli die Hand reichte, erblühte ihr blasses Gesicht im hellen Rosenlicht der Freude.

»Warum kommst du denn so selten, Heini?«, fragte sie. »Was tust du denn die ganzen Tage?«

»Mein Gott, was denn?«, entgegnete ich, indem ich mich neben ihr auf der steinernen Bank vor der Haustüre niederließ. »Ein bisschen lesen und viel im Wald herumlaufen. Gestern war ich auf dem Blassenstein. Du, da droben ist's schön!«

Und ich schilderte ihr die Aussicht in den herrlichsten Worten, die mir zu Gebote standen. Von dem Aufstieg sagte ich ihr aber nichts, das sollte mein und Heris Geheimnis bleiben.

Ich erzählte noch, als Bartl vom Sägewerk her zu uns kam. Einen Augenblick blieb er stehen und horchte, ich beachtete ihn nicht, dann fiel er mir ins Wort: »Na ja, jetzt prahlst halt mit deiner gestrigen Kraxlerei, gelt?«

»Was weißt du davon?«, fuhr es mir heraus.

»Oh, ich weiß alles. Es hat dich gestern wer gesehen, wie du das Narrenstückl gemacht hast. Na ja, solchene Leut, die keine Arbeit haben, die kommen auf allerhand Sachen, die einem, der sich plagen muss, sein Lebtag nit einfallen. Hättst aber auch leicht hin sein können.«

»Da wär wohl dir am wenigsten dran gelegen!«

Bartl sah mich feindselig an und sagte dann höhnisch: »Könnt' schon sein, dass ich nit geweint hätt. Möcht auch wissen warum? Hab ich einen Nutzen von dir? Nein. Also gehst mich nix an.«

»Denkst du über alle Leute so, von denen du keinen Nutzen hast?«

»Über alle!«

»Schäm' dich, Bartl, so was zu sagen, das ist nit christlich!«, wies ihn nun das Marieli zurecht.

Aber Bartl lachte nur: »Ich mich schämen? Dazu hab ich keine Zeit. So und jetzt geh ich. Kannst dein Narrenstückl weiter erzählen.«

Mit diesen Worten ging er ins Haus und ließ uns stehen.

»Du, Heini, was für ein Narrenstückl meint er denn? Und tot hättest du dabei sein können?«

Ich versuchte abzulenken und erwiderte so obenhin:

»Ach, nichts ist's. Ich bin nur ein wenig in den Felsen herumgeklettert und da hat mich vielleicht so ein Angstmeier gesehen.«

Sie hörte aber aus meinen Worten die Unwahrheit heraus und sanft, aber trotzdem eindringlich sagte sie: »Nein, nein, Heini, mich kannst du nit anlügen. Das bringst du nit zusammen. Es ist schon was dran an dem, was der Bartl gesagt hat.« Und mit einem unwiderstehlichen Flehen in Stimme und Augen bat sie: »Sag mir's, Heini! Oder willst du mir nichts mehr sagen?«

Da musste ich denn beichten.

»Aber schau, Marieli«, sagte ich und suchte die Sache so unverfänglich als möglich darzustellen, »es ist wirklich nichts dran. Auf den Blassenstein bin ich halt gestern gestiegen, und weil mir der Weg über die Alm zu viel aus der Hand gelegen war, bin ich halt vorn hinauf. Wenn man klettern kann und schwindelfrei *ist*, ist wirklich nichts dran.«

»Über die Wand bist du hinauf, Heini?«

»Aber ich sag dir ja: Es ist nicht so arg!«

»Oh, das kann ich mir schon denken. Heini, versprich mir, das tust du nimmer. Schau, wenn dir was geschehen tät'!«

»Mir geschieht nichts. Und wenn's wär, mein Gott, einmal muss man ja sowieso sterben!«

»Heini, so was darfst du nicht sagen, das ist Sünde. Und was hast du denn auch davon? Schau, herunten im Tal ist's ja auch schön!«

»Aber bei Weitem nicht so schön wie oben. Oh, ich werde noch höhere Berge besteigen und ich werde mir meine Wege selber suchen!«

Ein wilder Trotz hatte mich erfasst und obwohl ich wusste, dass jedes meiner Worte dem stillen Mädchen, das da vor mir stand und mich mit wehmütig fragenden Augen ansah, in die Seele schneiden musste, ich musste so sprechen, wie ich es tat. Unwillkürlich verglich ich die beiden Mädchen, Heri und Marieli! Jene war stolz gewesen auf meine Leistung, sie hatte mich verstanden; diese wollte mich schön in ihre beschränkte Welt einlullen, über die ich doch an allen Ecken und Enden hinausgewachsen war. Marieli verstand mich nicht mehr.

Und als hätte sie meine Gedanken erraten und wolle sie bestätigen, sagte sie mit traurigem Kopfschütteln: »Du bist ganz anders geworden, Heini!« Eine Träne glänzte in ihrem Auge auf.

5.

Das Anderswerden, ja, das geht nie ohne Schmerzen und Tränen ab. Ich sehe es jetzt tagtäglich draußen in meinem Walde. Noch immer braust der Tausturm durch seine Gründe und hin und hin ist der Waldboden bedeckt mit gebrochenen Ästen und Zweigen. Auch mancher junge Trieb ist darunter, der von Blüten geträumt haben mochte, und nun ist Welken sein Los. Am Seeufer hat der Sturm eine mächtige Bergtanne gebrochen und sie mitten in den Flor weißsterniger Anemonen hineingeworfen. Wie viele der zarten Blumen da getötet worden sind! Und nun kommen auch die ersten Blüten an den Sträuchern hervor. Wie innig und schüchtern sie sich früher in die braune, glänzende Hülle geschmiegt haben! Nun haben sie dieselbe abgestoßen und achtlos fallen lassen. Was früher so wertvoll und kostbar war, gilt nichts mehr, singend und jauchzend schreitet die Höhensehnsucht, der Lichtglaube darüber hinweg. Mag es mit seinem armen Lose sich abfinden und sich bescheiden damit, gedient zu haben. Jetzt gilt nur mehr die Sonne, die aufwärts führt, dem Ziele zu.

Das ist die niederschmetternde Rücksichtslosigkeit des Frühlings. Er nimmt alles, was ihm zum Siege verhelfen kann, in seinen Dienst; hat es diesen aber geleistet, dann wirft er es weg, lächelnd, lachend, hüllt sich in seinen strahlenden Königsmantel und schreitet stolz über die Leiber der Getreuen hinweg. Doch die Gefallenen und Weggeworfenen erheben keine Klage. Sie wissen, dass sie ihre Pflicht getan haben und dass es auch für sie ein Wiederkommen gibt. Nur abwarten, abwarten, demütig und geduldig sein.

Marieli verstand dies Abwarten und Geduldigsein. Ich habe mich nach jenen Ferien nicht von ihr verabschiedet. Ich wich ihr aus, denn der bloße Gedanke an ihre sanfte, hingebende Miene, die immer zu bitten schien: »Vergiss mich nicht!« bereitete mir Unbehagen. Wer auf Höhen will, muss das Tal vergessen können, und sei es auch mit dem reinsten Blütenschimmer geschmückt. Marieli konnte für mich ferner nichts sein, der Frühling in mir warf sie von sich, geradeso wie die drängende Blüte ihre Hülle von sich stößt. Jetzt war mir nur noch die Sonne gut genug, und meine Sonne hieß: Heri.

In die Anstalt zurückgekehrt, zog ich mich noch mehr in mich selbst zurück, als früher. Freilich, so einfach ging das nicht, denn man forderte

Anschluss und Mittun von mir. Wollte ich nicht die Hölle jugendlichen Übermutes und heimlichen Hasses gegen mich entfesseln, so musste ich mittun, wenn es galt, einen Ulk gegen Vorgesetzte oder Kameraden auszuführen oder einem der strengen Hausgesetze ein Schnippchen zu schlagen. Wie fern mir eigentlich alles das lag, davon wusste nur einer, mein unvergesslicher Oskar.

Er war ein einsamer, mürrischer Kerl, der sich um uns alle nicht einen Pfifferling kümmerte, sondern, wenn er sein Studium vollendet hatte, sein Skizzenbuch herabnahm und zeichnete und malte. Wir hatten vor seinem künstlerischen Talente die größte Hochachtung, aber ein vollkommenes Abschließen sollte und durfte es nicht geben. Auch ich hatte ja trotz meiner Streifereien doch manchen heimlichen Wirtshausbesuch mitgemacht, nur um dann wieder frei zu sein. Er aber verschmähte jeden Kompromiss und ging einsam, wie ein Igel die Stacheln seines Wesens nach außen kehrend, seinem Zaun nach.

Nun wurde in einem versteckt gelegenen Wirtshaus der Stadt ein Pfeifenklub gegründet. Jeder hatte seine Pfeife mit langem Rohr und schwarzrotgoldenem Bande dort und auch Oskar wurde wiederholt aufgefordert, mitzutun. Doch er schüttelte den Kopf und tat, was er wollte.

Darob schließlich allgemeine Entrüstung und es wurde der Beschluss gefasst, den Sonderling zu isolieren. Keiner sollte mehr ein Wort mit ihm reden, keiner ihm einen Dienst erweisen. Wollte er einsam sein, gut, so sollte er es gründlich sein!

Und mit dem Fanatismus der Jugend wurde der Beschluss auch durchgeführt. Keiner gab dem Sonderling auf seine Frage eine Antwort, keiner sprach zu ihm, und auch als er direkt fragte, was man denn gegen ihn habe, erhielt er keine Antwort. Wie ein Aussätziger wurde er gemieden, sodass er schließlich ganz verzagt wurde.

Und eines Tages, ich war eben wieder von einer meiner einsamen Steifereien in den Stromauen zurückgekommen, da trat auf dem menschenleeren Promenadeweg am Aurande Oskar auf mich zu und bat: »Sag mir du, was habt ihr denn alle gegen mich?«

Ich sah ihn an und er dauerte mich; aber ich war ja durch Handschlag verpflichtet, mit ihm nichts zu reden. Deshalb zuckte ich mit den Achseln und wollte weitergehen.

Er aber vertrat mir den Weg und seine braunen Augen, die sein sonst unschönes Gesicht wunderbar belebten, mit unendlicher Traurigkeit auf mich heftend, sagte er langsam: »Auch du?« – Und nach einer kleinen Pause setzte er kopfschüttelnd hinzu: »Dich habe ich für besser gehalten als die anderen!«

Da war ich besiegt und ich sagte ihm, weswegen der Boykott über ihn verhängt worden sei.

Er hörte aufmerksam zu und dann lächelte er halb wehmütig, halb spöttisch und meinte: »Deswegen also. Nun, wenn's sonst nichts ist, darüber werde ich mich zu trösten wissen. Aber sag mir, hast du denn eine Freude an diesen Kindereien?«

»Wäre ich heute hier und hätte ich mit dir gesprochen, wenn dies der Fall wäre?«

»Ja, du hast recht. Ich hab's ja immer gesehen und gefühlt, dass du ein anderer bist, dass du ein Mensch bist wie ich. Schau, ich möcht' ja auch gern mittun; aber in meiner Brust da drinnen ist etwas, das lässt mich nicht. Ich kann dir das nicht so sagen, aber ich glaube, dass du's auch so fühlst wie ich. Ich gehe dahin wie in einem Nebel. Das Lernen und das ganze Leben wickelt sich ganz mechanisch ab, ohne dass ich eigentlich davon weiß. Aber vor mir, weit, weit allerdings noch, da ist etwas, das zieht mich zu sich hin, unwiderstehlich. Was es ist, weiß ich nicht und ich habe oft eine ungeheure Angst davor. Ja, ja, wirklich eine Angst, wenn's dabei auch zugleich so süß durch die Seele läuft. Etwas Großes muss es sein, etwas Heiliges, etwas unirdisch Schönes. Wenn ich daran denke, wird mir andächtig zumute und ich möchte am liebsten niederknien und beten. Weißt, nicht so beten, wie die Leute in der Kirche, sondern so, als hätte man das eigene Herz in Händen und hielte es wie eine Opfergabe zum Himmel empor: ›Nimm's hin, du großer Unbekannter, und mache damit, was du willst, es ist ja mit jeder Faser dein!‹«

Er hatte die letzten Worte mit schwärmerisch inniger Begeisterung gesprochen und in seinen braunen Augen lag ein Glanz, der nicht von dieser Welt war.

Ich wusste nichts zu sagen, aber ein wundersames Empfinden zog durch mein Herz, halb Glück und halb ehrfürchtiger Schauer, und es war mir, als stünde ich wieder droben auf dem Blassenstein, die große, leuchtende Welt vor mir und in der Seele jenes jauchzende Klingen, das mich damals zum Dichter machte.

Und da sah mich Oskar treuherzig an und sagte über sich selbst lächelnd: »Gelt, ich bin ein verrückter Kerl! Aber da kannst nichts machen, es hat einen und man kommt nicht mehr los! Aber nicht wahr, den andern sagst du nichts davon. Ich möchte nicht spotten hören, denn da – da« – sein Gesicht nahm den Ausdruck finsterer Entschlossenheit an – »da müsste ich einen niederschlagen. Bei dir habe ich das Gefühl, dass du mich verstehst.«

Mit diesen Worten reichte er mir die Hand und sah mir fest und treu in die Augen, und ich erwiderte den Druck seiner Hand und sagte: »Ja, Oskar, ich verstehe dich, und wenn du magst, so wollen wir Freunde sein!«

Und wie wir mitsammen nach Hause schritten, entwickelte er seinen Lebensplan. Er wollte zuerst seine Studien vollenden, die Matura ablegen, dann aber auf die Kunstakademie gehen. Vorerst aber galt es, den Boykott der Kameraden zu brechen. Als ich auf ihn einredete und ihm vorstellte, dass man sein Fernbleiben vom Pfeifenklub auch als Feigheit betrachte, lächelte er nur, trat, als wir in die Stadt kamen, in die nächste Tabaktrafik und kam mit einer dampfenden Zigarre heraus.

Trotz meiner Vorstellungen rauchte er sie durch die ganze Stadt, warf sie auch vor der Anstalt nicht weg, sondern stieg gemächlich die Treppe hinan und trat rauchend ins Studierzimmer.

Die Kameraden staunten ihn wie ein Wundertier an, der Präfekt sprang auf und starrte ihn eine Weile sprachlos an, dann fuhr er auf ihn los: »Ja Sie, sind Sie denn des Teufels? Was unterstehen Sie sich?«

Da warf Oskar den glimmenden Stummel in den Spucknapf und sagte gleichmütig: »Ich habe ein Bedürfnis gehabt, zu rauchen.«

Der Präfekt kam noch mehr außer sich und schrie: »Gut, dann haben Sie jedenfalls auch das Bedürfnis zu einem vierzehntägigen Hausarrest!«

Oskar verneigte sich stumm und begab sich auf seinen Platz. Später, als der Präfekt einmal das Zimmer verließ, sagte er auf die bewundernden Worte, die ihm nun allgemein gewidmet wurden: »Ja, sich heimlich wo zusammenhocken und Pfeifen zu rauchen, braucht weniger Mut. Wenigstens seht ihr, dass ich kein Feigling bin.«

Von nun an hatte Oskar vor allen Anfeindungen Ruhe und das war niemand lieber als mir, denn das Verhältnis zwischen mir und ihm wurde von Tag zu Tag inniger. Sein klares, zielbewusstes Wesen wirkte tief auf mich ein und es wurde mir klar, dass ich Dichter werden müsse.

Auf einem unserer einsamen Spaziergänge vertraute ich ihm dies mein Streben an und las ihm auch ein paar Verse vor, die ich in den letzten Tagen gemacht hatte.

In seine braunen Augen kam wieder das tiefe, schöne Leuchten, das mich so hinzog zu ihm, und dann sagte er: »Ich hab's ja gewusst, dass auch du der Kunst verfallen bist. Es ist ganz eigentümlich, wie man das jedem ankennt. Wie wenn eine unsichtbare Krone über seinem Haupte schweben würde und ihr Leuchten fließe über sein Gesicht nieder, so ist das.«

Wir waren auf einer Höhe angelangt. Gegen Osten zu lag die Stadt, gegen Westen und Süden zu rauschten dunkle Wälder, hinter denen sich die Alpenberge mit ihren eigenwilligen Linien aufbauten, und gegen Norden flog der Blick über weite Felderbreiten. Ein einsamer, alter Birnbaum stand da, zum größten Teile schon verdorrt und nur an einem einzigen Ast flatterte noch grünes Laub.

»Siehst du«, sagte Oskar zu mir, »so was möchte ich einmal schaffen können: Ein Bild, in dem alles liegt, was die deutsche Erde so schön macht: den Fleiß, der diese Felder furcht, der die Städte gebaut hat, die Schönheit der Arbeit, das Schweigen der Weiten, die Heiterkeit der Wälder und die Einsamkeit der fernen Alpengipfel. Meinst du nicht, dass das etwas wäre, dem man ein ganzes Leben zum Opfer bringen könnte? – Was ist eigentlich dein Ziel?«

Wie immer, wenn Oskar seine Ideen entwickelte, war ich wie vor den Kopf geschlagen. Er war sich über alles klar, was er werden wollte, und wusste das in Worten zu sagen, die mir, der ich mich doch als Dichter fühlte, niemals eingefallen wären. So wusste ich auf seine wiederholte Frage denn auch nichts anderes zu antworten als die armseligen Worte: »Was ich einmal schaffen will, das kann ich heute noch nicht so klar und bestimmt sagen wie du. Mir schwebt nur eines vor: Die Menschen, die es lesen, müssten darüber jauchzen und weinen zugleich, und keiner von ihnen müsste jemals mehr zu einer unedlen Tat fähig sein.«

Oskar sah mich lange an und dann sagte er: »Du, das ist groß gedacht. Lass dich nur davon nicht abbringen. Ich sage dir: Die Kunst ist heilig, und ein echter Künstler muss ein Priester sein. Heini!« Sein Auge leuchtete wieder in jener schwärmerischen Glut auf, die jeden entzünden musste. »Hier, wo uns nur der große Unsichtbare sieht, den sie Gott nennen, hier wollen wir uns geloben: Uns selbst und dem

Heiligen, das wir in der Brust tragen, treu zu sein für immerdar.« Und mich neben sich auf die Knie ziehend, sprach er: »Komm, Heini, wir wollen beten!« Und da breitete er die Arme aus, wandte das Antlitz gegen Himmel und rief: »Herr, lass uns werden, wovon wir träumen, gib uns die Kraft zum Schaffen, lass uns nicht im Staub versinken – eher sterben!«

Ein Schauer lief bei dem letzten Worte über meinen Leib; es war so furchtbar ernst gesprochen, wie eine Forderung.

Auf dem Heimweg sprachen wir wenig. Oskar war jedenfalls ganz mit seinen Plänen beschäftigt und in mir zitterte jeder Nerv, so tief hatte mich das Erlebnis auf der einsamen Höhe ergriffen.

Am Anstaltstor fragte mich Oskar plötzlich: »Kennst du Eichendorff?« Ich erwiderte, der Wahrheit die Ehre gebend, dass ich wohl einzelne Gedichte von ihm gelesen habe, im Großen und Ganzen sei er mir aber noch fremd.

»Dann musst du ihn sofort lesen. Ich werde ihn dir geben. Weißt du, Eichendorff ist der Mensch, der den Künstler versteht, den der Künstler braucht. Denn er ist die unendliche Sehnsucht und ohne die gibt es keine Kunst. Er macht das Herz weit, sodass eine ganze Welt drinnen Platz findet.«

Noch am selben Abend gab mir Oskar den alten, abgegriffenen Band der Gedichte Eichendorffs.

Kein Buch hat auf mich so gewirkt. Ich fand darinnen die irren, dunklen Stimmen meiner eigenen Sehnsucht nach Schönheit, Glück und Liebe, und über die ganze Welt senkte sich, je mehr ich mich in ihn vertiefte, ein Zauberschleier, der sie wundersam verklärte und ihr alle Ecken und Härten nahm. Ich sah die wirkliche Welt nicht mehr, nur die Ferne, und meine dunkle Sehnsucht, die vergebens in die Lüfte nach einem festen Gegenstand griff, schwoll so an, dass mir oftmals die Augen feucht wurden, ohne dass ich hätte sagen können, aus welchem Grunde.

Bei aller Freundschaft gingen Oskar und ich doch noch immer unsere eigenen Wege.

»Wir dürfen uns aneinander nicht abreiben!«, sagte er. »Wir müssen die Eigenen, die Einsamen bleiben, die wir im Grunde sind.«

Heri war in diesem Jahre nicht mehr im Kloster, sondern zu Hause. Wenn ich auch immer seltener und seltener sie bei Tante Berta aufgesucht hatte, so ging sie mir nun doch sehr ab und an manchen Sonntagen, wenn auch Oskar seine eigenen Wege ging, befiel mich eine Sehnsucht nach ihr, die stark und schmerzend wie Heimweh war. Da ging ich am liebsten an das Bahngeleise und jeder der gegen Süden brausenden Züge nahm mein Herz mit. Mit jedem Male ging ich weiter und weiter am Bahngeleise entlang und so kam ich auch dorthin, wo der Schienenstrang durch einen tiefen Geländeeinschnitt führte. Auf der Höhe der Böschung bin ich nun oft und oft gestanden. Unter mir jagten die Züge dahin und stießen mir ihren silbergrauen Wolkenatem ins Gesicht, die Telegrafendrähte summten geheimnisvoll vor sich hin, in den Weißdornhecken, die den Rand der Böschung säumten, säuselte der Wind und von ferne her klang es wie ein Singen, unsagbar süß und unsagbar weh. Und das Singen kam von dort her, wo über den blauverschleierten Wäldern die Berge aufstiegen, in silbernen Duft gehüllt, oft kaum mehr zu erkennen.

Da stand ich und sah den Zügen nach, bis das letzte Rauchwölkchen in der Weite verschwamm, und da ist es auch geschehen, dass ich einmal ganz laut einem Zuge den sehnsuchterpressten Namen: »Heri!« nachrief. Allerdings erschrak ich selbst ganz gewaltig, und obwohl ich sicher sein konnte, dass mich hier niemand gehört haben konnte, sah ich doch nach allen Seiten herum und fühlte dabei die glühende Röte, die in meine Wangen geschossen war. In zitternder Scham vor mir selbst gestand ich mir: Ich liebe Heri!

Auf dem Heimweg überlegte ich, ob ich es Oskar sagen sollte; aber eine ganz eigentümliche Scheu hielt mich davor zurück. Und so trug ich mein süßes Geheimnis mit mir, bis ich es nicht mehr ertragen konnte. Es war ja zum wirklichen Glück geworden.

Zu Ostern war ich nach Hause gefahren. Es war Mitte April und ein außergewöhnlich früher Frühling hatte selbst in unserem Gebirgskessel schon die ersten Blüten an den Zweigen hervorgelockt. Die Haselstauden hingen voll goldgelber Kätzchen, auf den schlanken Weidenruten saßen in schmucken Reihen die silberweißen Blütenpelze und der Hartriegel hatte ebenso seine gelben, wie der Schlehenstrauch seine weißen Sterne ausgebreitet. Tiefblaue Leberblumen und das bunte, rauhaarige Lungenkraut schmückten die Hänge bis in den Hochwald hinein, und auf den Wiesen hob zwischen Schneeglöckchen und Frühlingsknotenblumen die Anemone ihren schimmernden Stern aus dem zartgefiederten Dreiblatt. Frühling war's in der Heimat und Frühling in meinem Herzen. Meine Mutter war krank gewesen und ein Brief, den mir Marieli im Auftrag ihrer Mutter geschrieben hatte, hatte mich sehr besorgt gemacht. Als ich aber nach Hause kam und meine Mutter wieder gesund und rüstig vor mir sah, da kannte meine Freude keine Grenzen. Auch in der Familie des Oberforstverwalters hatte man schon ernstliche Befürchtungen gehegt, und als ich am Nachmittag des Ostersonntags – ich war mittags im Schlosse zu Tische geladen gewesen – mit Heri durch den Park schritt, sagte sie mit einer mir ungewohnten Weichheit in der Stimme: »Wie bin ich heute so froh. Ich hatte schon gefürchtet, die Ostern könnten heuer traurig werden und nun sind sie so schön!«

Ich sagte darauf nichts, meine Augen hingen nur immerzu an der schlanken, graziösen Gestalt neben mir, an dem zarten, feinen Gesicht mit den tiefroten Lippen und den dunklen Augen und an dem kastanienbraunen Haar, über das die milde Frühlingssonne ein Netz von goldenem Flimmer wob.

»Freust du dich nicht?«, fragte sie nach einer Weile.

»Oh, ich freue mich immer, wenn ich auf Ferien gehen kann«, sagte ich und fühlte dabei, wie ich errötete.

»Ich auch!«, sagte sie leise und auch ihr Gesicht überflog eine flammende Röte.

Mein Herz hämmerte stürmisch und um meine Verlegenheit zu verbergen, brach ich ein über und über blühendes Reis von einem Schlehenstrauch an unserem Wege, entfernte sorgfältig die Stacheln und bot es ihr.

Sie nahm es mit einem leuchtenden Blick an und versuchte, es vor dem Busen zu befestigen. Aber es gelang ihr nicht. Nun wollte sie es in das Haar stecken, aber auch da hielt es nicht.

»Komm, lass mich!«, sagte ich und schlang behutsam und mit glückzitternder Hand die Blüten in ihr duftendes Haar. Und sie hielt das liebe Köpfchen gesenkt, bis ich fertig war und dann sah sie mich strahlend mit ihren süßen, meertiefen Augen an.

Und da wagte ich es, schlang den Arm um ihren Nacken und fragte stotternd: »Heri, hast mich lieb?«

Da lehnte sie ihr Köpfchen an meine Schulter, sah zu mir auf, glücklich, unsäglich glücklich und dann nickte sie ein paarmal rasch.

Und ich neigte meine Lippen auf die ihren, die sehnsüchtig zu mir aufdürsteten.

Eine Weile standen wir so ganz in Seligkeit versunken, dann fragte ich leise: »Und wirst du mir treu bleiben?«

»Ewig, Heini!«, entgegnete sie ebenso leise.

In diesem Augenblick begannen im Dorfe die Glocken zur nachmittägigen Vesper zu läuten, und auf den frommen, frohen Klängen schwang sich die Andacht der ersten Liebe jubelnd zum Himmel empor.

6.

Ewig! Wie leicht sich das spricht, wenn der Frühling das Blut durch die Adern treibt. Als ob es auf Erden außer dem Leben im Allgemeinen überhaupt etwas Ewiges gäbe! Aber das Herz glaubt in kindlicher Ergriffenheit das Märchen, und der Frühling ist der größte und beste Märchenerzähler. Heute hat er mich an der Hand genommen und hat mich durch sein buntes Reich geführt. Die Sonne lag so warm auf dem Wald und streichelte mit ihren goldenen Strahlenfingern die ernsten Tannen und Fichten, dass es wie lächelnde Verklärung über ihre dunklen Häupter ging. Der Waldgrund bis zum See hinunter ist ein einziges Blühen. Gelb, Blau, Weiß und da und dort ein Tupfen Rot bedecken in kühnen Flächen den Boden und darüber summte es von unzähligen flügelblitzenden Wesen, die sich aus den Kelchen auf ihre Weise ihren Frühlingsrausch trinken. Und auch die Schmetterlinge sind schon da: der goldbraune Fuchs und der hellgelbe Zitronenfalter. Von Blüte zu Blüte taumeln sie und dann steigen ihrer zwei in kreisenden Wirbeln empor, hoch, hoch hinauf in das strahlende Ätherblau. Und ein leiser Wind ist da und trägt aus all den blühenden Weiten und Winkeln den Duft herbei und mit dem Duft zugleich den Gesang der Vögel, die auf allen Zweigen jubeln und schmettern, als sollte es ihnen die kleine, glückgeschwellte Brust zersprengen. Frühling! Und die junge Seele, die sich zum ersten Male seiner bewusst wird, die von der Sonne der Liebe zum ersten Blühen aufgeküsst wird, sie sieht Nähen und Weiten von seinem Walten erfüllt und meint, das könne nun nie mehr anders werden. Und wie sollte sie es auch wissen, dass der Frühling nur dazu da ist, das Vergängliche mit Ewigkeitsträumen zu erfüllen, auf dass es willig werde, den ewigen Lebenszwecken zu dienen. Ewigkeitstraum, Ewigkeitsrausch, das ist der Frühling. Aber aus Traum und Rausch gibt es ein Erwachen, und dann kommt die Reue und der

Hass, und dieselben Lippen, über welche begeisterte Loblieder auf den Frühling geflossen sind, pressen Fluch auf Fluch hervor. Auch ich habe dem Frühling geflucht, der mir Heri in den Arm legte. Aber heute weiß ich, dass es so sein musste, und ich wäre nicht der glückliche Mensch, der ich heute bin, wenn jener Frühling nicht gewesen wäre. Glücklich! Bin ich's denn? Nein. Ich bin weder glücklich noch unglücklich, das sind Ausdrücke aus der Dumpfheit des Menschentums. Ich bin, schlechthin »ich bin«. Ich bin der Frühling und der Winter, ich bin die Sonne und die Blume, ich bin ein Stück Natur, unvergänglich im Wesen, vergänglich in der Gestalt: Ich bin der Friede, ich, der Einzige auf der weiten Welt!

Doch ich muss erzählen.

Als ich nach den Ferien wieder in die Anstalt kam, war in meinem Wesen eine so große Veränderung vor sich gegangen, dass auch Oskar aufmerksam wurde. Ich stürzte mich mit einem Eifer auf mein Studium, als gälte es, in einem Monat alles zu bewältigen, wozu mir noch zwei Jahre bevorstanden. Ich mied die Kameraden mehr als jemals, und auch mit Oskar kam ich weniger zusammen als je. Ich wollte allein sein, denn Lied auf Lied sprosste aus meinem Herzen empor, und wenn ich mir heute auch sagen muss, dass das meiste nicht einmal für einen der übel beleumundeten Goldschnittbände von Liebeslyrik getaugt hätte, damals fühlte ich doch über jeden Vers und jeden Reim ein Glück, das mich wie auf Engelsschwingen zum Himmel trug, in dem Heri als Gottheit auf leuchtendem Throne saß.

Ich blieb jetzt auch öfter, wenn allgemeiner Ausgang war, zu Hause, um meine Gedichte in ein Heftchen zu schreiben, dessen Blätter ich sorgfältig mit roter Tinte umrandet hatte und das ich dann binden lassen und Heri überreichen wollte.

Und bei dieser Arbeit überraschte mich an einem Nachmittage Oskar.

»Was schreibst du da?«, fragte er und griff nach dem Heft.

Ich wollte es ihm wegnehmen, aber da sah er mich so groß und fragend an, dass ich die Hand sinken ließ. Und nach einer Weile sagte er: »Sind wir nicht Freunde, Freunde« – er betonte das stark und eindringlich – »Heini?«

Ich senkte beschämt den Kopf und er fuhr fort: »Wenn du nicht willst, dass ich lese, was du da geschrieben hast, so will ich gerne darauf verzichten. Aber ich müsste mir sagen, dass du nicht das rechte Vertrauen zu mir hättest und das, Heini, das täte mir wohl recht, recht weh!«

Nun fand auch ich wieder die Sprache: »Nein, nein, Oskar, lesen kannst du das schon. Aber weißt du, es ist halt nichts Besonderes, und ich hätte dir gerne etwas Besseres gezeigt.«

»Kein Meister ist vom Himmel gefallen und wir, die aus Eigenem lernen und werden müssen, wir werden noch lange brauchen, bis dass wir mit uns selbst zufrieden sein können. Darf ich also lesen?«

Ich nickte, und während ich mit klopfendem Herzen seine Mienen beobachtete, las er langsam Seite um Seite.

Dann legte er das Heft auf den Tisch, strich sich nach seiner Gewohnheit ein paarmal über die Stirne und fragte dann: »Lebt diese Frau, von der diese Lieder singen, oder ist sie nur ein Gebilde deiner Fantasie?«

»Sie lebt.«

»Hier?«

»Nein, zu Hause. Du kennst sie ja. Es ist das Mädchen, mit dem du mich wohl in Begleitung einer älteren Dame, ihrer Tante, einige Male spazieren gehen gesehen hast.«

»Oh, ich weiß schon, die Oberforstverwalterstochter aus euren Bergen, das Mädchen mit den wundervollen dunklen Augen!«

»Sind dir auch ihre Augen aufgefallen?«

»Ich sehe mir jeden Menschen nur auf seine Augen an. In diesen liegt sein Charakter und sein Wesen und die Entscheidung, ob er ein Herdentier oder ein Höhenmensch ist.«

»Und was hast du aus den Augen meiner Heri gelesen?«

»Ich sah sie nur flüchtig, aber wie gesagt, ihre Augen sind mir aufgefallen, es war ein so unergründliches Leuchten drinnen. Aber erzähl mir von ihr!«

Und ich erzählte und schwärmte.

Er hörte mir, das Haupt gedankenvoll gesenkt, zu, dann, als ich endlich schwieg, sagte er und seine Worte fielen langsam, wie kühle Tropfen, von seinen blassen, schmalen Lippen: »Schön muss es wohl sein, zu lieben und geliebt zu werden. Aber uns, Heini, darf die Liebe nicht in Gewalt bekommen. Uns darf sie nur Sehnsucht, nicht Erfüllung sein. Wir sind nicht geboren zum Glück im gewöhnlich menschlichen Sinne, sondern zum Schöpferglück. Lieben, irdisch lieben heißt für uns: sterben.«

Wie immer, wenn er so hohe Worte sprach, wusste ich auch auf diese Rede nichts zu sagen. Da war ein Geist, der mir fremd war, der mir Scheu einflößte, vor dem sich meine Seele in sich zusammenkauerte wie ein Kind, dem sich im Dämmerlicht etwas Großes, Angsterregendes nähert. In solchen Augenblicken fühlte ich Oskars unendliche Überlegenheit und wusste nicht, dass diese Frühreife das Todeszeichen war, das ihm sein Schicksal auf die gedankenvolle Stirne gezeichnet hatte.

»Irdisch lieben heißt für uns: sterben!«

Tagelang grübelte ich über diese Worte nach; sie wühlten schroffen Widerspruch in mir auf und dann war's doch wieder, als müsste ich mich ihnen beugen. Meine Lieder bekamen von diesen Grübeleien den dunklen Ton des Schmerzes und der Entsagung, und als ich zu Weihnachten Heri heimlich das Heftchen einhändigte, da fragte sie mich am nächsten Tage: »Warum schreibst du so traurige Lieder?«

»Heri, sieh, es kommt oft so über mich; ich muss dann denken, du gehörtest einem anderen und das – Heri – das stimmt mich so, dass ich am liebsten sterben möchte.«

»Was du für sonderbare Gedanken hast!«, sagte sie erstaunt und setzte nach einer kleinen Pause lächelnd hinzu: »Denkst du jetzt auch ans Sterben?«

Sanft schmiegte sie sich an mich und ihre Augen leuchteten so süß und ihre Lippen blühten so sehnsüchtig zu mir auf, dass ich alle Todesgedanken vergaß, sie in die Arme schloss und meine ganze Seele in einem langen, langen Kuss ausströmen ließ.

Während ich im Glück meiner jungen Liebe versank, hatte sich in der Anstalt Oskars Schicksal erfüllt. Da er keine Eltern hatte, war er in der Anstalt verblieben und benutzte die Ferientage zu fleißigem Zeichnen und Malen. An einem Tage war er nachmittags mit seinem Skizzenbuch fort, um eine Winterlandschaft nach der Natur zu zeichnen. Dabei hatte er sich erkältet und nun kam die Krankheit zum Ausbruch, der auch sein Vater in jungen Jahren erlegen war: die Lungenschwindsucht.

Am Silvestertage war er ins Spital transportiert worden und als ich am Abende des Neujahrstages wieder in der Anstalt eintraf, war es das Erste, was ich erfuhr, dass Oskar rettungslos verloren sei. Das Leiden war mit solcher Heftigkeit aufgetreten, dass ihm nur mehr einige Wochen zum Leben vergönnt sein konnten.

Diese Nachricht traf mich wie ein Keulenschlag, und als ich an dem ersten Tage, an dem wir freien Ausgang hatten, zu ihm eilte und an sein Bett trat, da musste ich all meine Kraft zusammennehmen, um mich nicht aufschluchzend über ihn zu werfen.

Zum Glück hatte er selbst keine Ahnung, wie es um ihn stand, und schimpfte nur über den Doktor, der ihn wegen einer Bronchitis da hierher ins Spital habe bringen lassen. Es sei ja gar nicht übel hier, die Krankenschwester sei sehr lieb zu ihm, aber wenn er im Krankenzimmer der Anstalt hätte bleiben können, wäre es ihm doch lieber gewesen, weil dann ich jeden Tag ein paarmal zu ihm hätte kommen können. Und er hätte mir so viel zu sagen, nun aber falle es ihm nicht ein und – er begann zu husten, trocken und heiser, minutenlang, ohne aufzuhören – jetzt könne er es auch nicht wegen der blödsinnigen Husterei.

Er konnte die letzten Worte, vollständig erschöpft, nur flüstern, und dann sank er in die Kissen zurück. Müde schloss er die Augen und wären die hektischen Rosen auf seinen Wangen nicht gewesen, man hätte ihn für tot halten können.

Eine geraume Zeit lag er so und dann erzählte ich ihm von meinen Ferien, aber ich erzählte sozusagen mit gedämpften Lichtern, es schien mir roh, vor dem dem Tode Verfallenen von meinem Glück zu reden. Und ihm schien merkwürdigerweise gar nicht einzufallen, dass ich auch bei Heri gewesen sei. Er fragte nur, ob und was ich geschaffen, und als ich ihm vorlog, dass ich eine größere Dichtung angefangen habe, war er sehr befriedigt. Ehe ich fortging, bat er mich noch, ihm das nächste Mal seine Zeichenutensilien, und zwar Skizzenbuch, Bleistifte und Pastellstifte mitzubringen, denn er wolle sich nicht zu Tode langweilen.

Ich vollführte seinen Auftrag und als ich dann wieder das dritte Mal zu ihm kam, hatte er auch schon etwas gezeichnet. Aus Mangel an passenden Objekten, hatte er sich den Christuskopf von dem riesigen Kruzifixe, das die Wand schmücken sollte, sie aber nur noch trostloser machte, zur Vorlage gewählt.

»Da schau, was ich gemacht habe«, flüsterte er.

Ich war überrascht. Oskar, der sonst so peinlich genau war und nicht früher Ruhe gab, ehe nicht seine Zeichnung ihrem Vorbilde entsprach, hier hatte er dieses ganz wesentlich anders wiedergegeben. Der Christuskopf des Kruzifixes zeigte ein im Tode zur Brust niedergesunkenes Haupt mit geschlossenen Augen. Ein müder, dumpfer Friede lag auf dem hageren Antlitz. Auf Oskars Zeichnung aber hatte der Kopf eine nach vor- und aufwärts gerichtete Haltung; die Augen waren geöffnet und namenlose Qual, tödliches Entsetzen schrien aus ihnen; der Mund war verzerrt und jeder Muskel des Gesichts schien vor unsäglichem Schmerz gespannt. Die ganze, ungeheure Angst vor dem Tode lag im Ausdruck dieses Gesichtes.

Ich starrte bald die Zeichnung, bald das Kruzifix an, unfähig, ein Wort zu sagen, denn ich war im Innersten erschüttert: Hier hatte nicht seine Hand, sondern sein Herz den Stift geführt.

»Nun, was sagst du dazu?«, fragte er mich mit seiner heiserleisen Stimme.

Um meine Erschütterung zu verbergen, tat ich ganz kühl kritisch und erwiderte: »Hier hast du dir aber sehr starke künstlerische Freiheiten erlaubt.«

»Hab ich auch. Und zwar, weil der Mensch, der diesen Christus dort geschnitzt hat, ein ganz oberflächlicher Mensch ist. Weißt du, so still und ergeben, so stumpf wie der dort, stirbt keiner, der einer ganzen Welt das Glück bringen wollte. Wie muss der die Erde geliebt haben, die große, weite, schöne Erde! Ich weiß das, und ich habe mich in ihn hineingedacht. Wissen, dass man all die Schönheit zum letzten Male schaut, dass dann ewige, ewige Nacht ist, dass all das, was man noch wirken wollte, mit einem begraben wird, Heini, das muss ein Schmerz sein, gegen den nicht einmal der physische der Kreuzigung selbst aufkommen kann. Siehst du und das wollte ich zeichnen. Es ist mir ohnedies nicht recht gelungen, mir stand es noch ganz anders vor der Seele.«

Er wollte noch weitersprechen, aber ein furchtbarer Hustenanfall machte es ihm unmöglich. Nach demselben aber war er so matt, dass er neben mir einschlummerte.

Die Krankenschwester war hereingekommen, während er noch hustete. Sie rückte ihm die Kissen zurecht, und als sie sah, dass er schlummerte, sagte sie leise zu mir: »Das Leiden macht bei ihm rapide Fortschritte. Sie müssen sich auf den Gedanken gefasst machen, Ihren Freund schon sehr bald zu verlieren.« Und ihm behutsam den Schweiß von der Stirne wischend, flüsterte sie voll inniger Teilnahme: »Armer, armer Mensch!«

»Was sagt der Doktor?«, fragte ich.

Sie zuckte mit den Achseln und erwiderte: »Bei normalem Verlauf, sagt er, kann es noch einen Monat mit ihm dauern, aber es kann auch schon in vierzehn Tagen, ja sogar noch früher die Katastrophe eintreten. Hoffen wir das erstere.«

Wie ein Trunkener verließ ich das Spital. Ich hatte meinen Vater verloren, auf entsetzliche Weise verloren und war darüber zum bewussten Leben erwacht; aber in seiner Allmacht und Größe war mir erst jetzt der Tod zum Bewusstsein gekommen. In einem Monat also sollte ich meinen Oskar nicht mehr haben; da lag er schon drunten in der dunklen Erde, die ernsten treuen Augen für immer geschlossen und nie, nie mehr sollte ich ein Wort mit ihm sprechen können, nie mehr seinen hohen und für mich oft so dunklen Worten lauschen können. Wie konnte, wie durfte es das geben! Sollte ich da nichts, gar nichts machen können? Es musste, es musste doch etwas geben! Und wem sollte es einfallen als mir, mir, seinem einzigen Freunde!

Mir brannten die Augen, das Herz schlug mir, mein ganzes Wesen war in Aufruhr. Ich durfte Oskar nicht sterben lassen, es war meine Pflicht, meine heiligste Pflicht. Aber was sollte ich tun?

Ich lief wie irrsinnig nach Hause.

Da, im Vestibül trat der Portier, der auch die Post in Empfang nahm, auf mich zu und überreichte mir einen Brief. Die schlanken, zierlichen Buchstaben kannte ich: Es war Heris Schrift. Um die in meine Wangen aufschießende glühende Röte zu verbergen, eilte ich in weiten Sprüngen die Treppe empor, und erst oben im zweiten Stocke auf dem noch leeren Korridor riss ich den Umschlag auf. Es war das erste Mal, dass mir Heri schrieb, und es musste gewiss etwas Wichtiges sein.

Es waren nur ein paar Zeilen und sie lauteten:

Mein lieber Heini!
Nächsten Sonntag komme ich zu Tante Berta und zwar auf längere Zeit. Sie war bei uns und man fand, dass es für mich Zeit sei, in die Welt eingeführt zu werden. Richte es so ein, dass ich Dich an einem Deiner nächsten Ausgangstage von Tantes Fenster aus sehen kann. Ich werde sie dann veranlassen, Dich einzuladen. Ich schreibe das in aller Eile, verzeih also die Kürze.
Deine

Heri.

In diesem Augenblick war all mein Schmerz um Oskar vergessen und mein ganzes Wesen beherrschte nur ein Gedanke: Heri kommt! Ich würde mit ihr dieselbe Luft atmen, sie ein paarmal in jeder Woche sehen, sprechen und küssen können. Und im Geiste malte ich mir das Glück aus, ihr lockendunkles Köpfchen an meiner Schulter fühlen, ihre meertiefen Augen in feuchtem Glanze leuchten sehen zu können.

Aber plötzlich fiel es wie Mehltau auf die Blüten meiner Freude. Sie war gekommen, um in die Welt eingeführt zu werden. Das hieß also, sie sollte in Gesellschaften mitgenommen werden, und dass sie bei ihrer Schönheit die jungen Männer fesseln musste, das war mir klar. Wie würden sie sich huldigend um sie drängen, all die geschniegelten jungen Herren und die weltgewandten Offiziere. Wie würden sie Heri mit Schmeicheleien und galanten Worten überschütten! Und wie musste ich dann daneben stehen, ich, der arme, unfertige Student! Was war ich gegen die anderen! Ein Nichts, nein, noch weniger: eine Lächerlichkeit!

Und da fiel mir wieder Oskar ein. Ja, wenn ich so sein könnte wie der! Der würde die ganze Gesellschaft mit all ihrem Prunk nur so von oben herab behandeln, mit seinem halb geringschätzigen, halb mitleidigen Lächeln! Ja, Oskar, der wäre der Mensch, einen solchen Kampf aufzunehmen, aber ich, das musste ich mir sagen, ich konnte es nicht. Und da befiel mich ein grauenvolles Verlassenheitsgefühl und ich warf mich im Schlafsaale auf mein Bett und ließ meinen Jammer in sinn- und fassungslosen Tränenströmen ausfließen.

Am Samstag sollte ich wieder zu Oskar gehen; ich wusste, dass er mich sehnsüchtig erwartete, und doch trieb es mich, den Zug abzuwarten, der Heri bringen sollte. Er musste ungefähr um zwei Uhr ankommen und dann hatte ich immerhin noch Zeit, Oskar zu besuchen. Erst hatte ich die Absicht, Heri auf dem Perron zu erwarten; aber diesen Gedanken gab ich auf. Sie wurde ja sicher von ihrer Tante abgeholt, und wenn mich diese auf dem Bahnhofe traf, musste sie sofort unser heimliches Einverständnis entdecken. Und das durfte, solange ich noch Schüler war, unter keinen Umständen geschehen.

Ich stellte mich also hinter einer der alten Riesenkastanien auf, die vom Bahnhof bis zur Stadt eine Allee bildeten, und wartete dort. Im geeigneten Momente wollte ich hervortreten; Heri sollte mich sehen, die Tante nicht.

Qualvoll langsam schlichen die Minuten dahin, während ich, den Rockkragen hochgeschlagen und die Mütze tief in die Stirne gezogen, auf dem Promenadeweg vor dem Bahnhof auf und ab spazierte. Durch die Winterlandschaft klangen die Glockensignale, im frischen Wind summten die Telegrafendrähte; dann und wann pfiff eine Lokomotive und dumpf dröhnte das Aneinanderstoßen verschiebender Wagen.

Sonst wenn ich auf den Bahnhof kam oder wenn ich vom Bahndamm aus den Zügen zusah, wie sie in die ferne Heimat eilten, hatten mich alle diese mit dem Verkehre zusammenhängenden Töne und Geräusche mit froher Reisesehnsucht erfüllt, heute auf einmal fühlte ich so etwas Fremdes, Kaltes von ihnen ausgehen, und eine tiefe Melancholie presste mein Herz wie mit eisernen Händen zusammen.

Endlich schlug es drei viertel zwei und ich begab mich auf meinen Posten. Der Wagen der Tante Berta war bereits vorgefahren und der Kutscher stand bei den Pferden und tätschelte ihnen den Hals.

Nun ein langgezogenes Pfeifen, dann dröhnte der Zug in die Station herein, das Brausen der Dampfbremse erscholl, nun musste der Zug stehen.

Mir klopfte das Herz bis zum Halse herauf. Jeden Augenblick musste Heri, meine schöne Heri erscheinen.

Der Kutscher stand am Wagenschlag und spähte in die Halle des Vestibüls, nun zog er seinen Hut und neben der Tante erschien Heri. Sie war in einem grauen Reisekleid und zum ersten Male sah ich, dass sie eine junge Dame war. Bisher war sie mir nur ein Mädchen gewesen, und trotz der Liebe und der Küsse war sie für mich noch immer der alte, eigensinnige Wildfang aus unserer Kinderzeit. Nun aber war sie eine wirkliche Dame und ich – mein Blick glitt unwillkürlich an meinem vernachlässigten äußeren Menschen hinab – ich war ein armes Studentlein, sonst nichts.

Die beiden Damen waren inzwischen in den Wagen gestiegen, in den ein Gepäckträger Koffer und Schachteln in allen Größen verstaute, sodass der nun seinen Sitz erkletternde Kutscher kaum mehr Platz fand. Ein leichter Ruck an den Zügeln und der Wagen rollte gegen mich heran. Als er an der Kastanie eben vorüberfuhr, hinter der ich mich verborgen hatte, neigte ich mich mit halbem Leibe vor, aber die beiden im Wagen waren so in ihr Gespräch vertieft, dass sie mich nicht sahen.

Ich hatte heimlich gehofft, Heris Blicke würden mich suchen, aber nichts davon war der Fall gewesen. Das setzte meine ohnehin schon ganz gedrückte Stimmung noch um vieles herunter und aufs Neue befiel mich jenes furchtbare Verlassenheitsgefühl, das mich nach ihrem Briefe überkommen hatte.

Ich trat vollends aus meinem Versteck hervor und schritt dem rasch sich entfernenden Wagen nach. In meinem Herzen war es so öd und leer und ich kam mir vor wie ein Mensch, dem man sein letztes bisschen Hab und Gut genommen und den man dann in graue Nebelnacht hinausgestoßen hat.

Und dieses Gefühl wurde verstärkt durch das Gespräch zweier Offiziere, die hinter mir her ebenfalls vom Bahnhof zur Stadt schritten.

»Hast du die junge Dame gekannt, die mit der Frau Oberstin fuhr?«, fragte der eine.

»Gekannt habe ich sie nicht; aber jedenfalls dürfte das die Nichte sein, von der sie unlängst im Kasino erzählte, dass sie sie hier in die Gesellschaft einführen wolle.«

»Ein ganz verdammt und apart hübsches Mädel! Unsere Damen hier werden über die importierte Konkurrenz nicht besonders entzückt sein. Ist sie auch reich?«

»Interessiert dich das?«

»Na, weißt du, du musst nicht gleich wieder anzüglich werden. Übrigens, geheiratet muss es doch einmal sein, und, na, wenn ich mich einmal verkaufe, dann will ich auch was haben davon und mehr als bloß einen Haufen Geld. So viel Idealismus habe ich mir immer noch bewahrt. Weg werfe ich mich nicht!«

Während der letzten Worte hatten mich die beiden Offiziere, die sich offensichtlich wegen eines so jungen nebensächlichen Menschen, wie ich einen vorstellte, keinerlei Reserve in ihrem Gespräch auferlegten, überholt und ich sah mir den einen, den mit den Heiratsgedanken, genauer an. Er war ein junger, hübscher Mensch mit fröhlichen Augen im offenen, ehrlichen Gesicht, und wenn ich ihn damals auch bei mir selbst einen Gecken und Laffen nannte, das empfand ich doch, und all mein gewaltsam aufgepeitschtes Selbstgefühl konnte es nicht ändern, dass er mir gesellschaftlich unvergleichlich überlegen sei, dass ich neben ihm überhaupt nicht in Betracht kommen könnte. Wozu solche Menschen wie ich auf der Welt herumlaufen? Am besten wäre es: eine Kugel durch den Kopf, und Schluss. Sterben, ja sterben, das wäre jetzt gut, oh, so gut!

Und da fiel mir Oskar ein. Sein abgezehrtes, bleiches Antlitz tauchte vor mir auf; leibhaftig sah ich es vor mir mit den fieberisch glänzenden

Augen, die in ängstlicher Frage auf die Türe gerichtet waren, durch die ich eintreten musste: Warum kommst du nicht? Warum kommst du nicht, Heini?

Ja, dort war ein Mensch, der sich nach mir sehnte, dem ich, der arme, unscheinbare Student, alles war, und wenn jetzt dieser schmucke Offizier dort vor mir vor ihn hingetreten wäre und gesagt hätte: »Ich will dein Freund sein!« – er hätte ihn stehen lassen und die Hand nach mir ausgestreckt.

Oskar und ich, wir gehörten zusammen, und wie ich nun auf das Spital zuschritt, wurde es mir immer klarer und klarer: Wenn er gestorben war, dann wollte ich ihm nachfolgen.

Auf dem langen Korridor des Spitals, der zu dem Zimmer führte, in dem Oskar lag, traf ich die Krankenschwester.

»Gott sei Dank«, sagte sie, »dass Sie endlich kommen! Ihr Freund ist entsetzlich aufgeregt. Schon seit zwei Stunden wartet er auf Sie. Alle paar Minuten fragt er nach Ihnen und erst vor zehn Minuten sagte er, ich müsse Sie holen lassen, wenn Sie nicht bald kämen. Er ist ganz verändert, gar nicht mehr so ruhig wie bisher. Seien Sie ja recht vorsichtig und lassen Sie um Gottes willen ja nichts merken. Ich fürchte nämlich, er hat irgendwie, wie, das weiß ich nicht, erfahren, wie es um ihn steht.«

Leise klinkte ich die Türe auf und trat ein.

Zwei große und brennende Augen empfingen mich, aber kein Schimmer von Freude erhellte sie. Starr, eindringlich forschend waren sie auf mich gerichtet, und so folgten sie mir auch, während ich auf das Bett zuschritt, ihm die Hand reichte und mich dann auf den Sessel niederließ.

Er sah mich noch eine ganze Weile an, als wollte er von meiner Stirne die Gedanken lesen, die ich bei seinem Anblick dachte, und auch als ich ihn, um meine unbehagliche Verlegenheit zu verbergen, fragte, wie es ihm gehe, antwortete er nicht sofort, hielt den Blick nach wie vor fest auf mich geheftet und dann sagte er endlich, jedes Wort hinter den Zähnen hervorpressend: »Ich muss sterben!«

»Aber Oskar, wie kommst du auf solche Gedanken!« Ich wunderte mich selbst, wie gut mir der Ton vorwurfsvoller Ungläubigkeit gelang.

Er aber umklammerte mit seinen feuchtkühlen, mageren Fingern meine Hand und flüsterte heiser und aufgeregt: »Ja, ich muss sterben. Ich habe es gehört, wie es der Doktor gesagt hat!«

»Na, hörst du, Oskar, das hast du aber doch bloß geträumt. Bedenke, selbst wenn es wahr wäre, so würde es doch der Doktor vor dir nicht sagen.«

Er schüttelte den Kopf und erwiderte: »Er hat geglaubt, ich höre es nicht. Es war gestern. Ich hatte eben wieder einen Hustenanfall gehabt und lag todmüde da. Obwohl ich den Doktor mit der Schwester kommen hörte, war ich doch zu müde, die Augen aufzumachen. Ich fürchtete das Fragen, wollte Ruhe haben und stellte mich deswegen schlafend. Und da hat er's gesagt: ›Es geht rapid mit ihm abwärts, wir werden ihn auf den Empfang der Sterbesakramente vorbereiten müssen.‹«

»Geh«, versuchte ich, ihm in die Rede fallend, diesen Gedanken aus seinem Kopfe zu bannen, »du hast doch nur geträumt. Du wirst eben schon ungeduldig, hast zu viel Zeit zum Grübeln und diese ganze Umgebung da – na, es ist eben ein Spital! – Ist auch nicht danach angetan, heitere Gedanken aufkommen zu lassen. Aber vom Sterben ist doch ganz und gar keine Rede! Ich bitte dich, Oskar, schlag dir doch solch selbstquälerische Gedanken aus dem Kopf!«

Ich staunte neuerdings über meine eigene Beredsamkeit und war der festen Überzeugung, sie würde auch Oskar besiegen.

Aber er schüttelte nur wieder den Kopf und seine Züge verzerrten sich wie die auf dem Christusbilde, das er gezeichnet hatte.

»Nein, nein«, keuchte er, »ich muss sterben! Es gibt keine Hilfe mehr! Da drinnen« – er krampfte die linke Hand über der Brust zusammen – »ist alles hin, ich spür's. Das hab ich von meinen Eltern. Und dafür sollen wir ihnen dankbar sein! Dankbar, dass ich jetzt fortgehen soll, verfaulen in jungen Jahren, Heini, verfaulen!«

Wie ein weidwundgeschossenes Tier stöhnte er und dann fasste ihn plötzlich die Angst; seine Wangen erglühten in hektischer Röte, der kalte Schweiß trat in großen Perlen auf seine Stirn, keuchend und röchelnd suchte er sich zu erheben und als ich ihm dabei half, umkrallten mich seine Hände und stoßweise, in grauenvoller Angst, kam es über seine krampfhaft gegen die Mundwinkel zuckenden Lippen: »Hilf mir – Heini – ich mag nicht sterben – hilf mir – ich – ich –«

Er rang nach Luft, konnte aber kein Wort mehr herausbringen, ein Knattern und Prasseln scholl aus seiner Brust, er begann zu husten und da quoll auch schon über seine Lippe ein dünner Streifen schaumigen Blutes. Leise aufächzend, mit verglasenden Augen sank er in sich zusammen.

Auf den gellenden Hilferuf, den ich in meinem wahnsinnigen Entsetzen unwillkürlich ausgestoßen hatte, stürzte aus dem Nebenzimmer die Schwester herbei. Nur einen Blick auf den Kranken, dessen Gesicht aschfahl geworden war, und sie sprang zur elektrischen Klingel.

In der nächsten Minute war schon der Arzt da. Er beugte sich über den Kranken, dessen Brust sich röchelnd in immer länger aussetzenden Stößen hob.

»Soll ich den hochwürdigen Herrn Kaplan rufen?«, fragte die Schwester.

»Es ist zu spät!«, entgegnete der Arzt leise und legte sein Ohr an die Brust des Sterbenden, während seine Finger sanft nach der Pulsader fühlten.

Die Schwester kniete nieder und begann mit leiser Stimme das apostolische Glaubensbekenntnis zu sprechen. Ich aber stand da, am ganzen Körper zitternd, und starrte nur in einem fort auf Oskars liebes, nun ganz still gewordenes Antlitz, über das sich allmählich bläuliche Schatten breiteten.

Und eben, als die Schwester die Worte sprach, mit denen sie ihr Gebet schloss: »Herr, gib ihm die ewige Ruhe und das ewige Licht leuchte ihm!«, da richtete sich der Arzt empor und über Oskars gebrochene Augen streichend, sprach er leise: »Es ist vorbei!«

In meiner Brust knäulte sich etwas zusammen, ich spürte an der Kehle einen ehernen Ring, der sie zusammenpresste, dass ich nicht mehr atmen konnte, ich wollte schreien, konnte es aber nicht, vor meinen Augen begannen schwarze und feurige Ringe in wildem Wirbel zu kreisen und da brach ich neben dem Bette zusammen.

Nach einer Stunde führte mich der Arzt wie einen Trunkenen in die Anstalt.

Am zweiten Tage darauf fand das Leichenbegängnis statt.

Es war ein stürmischer Tag. Über Nacht war der Föhn gekommen und nun trommelten in den Dachrinnen die Schmelzwasser und in den kahlen Linden der Allee, die zum Friedhof führte, sauste und brauste es und die gewaltigen Stimmen der Natur übertönten den kläglichen Leichenchor, der, von den Stößen des Sturms zerfetzt, in einzelnen Akkorden in die Weite verflatterte. Nur die dünne, schrille Stimme des Friedhofglöckleins hielt ihm stand, das nun, da sich der

Leichenzug der Friedhofspforte näherte, seinen Jammer erhob. Wie ein Vogel, der sein Nest nicht findet und nun schreit und schreit, so folgte der Ton des Glöckleins dem Zuge, stieß sich an Mauern und Leichensteinen, wand sich durch die sausenden Zypressen und kam erst zur Ruhe, als der Sarg auf den zwei Pfosten über dem gähnenden Grabe stand.

Und nun erklang von jungen Kehlen das alte Heimwehlied, das so schwer ist von Tränen, von unsäglichem Herzeleid, und das doch so weich wie eine Mutterhand über den Scheitel des schluchzenden Kindes, über die schmerzbebende Seele streicht und sie auf den zärtlichen Armen seiner schlichten innigen Melodie wiegend zur Ruhe singt.

> »Es ist bestimmt in Gottes Rat,
> Dass man vom Liebsten, was man hat,
> Muss scheiden!«

Bei diesen Worten löste sich in mir der dumpfe Schmerz, der mich bisher in Bann geschlagen hatte. Was ich, seit ich Oskar sterben gesehen, nicht gekonnt hatte: nämlich weinen, das konnte ich jetzt und wie eine Erlösung empfand ich den Segen der unaufhaltsam und in Strömen rinnenden Tränen.

»Auf Wiedersehn, auf Wiedersehn!«, klang das Lied leise aus und in diesem Augenblicke senkte sich der Sarg langsam in die Tiefe hinab. Mit verschwimmenden Augen sah ich ihn verschwinden, und da konnte ich mich nicht mehr zurückhalten, ich drängte mich bis an den Rand des Grabes vor und sank dort, wild und fassungslos aufschluchzend, in die Knie.

Ein Professor hob mich auf. »Kommen Sie«, sagte er gütig, »gönnen Sie Ihrem Freunde seine Ruhe. Es war das Beste für ihn. Kommen Sie, seien Sie ein Mann!«

Und mit mildem Zwange führte er mich von dem Grabe meines einzigen wahren Freundes fort. Was ich hier begraben, sollte in meinem Leben nie wieder auferstehen: die Freundschaft.

7.

Mein Oskar! Sie haben mich nicht Abschied von dir nehmen lassen, wie ich es gewollt habe. Sie ließen mich nicht noch einmal dein blasses, ernstes Antlitz schauen und doch weiß ich, dass es ein Antlitz des Friedens war. Schon als du starbst, glättete sich die tiefe Falte, die der Schmerz um deine Mundwinkel gezogen, und ich glaube es jenen gerne, die dich auf der Bahre gesehen, dass es fast wie Lächeln auf deinen Zügen lag. Es war ja nur die Angst vor dem Unbekannten, die dein Sterben so furchtbar machte. Du liebtest diese Erde und ihre Schönheit mit allen Fasern deines tiefen, frühgereiften Herzens und sahst jenseits nur Nacht und Tod und grässliche Verwesung. Aber im Augenblicke, da du dich ohnmächtig aufbäumtest mit letzter, brechender Erdenkraft, da tat sich auch die Pforte auf und du blicktest hinein ins heilige Reich des Friedens. Und da war nicht Nacht und nicht Tod und nicht Verwesung. Da sahst du stille Palmen in ewig heiterem Licht, da ging das Leben auf schimmernden Pfaden und da hoben sich allerwärts junge Keime aus der Erde, süßen Sehnsuchtsduft nach Erfüllung verhauchend. Und da wusstest du, dass all dein Leid nur ein spukhafter Mitternachtstraum war, dass ein neuer Morgen seine Tore geöffnet habe, dass auch du nicht verfaulen würdest in den feuchten Tiefen schwarzer Erde, sondern in deinem besten und tiefsten Wesen fortwandern würdest durch Ewigkeiten und Äonen, wandern ohne zu ermüden, in ewiger Jugend blühendem Leben. Und keine Liebe, keine Freundschaft würden deinen Weg kreuzen mit ihrem Leide. Denn Liebe und Freundschaft sind Leid, echtes Menschen- und Erdenleid. Jede Begegnung ist ja ein Scheiden und jede Vereinigung ein Abschiednehmen. Und je länger du mit einem andern wanderst und je inniger sich Hand in Hand findet, desto härter und qualvoller das Lösen voneinander. Glücklich der, der allein ist; glücklich nicht nach der Menschen Sinn und Begriff, glücklich im Sinne Gottes. Es ist nur ein Gott und der ist allmächtig, allgütig, allwissend, er ist die Schönheit und die Größe, die Kraft und die Milde. Wäre er's, wenn er nicht allein wäre? So hat der götterschaffende Menschengeist schon selbst ahnungsvoll die Krone erschaut, die ihm am Ende der Zeiten winkt. Der Tod gibt uns wieder uns selbst zurück, er löst uns aus dem Schmerze aller Bindungen und Gemeinsamkeiten und setzt uns wieder die Krone der Einsamkeit aufs Haupt.

Ich trage diese Krone schon in diesem Leben, denn ich bin für die Menschen abgestorben. All ihr Handel und Wandel, ihr Tun und Trachten ist für mich nicht mehr als der Hauch der Frühlingsluft, der jetzt leise in den Blättern, auf denen ich meine Lebensgeschichte geschrieben habe, raschelt. Auch der Schmerz um dich, mein Oskar, rührt heute nicht mehr an meine Seele und wie ein schauriges Märchen aus längst versunkenen Tagen klingt mir heute, was mir die Erinnerung von deinem Sterben und deinem letzten Erdengang zuflüsterte. Ich kann nicht trauern um dich, denn du bist ja im Frieden des ewigen Seins und weißt, dass alles Gestaltete nur der huschende Künstlertraum desjenigen ist, den unser Mund nicht nennen kann, weil kein Menschenwort, kein Menschengeist sein Wesen fasst.

Vielleicht ist es dein schönheitsfrohes Auge, Oskar, was mich dort aus dem tiefgoldenen Kelch der Primel so holdvertraut grüßt; vielleicht ist es deine Stimme, die so treu und seelenvoll klang, was nun aus der Brust der Drossel in den lauen Frühlingsabend hineinklingt, süß und erdenfrei, ganz in den jubelnden Frieden sorglosen Daseins aufgelöst. Und vielleicht ist es deine Hand, die gerade über das Wort »Sterben« auf diesem Blatte den rosiggoldenen Sonnenfleck malt und seinem dunklen Sinn ein Lächeln abnötigt.

Ja, ich will lächeln, und wie auch meine Erinnerung aus den Folterkammern meines Werdens all die Marterwerkzeuge herbeischleppt, sie vor mir ausbreitet und auf die dunklen Blutspuren weist, die an ihnen haften und die mein Blut sind, ich will und ich kann nur lächeln.

Zu oft habe ich ja schon gesehen, wie jeder Frühling wieder dahinschwindet. Wenn ich jetzt die Augen von diesem meinem Blatte erhebe, sehe ich ja rings um mich sein Abschiednehmen. Und wie ist der Übermütige, der mit Sturmesjauchzen ins Land gefahren kam, dem zu Ehren die Lawinen donnerten und die Bäume splitterten, wie ist er sanft und mild und demütig geworden. Die Kränze, die er in alle Bäume und Sträucher hing, sind entblättert, der bunte Teppich, auf dem sein Fuß schritt, ist verblichen, all die Tausend und Tausend Schalmeien und Flöten, die sein Geheiß zum Klingen gebracht hat, sind stiller geworden und zum Teil ganz verstummt, und nun schreitet er wehmütig versonnen durchs Abendlicht von dannen und nur die einsame Drossel weiß von seinem Scheiden und singt ihm ein schönes Abschiedslied nach.

Und so wie heute hat auch damals eine Drossel gesungen, als mein Liebesfrühling von mir ging.

Ich wollte das eigentlich gar nicht niederschreiben, aber ich muss es, schon um mein eigenes Herz Lügen zu strafen, das mir vorraunt, ich getraue mich nicht, an diese Dinge zu rühren, weil sie meinen Frieden stören könnten. Nein, ich habe keine Angst.

Oskar war begraben und ich fühlte mich schmerzlich vereinsamt. Nun erst wusste ich, was ich an ihm gehabt, wie ich mich an sein festes und zielbewusstes Wesen angelehnt hatte, welche Stütze er mir in den Gärungen und Unklarheiten meiner Seele gewesen war. Umso heißer drängte es mich zu Heri. Sie war ja mein alles. Ihr zuliebe studierte ich, ihr schrieb ich meine Lieder und alles, was in mir gut und edel war, was über den Alltag hinausstrebte, das war im Gedanken an sie in mir herangewachsen. Große Ziele schwebten mir vor, Erhabenes wollte ich leisten und schaffen, sie aber, sie sollte die Krone sein, die mir nach heißen Mühen ward. Und wenn sich einst dem armen Waldhegerssohn die Welt beugte, wenn sein Name wie Feierklang durch die Lande tönte, dann sollte auch die Stunde gekommen sein und da wollte ich demütig vor ihr niederknien und sagen: »Das, Heri, hast du aus mir gemacht. Was ich geschaffen, ist dein Werk. Nimm uns hin, mich und all das Meine, wir sind ja dein!«

Solche Gedanken standen auch in meiner Seele, als ich am nächsten meiner Ausgangstage langsam gegenüber der Fenster Tante Bertas das Trottoir entlang schritt. Dreimal musste ich vorübergehen, ehe sich der geliebte Lockenkopf zeigte. Ich grüßte und sie nickte mir fröhlich zu. Dann sah ich, wie sie etwas ins Zimmer zurücksprach, und gleich darauf winkte sie mir.

Schon auf dem Treppenabsatz kam sie mir entgegen; aber wenn ich auf einen Kuss gehofft hatte, so sah ich mich enttäuscht, denn oben stand die Tante und winkte mir freundlich zu.

Und die alte Dame musste über die Zufälligkeit, dass Heri und ich uns gesehen hatten, ihre eigenen Gedanken haben, denn unvermittelt fragte sie mich jetzt: »Haben Sie gewusst, dass Heri wieder hier ist?«

Ich war augenblicklich nach einer Antwort verlegen, aber Heri kam mir sofort zu Hilfe und sagte: »Aber woher denn, Tante! Oder doch« – und sie blinzelte mir ermunternd zu – »deine Mutter hat gesagt, sie werde es dir schreiben.«

Dadurch hatte auch ich meine Fassung gewonnen und bestätigte nun Heris schlaue Worte: »Ja, meine Mutter hat mir geschrieben, dass du kommen wirst, aber wann, wusste sie jedenfalls selbst nicht. Ich dachte, es würde nach Ostern sein!«

So gelang es uns wirklich, die Tante zu täuschen, und als sie einmal das Zimmer verließ, erhielt ich auch meinen Kuss und durfte für ein Weilchen meine zitternden Hände um die liebe, schlanke, biegsame Gestalt schlingen.

Als die Tante wieder zurückkam, saßen wir aber ganz ruhig plaudernd gegenüber und dann sprachen wir alle drei noch von den verschiedensten Dingen, wobei ich auch erfuhr, dass sich bei meiner Mutter ein Herzleiden eingestellt habe.

»Davon hat sie mir aber noch nie etwas gesagt!«, versicherte ich erschrocken.

»Es ist ja auch gar nicht so arg, sie wird dich eben nicht aufregen wollen!«, tröstete mich Heri und auch die Tante meinte, dass kleine Herzfehler ein allgemeines Übel seien, dem man nicht viel Bedeutung beilegen dürfe.

Sehr erstaunt war ich, dass mich die Tante einlud, ich möge, wenn ich Zeit und Lust habe, an jedem meiner Ausgangstage bei ihr vorsprechen. Ich war ganz entzückt über diese ihre Liebenswürdigkeit und hatte keine Ahnung von dem feinen Plan, den sie damit verfolgte.

Als ich das nächste Mal kam, hatte Heri schon ihren ersten Ball hinter sich und schwärmte mir nun von demselben in begeisterten Worten vor. Dass mir dabei unsäglich weh ums Herz wurde und dass eine namenlose Eifersucht in mir aufstieg, das bemerkte sie nicht. Wären wir allein gewesen, so hätte ich sie gebeten, bestürmt, diese Welt zu meiden, denn ich könne es nicht ertragen, zu hören, wie sie gefeiert und bewundert werde, wie man ihr Schmeicheleien sagte, wie andere den Arm um sie schlingen durften; so aber war die Tante hier und es machte ihr ein sichtliches Vergnügen, Heris Berichte dort zu ergänzen, wo dieser ein feines Empfinden sagte, das müsse sie mir verschweigen.

»Ja, denken Sie, Heri hat sogar schon eine Eroberung gemacht: Einer der schmuckesten Offiziere der hiesigen Garnison, Oberleutnant von Steindl, interessiert sich sehr für sie.«

»Aber Tante«, warf Heri ein, deren Antlitz sich in tiefen Purpur gehüllt hatte.

»Aber Kind, das ist doch nichts Schlechtes! Darüber brauchst du doch nicht zu erröten!«

Nun warf Heri energisch nach ihrer Weise den Kopf empor und sagte: »Mir ist aber der Herr Oberleutnant ganz gleichgültig. Er imponiert mir durchaus nicht so, wie er sich vielleicht einbildet.«

»Aber Kind«, wehrte die Tante ab, »wer sagt dir denn, dass sich der Herr Oberleutnant was einbildet! Der ist der letzte dazu. Er ist so ein lieber, gemütlicher und dabei immer heiterer Mann, dass man nur froh sein könnte, wenn alle so wären. Du gefällst ihm und das hat er mir gesagt. Wie du weißt, verkehrt er in meinem Hause und es würde mich wirklich wundern, wenn er nicht noch heute vorspräche.«

Und richtig: Es dauerte keine fünf Minuten, so meldete das Dienstmädchen den Herrn Oberleutnant von Steindl.

Der junge Offizier war sichtlich überrascht, noch ein anderes männliches Wesen bei den Damen zu finden, und ich beobachtete, wie er, während er diese mit vollendeter Artigkeit begrüßte, nach mir herüberschielte.

Tante Berta übernahm die Vorstellung: »Herr Heinrich Binder, Gymnasialschüler, ein Jugendgespiele meiner Heri – Herr Oberleutnant von Steindl.«

Der junge Offizier reichte mir jovial die Hand: »Sehr erfreut. Darf man wohl fragen, in welcher Klasse?«

»In der sechsten«, entgegnete ich und aufs Neue befiel mich jene trostlose Stimmung, wie damals nach Empfang von Heris Brief. Ein Gymnasialschüler der sechsten Klasse, ein Mensch, der nichts ist und noch lange nichts sein wird, und da ein Mann in angesehener Stellung, dem glänzendsten, umworbensten Stande angehörend.

Der Oberleutnant musste meine gedrückte Stimmung bemerkt haben und um mir aus derselben zu helfen, sagte er: »Donnerwetter in der sechsten! Wenn das mein Papa an mir erlebt hätte!« Und lachend setzte er hinzu: »Ich war aber nicht für die große Gelehrsamkeit. Latein? Brr! Griechisch? Brr mit verstärkten Registern.« Wieder lachte er auf und dann fragte er treuherzig die Tante: »Verehrteste Gnädige! Können Sie sich mich als Gelehrten vorstellen?«

Sie lachte auf: »Nein, Herr Oberleutnant, das kann ich wirklich nicht. Dazu sind Sie ein viel zu guter Tänzer!«

»Gnädige Frau, ich bin eigens gekommen, um mich nach dem Befinden der Damen zu erkundigen. Ich bitte um Verzeihung, wenn ich nicht sofort danach fragte.«

»Habe ich Ihnen einen Vorwurf gemacht?«

»Meine Gnädigste, Vorwürfe braucht man mir überhaupt nicht zu machen. Ich kapiere immer schon früher.«

Und bei dem letzten Wort setzte er wieder mit dem fröhlichen, sorglosen Lachen ein, das mich damals, je öfter ich es hörte, mit unbeschreiblichem Hass erfüllte, von dem ich mir aber heute sagen muss, dass es der Spiegel dieser ehrlichen, tüchtigen, wenn auch nicht tiefen Mannesnatur war.

Dann wandte er sich an Heri und fragte sie, wie ihr der gestrige Abend bekommen sei.

Ich sah, dass Heri verlegen war; aber er wusste sich so zu geben, dass sie bald alle Scheu verlor und nun munter mit ihm plauderte. Und der Oberleutnant verstand es, dann und wann auch mir einen Brocken des Gespräches zuzuwerfen, aber eh ich noch eine passende Antwort gefunden hatte, hatte er sich schon wieder zu den Damen gewandt und ließ mir Zeit, mich selbst über meine Schwerfälligkeit aus Herzensgrunde zu ärgern und zu grämen.

Da meine Ausgangsstunden sich ihrem Ende näherten, sah ich mich bald genötigt, mich zu empfehlen. Und ich tat es gerne. Der Boden brannte mir unter den Füßen; hier war ich ja doch nur der Überflüssige.

Mit stürmendem Herzen, den Kopf voll Glut, schritt ich nach Hause. Oh, hätte ich jetzt Oskar haben können! Ihm hätte ich mich anvertraut, und er hätte mir gewiss einen guten Rat gewusst; er stand ja so hoch über all diesen rein menschlichen Dingen! So aber war ich auf mich selbst angewiesen und dieses Selbst war außer Rand und Band geraten. Hass, Hohn und Verzagtheit, ja Verzweiflung führten in meiner Seele einen wilden Hexentanz auf. Ich war abwechselnd auf die Tante, auf den Oberleutnant, auf Heri und auf mich selbst wütend; ich klagte mein Schicksal an, und wenn sich der Sturm an seinem eigenen Wüten verzehrt hatte, dann schlich sich eine tiefgraue Melancholie in meine Seele, die mir das ganze Leben gleichgültig machte.

Bisher war ich ein guter Schüler gewesen; nun aber gab's bald dort, bald da einen Krach, sodass ich schließlich selbst bald einsah, so könne es nicht weitergehen. Die Stunden, die ich bei Heri im Hause der Tante verbrachte, gestalteten sich für mich immer bitterer. Immer kam der Oberleutnant oder er war schon da, und ich musste sehen, wie Heri ihm gegenüber eine Ungezwungenheit zur Schau trug, die aufs Deutlichste bewies, wie sehr sein Wesen sie ansprach. Und er war Meister in der Unterhaltung. Hundert und Hundert Dinge wusste er zu erzählen, über die verschiedensten Dinge verstand er zu plaudern; wenn ich aber glaubte, mich in das Gespräch mischen zu können, was besonders bei wissenschaftlichen oder künstlerischen Themen der Fall war, dann gab er dem Gespräch unvermerkt eine andere Wendung und ich musste die Tore der Schatzhäuser meines Wissens schließen, ehe ich noch Gelegenheit gehabt hatte, den Reichtum derselben zu zeigen.

So saß ich oft viertelstundenlang, ohne ein Wort zu sprechen, ohne angesprochen zu werden, und während um mich fröhliches Geplauder scholl, versank ich in mich selbst, in meine melancholischen Grübeleien und fühlte mit Pein und Ingrimm, wie wenig ich in diese Gesellschaft taugte, wie ich nach und nach direkt als unbequem und störend erscheinen musste. So konnte es nicht fortgehen. Ich errötete vor mir selbst, wenn ich daran dachte, wie plump und unbeholfen ich mich bewegte, und so entschloss ich mich, die Gesellschaft fürderhin zu meiden. Nur noch einmal wollte ich hingehen, um Heri den Brief überreichen zu können, in dem ich ihr meinen Entschluss mitteilte; denn sprechen konnte ich nicht so viel mit ihr, da uns die Tante nie längere Zeit allein ließ. Auch war Heri selbst so sonderbar, dass ich auch dann oft, wenn wir allein waren, kein Wort zu sagen wusste.

So setzte ich mich denn nieder und schrieb ihr einen langen Brief. Ich erinnerte sie an unsere gemeinsame Jugend, an das, was sie mir versprochen, dass sie mich aufwärts führen wolle, dass sie bei mir bleiben werde immerdar, auf ewig. Ich beschwor sie, mich nicht zu verlassen, da ich sonst zugrunde gehen müsste. Zur Tante aber könne ich nicht mehr kommen. Ich sei ein ernster Mensch mit großen Plänen und das Schmetterlinghafte des Oberleutnants sei mir, Gott sei Dank, nicht gegeben. In mir sei alles Kraft und Leidenschaft und darum tauge ich nicht in eine Gesellschaft, in der Oberflächlichkeit und Tändelei herrsche.

Es war ein Brief, jugendlich überschwänglich, kindisch, unreif, voll großer, tönender Worte, aber doch auch voll echtesten Gefühls. Meine Angst lag darinnen, um eines Mannes willen weggeworfen zu werden, dem ich mich wohl in allen äußeren Dingen nicht vergleichen konnte, an innerem Gehalt und Wert aber hoch überlegen fühlte. Wenn Heri mir an ihn verloren ging, dann war das für mich ein Zusammenbruch meines ganzen Daseins, dann war ich verloren.

Das Herz schlug mir bis zum Halse hinauf, als ich Heri den Brief in die Hand drückte. Sie wurde blutrot und so verlegen, dass sie das Zimmer verließ, und erst wieder hereinkam, als die Tante schon da war.

Dieser hatte ich mittlerweile erklärt, dass ich in Zukunft nicht mehr regelmäßig erscheinen werde, denn ich hätte nun ungemein viel zu lernen und wolle die angebrochene schöne Zeit dazu benützen, mit meinen Büchern in die Au zu gehen; dort sei es so still und angenehm und ich brächte dort mehr vor mich als zu Hause.

Die Tante lobte meinen Eifer, doch entging mir das feine Lächeln durchaus nicht, das um ihre Mundwinkel zog. Gewiss, sie wusste, dass es nur eine Ausrede sei, was ich da vorgebracht hatte, aber warum ich ausbleiben wollte, das wusste sie doch nicht.

Als Heri wieder eintrat, rief sie ihr entgegen: »Denk dir, Heri, Herr Heini will seine Besuche bei uns einstellen. Er hat so viel zu lernen, der Arme.« Sie sah mich bei diesen Worten mit einem Blicke an, der Teilnahme hätte ausdrücken sollen; aber ein triumphierendes Leuchten strafte diesen Versuch zur Heuchelei Lügen.

Heri hatte meinen Brief gelesen, ich sah es ihr an, aber ich wurde mir über seine Wirkung nicht klar. Ihr Gesicht zeigte weder Staunen, noch Trauer, noch Zorn, es war unbewegt, wie ich es nie an ihr gesehen hatte. Und ihrem Gesichtsausdruck entsprach auch die Antwort, die sie der Tante gab: »Ich weiß, Heini hat mir schon davon gesagt. Übrigens immer wird er ja auch nicht studieren. Dann und wann kommst du schon wieder, nicht?«

Auf diese letzten, direkt an mich gerichteten Worte erwiderte ich gepresst: »Das weiß ich wohl noch nicht. Das hängt ganz von den Umständen ab.«

Ich ließ mich auch nicht bewegen, heute noch zu bleiben, denn um keinen Preis wollte ich mit dem Oberleutnant zusammentreffen, ich hätte es nicht ertragen können. Ich verabschiedete mich und als ich die Haustüre hinter mir zugemacht hatte, war mir, ich hätte mit meinem bisherigen Leben abgeschlossen. Nun musste ein neues Kapitel kommen.

Ich weiß heute noch nicht, wie es mir plötzlich einfiel, den Friedhof aufzusuchen. Aber ich fand diesen Gedanken groß und bedeutend. Am Grabe der Freundschaft wollte ich mein neues Leben beginnen, ein Leben der Entsagung, um nachher ein desto größeres Glück zu gewinnen. In meinem Kopfe wälzten sich ja große Pläne. Eine Dichtung wollte ich schreiben, in welcher aller Jammer und alle Sehnsucht der Menschen klagen sollte, in mein eigenes blutendes Herz wollte ich die Feder tauchen und wenn mir dann Erfolg beschieden war, dann wollte ich vor Heri treten und dann, das wusste ich, sank dieser Mann im bunten Rock in seine eigene Bedeutungslosigkeit zurück.

Ein frischer Frühlingswind ging über den stillen Gottesacker, dort und da raschelten die dürren Blätter eines vergilbten Kranzes; die langen, schon grünen Locken der Trauerweiden wehten auf und nieder und mit leisem Rauschen bogen sich die Zypressen hin und her, und es war anzuhören wie ein tiefes, schweres Atmen. Aber dort und da sprossten auf den Gräbern schon Schneeglöcklein und Leberblumen, und von der alten Friedhofmauer her dufteten die Veilchen und die Sonne lag schimmernd auf den weißen Marmordenkmalen und dem verblassenden Gold der Inschriften, dass doch auch hier an der Stätte des Todes ein Hauch des Frühlings zu fühlen war, der außerhalb der Mauern siegreich durchs Land der Lebenden ging.

Und nun stand ich vor Oskars Grab. Der Hügel war noch nicht ordentlich aufgeschichtet. An den Rändern war die Erde in das Grab gesunken und darauf lagen teils dürr, teils faulend die letzten Reste des Kranzes, den wir Kameraden dem Toten geweiht hatten. Auf den von Schnee und Regen ganz ausgewaschenen Bandschleifen waren noch einzelne der aufgeklebten Buchstaben aus gepresstem Goldpapier zu sehen.

In meinem Kopfe hatte es gestürmt. Verstiegene Pläne, prahlerische Zukunftsbilder hatten mich wie ein Fieberwahn überfallen gehabt. Vor diesem Grabe aber fiel alles plötzlich von mir ab wie Reif von einem Zaune, auf den die Sonne scheint. Das war ja alles Unsinn, Fantastik, musste ich mir sagen, und da befiel mich so eine tiefe Verzagtheit, ein so wundwehes, sterbensschweres Gefühl, dass ich unwillkürlich in die Knie sank und bitterlich zu weinen begann.

Da tippte mir plötzlich wer auf die Schultern, und als ich aufspringend mich umwandte, stand ein Mann mit mächtigem Vollbart, der früher rot gewesen war, nun aber ein fahles Gelbgrau zeigte, vor mir und sagte etwas spöttisch: »Fassen Sie sich, junger Mann, es geht alles vorüber!«

Ich sah ihn halb erstaunt, halb erschreckt an. Konnte der in meiner Seele lesen?

»Hier liegt mein liebster Freund«, sagte ich.

»Glaub ich Ihnen sehr gerne. Aber wegen ihm weinen Sie nicht. Merken Sie sich das eine: Hunde nimmt man am Genick, Mädel um den Hals. Wenn Sie diesen Rat befolgen, werden Sie auch dem seine Ruhe lassen, der da unten liegt! Nichts für ungut. Adje!«

Er zog den Hut und ließ mich stehen. Ich sah ihm nach. Der Wind wehte seinen missfarbenen Bart über die Schultern zurück, sein offener Überrock flatterte, den Kopf hatte er eingezogen, wie wenn er sich damit gegen den Sturm anstemmen wollte. Ein Bild fiel mir ein: Der Mann sah ihm gleich, dem ewigen Wanderer, Ahasver, der auf Erden nicht Frieden finden kann, weil er die Liebe nicht kannte.

8.

Ich musste gestern mein Schreiben unterbrechen. Ein Brandgeruch ließ mich zu meinem Meiler eilen und es war höchste Zeit: Noch eine Viertelstunde und alles wäre in Flammen aufgegangen. Weiß der Himmel, wie die Rasenbedeckung an der einen Seite zu dem Loch gekommen war. Ich habe gewiss mit aller Umsicht gearbeitet, wie immer den Meiler aufgeführt und meiner Wächterpflicht zu keiner Zeit vergessen. Und doch wäre auf ein Haar der ganze herrliche Stoß von Bergfichtenholz statt zu Kohle zu Asche geworden.

Und übrigens war es ganz gut, dass ich in meiner Schreiberei unterbrochen wurde. Ich merke, es tut mir nicht gut, mich in diese alte, Gott sei Dank, versunkene Zeit und ihre Schmerzen hineinzuwühlen. In dem Bestreben, wahr zu sein und so zu schildern, wie ich damals empfand, errege ich mich manchmal doch wieder und bedarf dann einiger Zeit, mein pochendes Herz zur gewohnten, süßen Ruhe zu zwingen.

Freilich ist keinem das besänftigende Mittel in so reichem Maße gegeben wie mir. Ich brauche ja nur die Augen zu erheben und von allen Seiten strömt es mir zu, in Licht und Farben; meine Augen trinken und trinken und meine Seele wird gesund und still.

Wie hehr und feierlich erschien mir im Winter meine schweigende Schneeeinsamkeit! Wie schön war es, den Frühling in seinem Werden und Wachsen und Gehen zu belauschen! Und nun ist der Sommer da, nicht der brütende, gewitterschwüle Hochsommer, nein, vorerst nur der Vorsommer, der mit behutsamer Hand die letzten Blüten von den Bäumen löst und langsam die ersten Früchte reift. Aber auch jetzt ist meine Einsamkeit schön, schön zum Jauchzen.

Die Bergtannen haben ihre rosaroten Blütenkerzen aufgesteckt und wie ein feiner Rauch schwebt um sie summend der Schwarm der mannigfaltigsten Insekten. Die Buchen haben nun auch endlich ihr Laub entfaltet und das junge Hellgrün lodert wie Flammen der Hoffnung durch das ernste Dunkel der Tannen und Fichten. Um die Berggipfel ziehen duftige blaue Schleier, die gemeine Deutlichkeit der Konturen verhüllend, und die ganze Natur hat den Ausdruck banger Sehnsucht, zager Erwartung der Erfüllung, die kommen muss.

Denn nichts kommt von ungefähr, alles muss kommen. Es ist nur merkwürdig, dass diese Binsenweisheit, die nun bald jeder Schuljunge im Munde haben wird, noch so wenig Gegenstand wahrer innerer Erkenntnis, so wenig Glaubenssache geworden ist. Wie könnten sonst die Menschen solche Don-Quijote-Kämpfe gegen die Windmühlen der Notwendigkeit unternehmen! Wie könnten sie von Zufall sprechen und Dingen eine Bedeutung beimessen, die sie gar nicht besitzen? Es gibt keinen Zufall, es gibt nichts Äußerliches, was auf das Leben eines vollendeten Menschen bestimmend einwirken könnte. Wo der Zufall ein Leben in andere Bahnen gelenkt hat, war es, weil er eine unentwickelte Seele, unreifes Menschentum getroffen hat. Der reife Mensch ist Herr, nur darf man eben Reife nicht von einer gewissen Anzahl von Jahren abhängig machen.

Ich war damals, als mich der fremde Mann auf dem Friedhofe in so merkwürdiger Weise ansprach, nicht reif. Ich war es auch viel später nicht. Und weil ich damals nicht reif war, konnte mich dieser Zufall in seine Gewalt bekommen.

»Hunde nimmt man am Genick, Mädel um den Hals!« Dieses zynische Wort ging mir nicht mehr aus dem Kopf. Ich grübelte darüber Tag und Nacht, ich wehrte mich dagegen, gegen seine Brutalität, und doch, ich brachte es nicht los; es klang mir in den Ohren, es starrte mich plötzlich aus meinen Büchern an und es fiel mir auch ein, von meinen Kameraden ähnliches gehört zu haben, wenn sie von ihren Ferieneroberungen sprachen.

Die Ostern waren gekommen und ich blieb zum ersten Male in der Anstalt. Meine Mutter hatte mir endlich auch von ihrem Herzleiden geschrieben und mir angedeutet, dass es ihr für diesmal lieber sei, wenn ich nicht nach Hause kommen würde. Sie fürchtete die Aufregung, die sie jedes Mal befiel, wenn ich wieder fortging. Auch hatte sie erfahren, dass meine Lernerfolge nicht so waren, wie es sein sollte und deshalb meinte sie, ich solle die Feiertage nur recht fleißig zum Lernen benützen. Dass ich zu Hause nur wieder planlos umherstreifen würde, wusste sie ja. Überdies stellte sie mir, allerdings nicht ganz sicher, in Aussicht, dass sie in der Karwoche in die Stadt kommen würde.

Sie kam aber nicht. Desto größer war meine Überraschung, als sie vierzehn Tage später, ohne dass sie mich vorher verständigt hatte, plötzlich vor mir stand. Sie hätte Heri allerlei von zu Hause bringen müssen, sagte sie, und außerdem wäre ihr auch der Auftrag zuteil geworden, Leinwand zu neuer Bettwäsche für das Dienstpersonal einzukaufen.

Es war ein warmer, goldener Apriltag und wir gingen mitsammen die Promenadewege durch die Au.

Wir sprachen wenig. Nachdem mich meine Mutter über meine Lernerfolge ausgefragt hatte und ich sie, allerdings nicht ganz der Wahrheit gemäß, getröstet hatte, dass ich am Schlusse des Schuljahres wieder ein ganz gutes Zeugnis haben werde, ging sie stillschweigend neben mir her.

Bei einer Bank unter einem schon über und über blühenden Waldkirschenbaum blieb sie stehen und sagte: »Setzen wir uns hier ein wenig nieder. Ich bin so müde.«

Eine Weile saßen wir so und sahen in die junge Frühlingspracht hinein. Das erste grüne Gras, licht und frisch, leuchtete auf den Wiesen und über dasselbe erhoben sich gleich wahllos dort und da in die Erde gesteckten Blütensträußen die blühenden Kirschen- und Weichselbäume. In der sonnenflimmernden Luft jauchzten überall die Lerchen und gerade über uns sang ein Buchfink sein ganzes Glück in die Welt hinein. Und die Sonne war so warm, fast heiß, und in ihren Strahlen glitzerten und gleißten die fernen Kuppeln und Dächer der Stadt.

»Ich weiß nicht, Heini, was das ist«, fing meine Mutter endlich zu sprechen an, »dass ich jetzt immer so rasch müde werde.«

Ich versuchte sie zu beruhigen: »Ach, das ist nur die ungewohnte Wärme. Daheim ist's wohl noch lange nicht so!«

»Freilich nicht, aber warm ist's bei uns auch schon, ganz ausnahmsweise heuer. Aber das hat mit meiner Müdigkeit nichts zu tun. Die liegt mir jetzt immer so in den Gliedern. Und weißt, das Herzklopfen, das ewige Herzklopfen, das ängstigt mich halt so. Heini, ich mein, du hast deine Mutter nicht mehr gar zu lang.«

Ich sprang auf diese Worte nicht auf, ich war nicht niedergeschmettert; mir war es nur, als ginge da draußen einer, ein dunkler, unbekannter Allmächtiger über die Felder und löschte auf ihnen die hellen Frühlingsfarben und -lichter aus, zöge ein graues Gespinst um die blühenden Bäume und schnüre den Lerchen und Finken die Kehle zu.

Erst nach einer geraumen Weile konnte ich ein paar Worte hervorbringen und sie kamen mir aus tiefstem Herzen.

»Mutter«, bat ich, »das musst du nicht sagen. Schau, wen hab ich denn dann noch? Ich werde ja so von Tag zu Tag immer einsamer!«

»Du, Heini, du, in deinen Jahren?«

Nicht nur Befremden, schmerzlichste Besorgnis klang aus den paar Worten und plötzlich fasste sie meine Hände, zog mich an sich und sagte zärtlich: »Heini, sag mir, was dich drückt, sag mir's, deiner Mutter. Ich bin wohl ein einfaches Weib und hab nit viel gelernt, aber deine Mutter bin ich und du, du« – ihre Stimme zitterte – »du bist ja mein einziges Kind!«

Ich liebte meine Mutter aus ganzem Herzen und sie mich; trotzdem beschränkte sich das Maß unserer äußeren Liebesbezeugungen auf das im Volke meiner Heimat übliche Maß. Wir küssten uns nie; das stille innige Aufleuchten der Augen beim Kommen oder Abschiednehmen musste genügen. Von den Vertraulichkeiten und Zärtlichkeiten, die in den Häusern der Vornehmen die Liebe zwischen Eltern und Kindern bekunden, war bei uns nichts zu bemerken. In keuscher Scheu hielt jedes den Reichtum seiner Liebe in sich zurück und nur in Gedanken umarmten und küssten wir uns und sagten uns gegenseitig alles, was uns das Herz erfüllte.

Jetzt aber, da mir aus der Stimme der Mutter aus dem Zittern derselben der ganze Strom der Liebe entgegenquoll, da brachen alle Fesseln und Bande, die bisher mein Herz umschnürt hatten, und aufschluchzend presste ich mein Gesicht in ihren Schoß und schrie es heraus mit ein paar Worten, was mich seit Oskars Tod zerquält und zermürbt hatte, schrie es heraus mit ein paar Worten: »Mutter, ich bin so unglücklich.«

Und wie als Kind fühlte ich ihre Hand mit sanftem Streicheln auf meinem Haar, immerzu, immerzu, und dann hob sie mir endlich den Kopf empor, küsste mich mit andächtiger Innigkeit und sagte leise: »Sei ruhig, Heini! Ich verlass dich nicht. Schau, sag mir alles, vielleicht wird dir dann leichter.«

Und da stieß es mir alles heraus, was mich drückte: dass ich mich unter meinen Kameraden vereinsamt fühle, dass ich keinen hätte, der mich verstände, keiner mein Streben, denn ich wollte ja doch kein gewöhnlicher Mensch bleiben, sondern etwas Besonderes werden.

»Aber siehst du, Mutter«, fuhr ich fort, »das gilt ja bei all den Leuten nichts. Da gilt nur der Reichtum und das schöne Gewand und wenn man den Leuten schön tun kann. Und das kann ich nicht, das werd ich nie können! Für mich wäre es am besten gewesen, ich wäre zu Hause geblieben, da wäre ich ein einfacher und glücklicher Mensch geworden. Nun aber ist's zu spät. Nun kann ich nur mehr vorwärts und vor mir liegt doch nur das Elend. Mit den andern kann ich nicht gehen und allein sein, ganz allein sein, keinen Menschen haben – Mutter, lass mich wenigstens du nicht allein!«

Sie zog mich aufs Neue an sich, und mit einem tiefen Aufseufzen sagte sie leise und strich mir wieder lind und tröstend übers Haar: »Mein armer Bub!«

Mittlerweile war die Zeit gekommen, wo sich die Promenadewege belebten. Wären wir noch eine Zeit lang allein gewesen, vielleicht hätte ich ihr doch noch den Grund all meines Jammers geklagt, meine Liebesnot. Nun aber fand sich keine Gelegenheit mehr.

Auf dem Wege zum Bahnhof sagte sie mir noch manches gute und tröstende Wort und als sie in den Eisenbahnwagen stieg, reichte sie mir nochmals die Hand, – einen Kuss vor all den vielen und meist vornehmen Leuten wagte sie nicht und auch mich hielt die alte Scheu davor zurück, obwohl es in mir stürmte und drängte, mich ihr an die Brust zu werfen.

»Leb wohl, Heini«, sagte sie, »tu brav lernen und alles andere überlass unserem Herrgott, der wird schon alles wieder recht machen. Ich werd schon fleißig für dich beten.«

Die Lokomotive pfiff, meine Mutter winkte noch mit der Hand und dann mit dem Taschentuch, und das letzte, was ich von ihr sah, war, dass sie das Tüchlein an die Augen drückte.

Mir war, ich müsste dem Zuge nachstürzen und rufen: »Mutter, nimm mich mit!«, aber ich musste ja hier bleiben und mit einem unbeschreiblichen Weh im Herzen trat ich den Heimweg an.

Nach ein paar Tagen erhielt ich einen Brief. Er war aus der Heimat, von Marieli. Sie schrieb:

Lieber Heini!

Gestern ist Deine Mutter bei uns gewesen und die hat uns gesagt, dass Dir alleweil so hart ums Herz ist. Das darf nicht sein, Heini, denn Du musst studieren und da musst Du lustig sein. Wann Du auch glaubst, Du bist allein, das ist doch nicht wahr, wir haben Dich ja alle so gern. Ich denk alle Tag an Dich und bete auch jeden Abend für Dich. Du wirst schon wieder recht glücklich werden. Ich schick Dir da ein kleines Blümel. Ich hab es alleweil in meinem Gebetbuch gehabt. Es ist vom Grab von Deinem Vater, wo ich im vorigen Jahr selber die Vergissmeinnichtstöckerl gesetzt hab. Heb Dir's auf und denk dabei, wann Du's anschaust, an mich, ich denk ja auch alleweil an Dich. Gelt?

Einen schönen Gruß von meiner und Deiner Mutter.

Deine

Marie.

Lieb und heimattraut wie die schlichten Zeilen sahen mich die trockenen, blassblauen Blütensternlein an. Marielis Bild stieg in seiner ganzen reinen Lieblichkeit vor meinen Augen auf und durch mein Herz zog in süßwehem Schauer das Heimweh nach dem stillen Waldtale, nach der Bohnenlaube und nach meiner treuesten Jugendfreundin.

Die folgenden Tage waren Tage heißester Seelenkämpfe. Der Eindruck, den der Besuch meiner Mutter und der Brief Marielis hinterlassen hatten, rangen machtvoll gegen meine unselige Liebe zu Heri. Ich sah den Weg, der mich aus all meiner Pein hinausführen konnte; aber wenn in meiner Erinnerung die Stunde auftauchte, da Heri ihr Köpfchen an meine Brust gelehnt und mir mit süßschimmernden Augen ihre Lippen geboten hatte, dann versank all mein herber Stolz, mein besseres Wollen in einem Strom wahnsinniger Sehnsucht.

So war der erste Mai gekommen, an welchem Tage immer das erste Parkkonzert stattfand.

An diesem Tage erhielten auch wir Anstaltszöglinge immer die Erlaubnis, bis zum Abendessen ausgehen zu dürfen, und so konnten wir auch das Konzert anhören, das um fünf Uhr begann.

Es war ein herrlicher Abend. Die Bäume blühten über und über. An all den verschiedenen fremdländischen Sträuchern hingen Lasten von Blüten in allen Farben und in der weichen Luft lag ein wundersamer Duft.

Die ganze vornehme Welt der Stadt wogte auf den glitzernden Kieswegen auf und ab, die Damen alle in neuen, duftigen Toiletten, Frühling auf den Hüten, Frühling in den Augen.

Und da kam auch Heri daher. Ein weißes, spitzenbesetztes Kleid umschloss ihre schlanke, biegsame Gestalt, ein meergrünes Band, das in breiter Schleife an der Seite herabfiel, war der einzige Schmuck des Kleides. Unter dem rosenumwundenen Hut fielen ihre dunklen Locken in freien Wellen hernieder und ihre unergründlichen Augen schimmerten und blitzten in die tiefsten Tiefen hinein. Wie eine Nixe so schön war sie. An ihrer Seite schritt der Oberleutnant, heiter auf sie einsprechend, und ich sah es ihm an, wie sehr er von dem Liebreiz der holden Mädchengestalt an seiner Seite begeistert war. Hinter den beiden schritt die Tante in eifrigem Gespräch mit einer etwa gleichaltrigen Dame, wahrscheinlich der Mutter des Oberleutnants.

Ich schlich von der Ferne hinter den vieren drein, und mein Herz schlug zum Zerspringen. Eifersucht, Hass, wildester Schmerz, das alles tobte in wilden Wirbeln durch meine Seele. Mir war's, als müsste ich hinspringen und Heri von der Seite des Oberleutnants reißen und im nächsten Augenblicke hätte ich wieder am liebsten aufgeweint in namenlosem Schmerz. Und da hielt ich es endlich nicht mehr länger aus und ich eilte aus dem menschenwimmelnden Parke fort und hinaus in die Au, wo ich mich schluchzend wie ein Kind niederwarf. Und während von ferneher leise die wiegenden Klänge der Musik an mein Ohr drangen, weinte ich meinen Jammer in die junggrüne Frühlingserde hinein.

Dann setzte ich mich auf und begann zu grübeln. So konnte es nicht fortgehen, etwas musste geschehen. Aber was? Ich sann und sann. Aber weder jetzt noch in den nächsten Tagen konnte ich zu einem Entschluss kommen. Ich zermarterte mir das Gehirn und hatte ich schon bisher mein Studium arg vernachlässigt, so wurde ich nun ganz unfähig, auch nur eine Seite zu lernen, einen Vortrag im Gedächtnisse zu behalten.

Und da ließ mich eines Tages mein Klassenvorstand, ein gemütlicher, mir wohlwollender Herr, rufen und sprach: »Sie Binder, ich muss Sie aufmerksam machen, dass es mit Ihnen sehr, aber schon sehr schlecht steht. Wenn Sie jetzt nicht allen Fleiß aufbieten und alle ihre Kräfte – und diese sind nicht unbedeutend – dem Studium zuwenden, so erleben Sie eine Katastrophe. Ich habe Ihnen bisher immer die Stange gehalten; in Zukunft könnte ich es aber nicht mehr tun. Was, zum Teufel, ist denn in Sie gefahren? Reden Sie doch!«

Ich schwieg.

»Na ja«, polterte er, »das ist die alte Geschichte; wenn man fragt, dann erfährt man nichts. Wahrscheinlich, weil eben nichts dahinter ist als ein bisschen allzu viel Bequemlichkeit und ein Kopf voll Flausen. Sie wollen Dichter werden. Habe davon was läuten gehört. Merken Sie sich aber das: Wer Dichter werden will, muss einen vollen Kopf haben. Geist und Herz müssen etwas zu verarbeiten haben, sonst bleibt einer ewig ein Stümper, ein Handwerker. Und übrigens, dazu haben Sie noch lange, lange Zeit. Jetzt ist das Studium Hauptsache. Vergessen Sie nicht, dass Sie ein Stipendiat sind. Fallen Sie durch, so ist's damit aus. Dann können Sie Schuster werden! Also seien Sie vernünftig, Binder!«

Damit reichte er mir die Hand und ich war entlassen.

Diese Unterredung war entscheidend. Ich sah ein, dass es so nicht mehr weitergehen könne. Ich musste so oder so zur Ruhe gelangen und das war nur möglich, wenn ich mit Heri selbst sprach. Ich musste wissen, wie es zwischen uns stehe.

Ein paar Tage überlegte ich noch, dann aber, – ich hatte inzwischen Heri noch mal in Gesellschaft des Oberleutnants mit der Tante spazieren gehen gesehen – stand mein Entschluss fest.

Da ich mit Bestimmtheit wusste, dass ich nicht so viel Zeit haben würde, mich gelegentlich eines Besuches mit Heri aussprechen zu können, schrieb ich ihr ein paar Zeilen:

Meine liebste Heri!

Ich muss mit Dir dringend sprechen. Mein ganzes Lebensglück hängt davon ab. Du brauchst aber nichts zu fürchten. Ich möchte nur aus Deinem eigenen Munde hören, dass ich gehen soll. So ohne ein Wort wie ein davongejagter Hund kann und mag ich nicht von Dir gehen. Auch ich habe meinen Stolz. Und so viel muss ich Dir noch wert sein, dass du mir ehrlich und offen den Abschied gibst. Ich hoffe, dass Dich die vornehme Gesellschaft nicht schon soweit verdorben hat. Ich kann Dir entsagen, aber ich möchte Dich auch fernerhin achten können. Gib mir ehestens Bescheid.

Dein

Heini.

Mit diesem Brief, den ich mit den zwiespältigsten Gefühlen hingeworfen hatte, ging ich am nächsten meiner Ausgangstage zu Heri und ich freute mich schon beim Eintritt doppelt: In erster Linie glaubte ich bei Heri wirklich eine freudige Überraschung bemerken zu können, denn sie stand sofort auf und reichte mir mit festem Drucke die Hand; in zweiter Linie aber konnte ich bei der Tante ebenso sicher einen leichten Verdruss feststellen, den offen zu äußern sie aber viel zu sehr Dame war.

Und dann fand sich auch die Gelegenheit, Heri den Brief zuzustecken. Sie entfernte sich unauffällig mit demselben und kam erst nach geraumer Zeit wieder in das Zimmer. Ein Blick sagte mir, dass sie den Brief gelesen. Und dieser Blick machte mich im innersten Herzen jubeln, denn es lagen Trauer und Vorwurf in ihm, nicht Stolz oder Zorn, wie ich befürchtet hatte.

Als ich mich bald darauf unter dem Vorwande empfahl, ich hätte nur wieder einmal mich erkundigen wollen, wie es den Damen gehe, wusste es Heri so anzustellen, dass sie mir unbemerkt ihre Antwort auf mein Brieflein in die Hand drücken konnte.

Es war ein vielmals zusammengefalteter Zettel und darauf stand nur:

Lieber Heini!
Während des Tages kann ich unmöglich abkommen. Wenn es Dir aber möglich wäre, einmal abends fortzukommen, so komme übermorgen nach neun Uhr in unseren Garten. Die Tante ist an diesem Tage bei der Generalin und kommt vor zehn Uhr nicht heim.

Heri.

Nun, möglich war's schon, dass ich mich nach neun Uhr aus der Anstalt fortstehlen konnte, aber es war auch mit Gefahr verbunden, denn man konnte entdeckt werden. Aber immerhin hatten es schon zwei meiner

Kameraden gewagt und sie waren glücklich wieder ins Haus gekommen. Einmal konnte ich's doch auch versuchen.

Wir waren unser zwanzig in einem Schlafsaal und der Älteste unter uns war Ordner. Um neun Uhr hieß es zu Bette gehen. Dann kam der Präfekt und sah nach, ob jeder da sei und ging dann in den nächsten Schlafsaal. Dieser Zeitpunkt musste geschickt ausgenützt werden und war auch von den anderen benützt worden.

Getreu nach ihrem Muster legte ich auf den Sessel neben dem Bett meine Kleidung, während ich im Sonntagsanzug, nur ohne Rock und Kragen im Bette lag. Der Präfekt kam und fand alles in Ordnung. Kaum hatte er aber den Saal verlassen, so sprang ich auf, nahm Rock, Kragen und Hut und lief, so schnell und so leise mich die Füße trugen, vom zweiten Stock, wo unsere Schlafsäle lagen, ins Parterre hinab, öffnete dort leise ein Korridorfenster und schwang mich in den Anstaltsgarten hinaus. Da hier in der warmen Jahreszeit die Fenster öfter auch während der Nacht offen blieben, konnte das weiter nicht auffallen. Dann lief ich durch den Anstaltsgarten, und an der den Feldern zugekehrten Seite desselben kletterte ich über den Zaun.

Die einsamsten und dunkelsten Gassen benützend, kam ich zum Hause der Oberstin, fand die Haustüre offen, auch die gegenüberliegende und in den Garten führende, und im nächsten Augenblicke stand ich mit hochklopfendem Herzen vor Heri.

Und sie war schöner denn je. Über das weiche, lose Hausgewand, das sie umfloss, fiel ihr dunkles Gelock in duftigen Wellen, im matten Dämmerlicht schimmerten mir ihre Augen entgegen, als läge drinnen die ganze süßschwere Sehnsucht der lauen Maiennacht.

Mir schlug das Herz bis an den Hals herauf und ich konnte kein Wort hervorbringen. Ich sah sie nur in einem fort an und mein ganzes Inneres erbebte in namenlosem Glück.

Da fasste sie mich an der Hand und sagte leise: »Komm hierher, Heini, da ist eine Bank.«

Und da saß ich nun neben ihr und wusste kein Wort zu finden, bis sie endlich fragte: »Du wolltest mir etwas sagen, Heini!«

Ich fühlte: Nun ist die Stunde da und wirr begann ich zu reden: »Ja, Heri, ich musste mit dir reden. Ich kann's gar nicht länger ertragen. Ich hab dir's nicht sagen wollen, aber ich muss. Sei mir nicht böse. Heri, ich bitte dich, sag mir's aufrichtig, hast du mich noch lieb?«

Sie senkte den Kopf und atmete schwer, und dann antwortete sie leise: »Ich hab dich doch immer lieb gehabt, Heini.«

»Ob du mich jetzt noch lieb hast, weißt so, wie du damals gesagt hast, Heri, damals zu Hause im Park.«

Sie schwieg.

Da bat ich wieder und mit aufgehobenen Händen: »Heri, ich bitte dich, ich bitte dich um alles in der Welt, sag mir's, aufrichtig und ehrlich: so wie damals?«

Und da kam es leise, leise von ihren Lippen: »Damals waren wir noch Kinder!«

Auf diese Worte war es mir, als drehe es mir das Herz zu einem Knäuel zusammen, eine Faust schloss sich würgend um meine Kehle und nur stöhnend konnte ich endlich hervorbringen: »Ich danke dir, Heri, – ich – ich gehe.«

Die Knie schlotterten mir, als ich aufstand, vor meinen Augen zuckten Flammen, ein Brausen war um mich, ein wildes Rauschen, und da wusste ich nicht mehr, was ich tat: Ich schloss das erbebende Mädchen in meine Arme und meine glühenden und zuckenden Lippen suchten ihren Mund.

»Lass mich los, Heini, lass mich los!«, flehte sie flüsternd und suchte sich mir zu entwinden.

Aber ich ließ sie nicht; außer mir stammelte ich zwischen meinen Küssen: »Heri, dies eine Mal, – dies eine Mal – will ich noch glücklich sein, Heri – ich hab dich so lieb – so lieb, Heri – so lieb – –«

Ihr Widerstand erstarb in meinen Armen, schlaff lag sie an meiner Brust und auf einmal fühlte ich heiße Tropfen auf meiner Wange.

Das brachte mich zur Besinnung.

»Heri«, flüsterte ich, »weine nicht. Ich hab dich nur noch mal küssen wollen, ehe ich für immer von dir gehe: Bist du mir böse?«

Sie schüttelte weinend den Kopf, reichte mir die Hand und sagte mit tränenzitternder Stimme: »Geh jetzt, Heini!«

»Ja, ich gehe!«

Mit einem Blick umfing ich nochmals die geliebte Gestalt, dann stürmte ich hinaus in die nächtliche Straße.

Frei hatte ich meine Seele machen wollen und nun lag sie hilfloser denn je am Boden. Meine junge, erste, heilige Liebe hatte ich auslöschen wollen und nun flammte sie in mir in dem himmelhohen Lodern eines vernichtenden Weltbrandes. Wie in vulkanischen Essen tobte es in meiner Brust und warf Glück und Schmerz in wilden, unbewussten Worten über meine Lippen. Ich fühlte noch ihren schlanken Leib in meinen Armen, ihren heißen Lippen auf meinem Munde, und während ich durch die dunklen Gassen ziellos dahinstürmte, sprach ich vor mich in qualdurchschauerter Seligkeit: »Ich habe dich geküsst, Heri, zum letzten Mal, und du kannst diese Küsse nicht vergessen, nie und nimmer!«

Ein Mann ging an mir vorüber. Ich achtete es nicht, dass er mich ansah und dann stehen bleibend mein Fortstürmen beobachtete. Ich war im Rausch und merkte es nicht einmal, dass warme Windstöße durch die Straßen fuhren und den Staub aufwirbelten und dass in der Ferne ein Frühgewitter zu murren begann.

Ich war in den Park gekommen und da kam endlich die Müdigkeit über mich. Auf einer Bank warf ich mich nieder. Schwüler, drückender Blumenduft. Wie heiße Hände strich mir der Gewitterwind über das Gesicht und nun fielen die ersten Tropfen, groß und schwer und kalt. Wie das auf meiner glühenden Stirn, auf meinen brennenden Augen wohltat! Und plötzlich eine jagende Flamme über den ganzen Himmel hin und darauf ein langgezogenes Rollen.

Das brachte mich zur Besinnung. Wenn ich nicht bis auf die Haut nass werden wollte, so musste ich so schnell als möglich nach Hause. Und auch aus einem anderen Grund. Dem Hausdiener der Anstalt konnte es einfallen, nachzusehen, ob alle Fenster geschlossen seien. Und wenn er dann das zumachte, durch das ich entwichen war, so konnte ich nicht mehr in die Anstalt hinein und ich war entdeckt. Die Folge davon aber konnte bei der strengen Hausordnung nur eine sein: der Ausschluss aus der Anstalt.

Auf den nächsten Wegen stürmte ich der Anstalt zu. Mein einziger Gedanke war: nur jetzt das Fenster noch offen treffen! Aber ehe ich noch die Anstalt erreichte, brach das Gewitter los und im gießenden Regen kletterte ich über den Zaun und jagte durch den Garten. Gott sei Dank – das Fenster stand noch offen.

Ein Schwung und ich saß auf dem Fensterbrett. Vorsichtig ließ ich mich auf die Fliesen des Korridors niedergleiten.

In diesem Augenblicke aber fühlte ich mich gepackt und während der volle Schein einer Blendlaterne auf mich fiel, hörte ich eine mir nur zu wohlbekannte Stimme mit ingrimmiger Befriedigung sagen:

»Also, da haben wir ihn nun! Lassen Sie ihn nicht los, Herr Präfekt, der Bursche ist zu allem fähig.«

Es war der Direktor der Anstalt, der mich auf solche Weise empfing, und da wusste ich, dass ich verloren sei. Der Mann war mir nie grün gewesen! Er liebte nur die in Hundedemut vor ihm Ersterbenden unter seinen Zöglingen und so wenig er Oskars Freund gewesen war, so wenig war er auch der meinige.

»Woher kommen Sie!«, fuhr er mich nun an.

Ich gab keine Antwort.

»Haben Sie meine Frage gehört oder nicht?«

Ich gab abermals keine Antwort.

Nun stürzte er auf mich zu, packte mich an der Brust und ich glaube heute noch, er hätte nach mir geschlagen, wenn ihn nicht der Präfekt abgewehrt hätte.

Der aber sagte: »Herr Direktor, ich möchte vorschlagen, ihn für heute Nacht im Karzer zu internieren. Ich glaube nämlich, dass er so erschrocken ist, dass er jetzt tatsächlich nicht antworten kann.«

Der Präfekt hatte eine so bestimmte Art zu sprechen, dass der Direktor immer beigeben musste. So stimmte er denn auch jetzt zu: »Gut. Und da mag der junge Herr über seine nächtlichen Vergnügen und deren Folgen nachdenken. Aber Sie haften mir für ihn, Herr Präfekt!«

»Gewiss, Herr Direktor!«

»Gute Nacht!«

»Gute Nacht, Herr Direktor!«

Dann wandte sich der Präfekt an mich, nickte einige Male bedeutungsvoll und sagte dann ernst: »Das hätte ich gerade von Ihnen, Binder, nicht erwartet. Aber jetzt kommen Sie und holen Sie sich trockene Kleider und Wäsche.«

Nun saß ich also im Karzer und hatte Zeit nachzudenken, was nun werden solle. Aber ich konnte nicht denken. Ich starrte nur in einem fort zu dem kleinen Gitterfenster empor, durch welches in kurzen Zwischenräumen die Blitze ihre blendenden Brände warfen, ich horchte dem Schmettern der Donner und dem Rauschen des Regens. Eine unendliche Müdigkeit machte mir das Blut in den Adern träge, die Augenlider schwer und während draußen noch das Maigewitter forttobte, schlief ich ein. Und ich schlief so fest, dass ich am nächsten Morgen zum Frühstück erst geweckt werden musste.

Bald darauf kam auch der Präfekt und teilte mir mit, dass um zehn Uhr die Konferenz zusammentreten werde. Ich solle der Wahrheit die Ehre geben, denn nur ein ganz offenes Geständnis könne mir, wenn das überhaupt möglich sei, noch etwas helfen.

Nun begann in meinem Kopfe wieder der Hexentanz. Auf der einen Seite stand Heri in all dem berückenden Schimmer, mit dem meine Liebe sie verklärte, seit dem gestrigen Abend mehr denn je; auf der anderen Seite stand meine Mutter, die müde, stille Frau, deren einziges Glück ich war. Zwischen den beiden hatte ich zu wählen. Sagte ich offen, dass ich im Hause der Oberstin gewesen sei, dann konnte ich noch gerettet werden; denn die Oberstin genoss in der Stadt ein hohes Ansehen und ich wusste, dass man es sich gründlich überlegen würde, sie bloßzustellen. Und was hatte ich auch getan? Ich hatte ein Mädchen geküsst, hatte von ihm Abschied genommen, um mich selbst und meine Pflicht als Studierender zu retten. Aber andererseits stellte gerade ich wieder nicht nur Heri, sondern auch die Oberstin bloß, denn die musste doch wissen, dass ich um neun Uhr abends keinen Ausgang hatte. Wenn es aber bekannt wurde, dass mich Heri in den Garten bestellt hatte, dann war diese in der Stadt unmöglich gemacht, und wenn ihr Vater und der Graf davon erfuhren, dann war es mit meinem Studium auch so aus, dann hatte ich auf keinen Kreuzer Unterstützung mehr zu hoffen.

Ich sah ein, dass es aus dem Netze von Schicksalsfäden, in das ich geraten war, kein Entrinnen mehr gebe und da tauchte zum ersten Male jener große Gedanke in mir auf, dem ich heute meinen Frieden danke: das alles ist ja nur Spiel, Traum! Dein innerstes Wesen berührt das ja gar nicht, du kannst ruhig zusehen, zusehen und lächeln.

Und da stand es auch in mir fest: Ich wollte allem Schweigen entgegensetzen. Kein Wort sollten sie aus mir herauspressen können. Mochte kommen, was da wolle.

Um zehn Uhr trat die Konferenz zusammen. Sie bestand aus dem Direktor des Internates, dem Präfekten, dem Direktor des Gymnasiums und meinem Klassenvorstand.

Und der Internatsdirektor begann mit dem ihm eigenen Pathos: »Es ist ein sehr trauriger Fall moralischer Verwahrlosung, zu dessen Untersuchung ich die Herren habe entbieten müssen. Es wird sich darum handeln, Mittel und Wege zu finden, wie die übrigen Schüler vor Ansteckung durch diesen moralischen Giftstoff bewahrt werden können.

Sie aber« – damit wandte er sich an mich – »fordere ich auf, die Wahrheit, die volle Wahrheit zu sagen. Glauben Sie ja nicht, durch Lügen sich retten zu können. Und nun sprechen Sie: Wo waren Sie gestern Abend?«

Ich schwieg.

»Wollen Sie auch heute nicht antworten?«

Keine Antwort.

»Aber so reden Sie doch!«, mahnte der Gymnasialdirektor.

Ich schwieg.

»Nun, so werde ich es selbst sagen. Als ich gestern Abend vor Ausbruch des Gewitters nach Hause ging, stürzte mir aus der Spittelgasse ein junger Mann entgegen. Obwohl er den Hut tief in die Stirne gedrückt hatte, erkannte ich doch in ihm den Zögling Binder und überrascht blieb ich stehen und sah ihm nach. Er lief die Parkstraße entlang. Meine Herren, Sie wissen, welche Art von Menschen leider die Spittelgasse bevölkert, und ich frage Sie: Wie tief muss ein junger Mensch gesunken sein, der sich wie ein Dieb aus der Anstalt schleicht, seine Vorgesetzten in raffinierter Weise täuscht, um jene Lasterstätten aufsuchen zu können!«

Allgemeines entsetztes Kopfschütteln und der Gymnasialdirektor meinte: »Nun begreife ich freilich die schlechten Lernerfolge des jungen Mannes!«

Mein Klassenvorstand aber sprang auf, fasste mich an der Schulter und rief: »Mensch, so reden Sie doch! Das kann ja gar nicht wahr sein! So kann ich mich doch an Ihnen nicht getäuscht haben!«

Der ehrliche Schmerz des schon alten Mannes schnitt mir ins Herz und da vergaß ich meinen Vorsatz und sagte: »Ich war nicht in der Spittelgasse, ich bin nur hindurchgelaufen.«

»Wo waren Sie dann?«

Sollte ich vor diesen Leuten da mein Herz entblößen, sie mit ihren brutalen Händen in dem Heiligtum meiner Seele wühlen lassen?

Mein Klassenvorstand las mir die Qual aus den Augen und sagte: »Ich möchte die Herren bitten, mich eine kurze Zeit mit dem jungen Manne allein zu lassen. Ich glaube garantieren zu dürfen, dass er mir die volle Wahrheit bekennen wird!«

»Wie meinen Sie, Herr Direktor?«, fragte der Direktor unserer Anstalt.

Der Gymnasialdirektor zuckte mit den Achseln und erwiderte: »Wenn der Herr Kollege glaubt, so viel Macht zu besitzen, den Burschen zum Reden zu bringen, so meine ich, liegt kein Anstand vor, ihm seinen Wunsch zu bewilligen. Ich schlage also vor, wir ziehen uns für eine Viertelstunde zurück.«

Damit erhob er sich und schritt der Türe zu. Mit einem giftigen Seitenblick auf mich folgte ihm der Anstaltsdirektor und diesem der Präfekt.

Und der alte Professor nahm das Wort: »Also, lieber junger Freund, wir sind allein. Ich halte Sie nicht für schlecht, denn ich sah die Scham in ihren Augen. Nun sagen Sie mir alles. Denken Sie, ich sei Ihr Beichtvater oder noch mehr, ich wäre Ihr Vater, zu dem Sie in Ihres Herzens Not kommen. Seien Sie offen und wahr, wie es sich für einen braven und mutigen Menschen geziemt. Was es auch sei, seien Sie versichert, ich werde es mir angelegen sein lassen, den Urteilsspruch nach Kräften zu mildern. Setzen Sie sich hier neben mich und reden Sie.«

Ich setzte mich und dann erzählte ich ihm alles, wie es gewesen war.

Er hörte aufmerksam zu, die grauen guten Augen fest auf mich heftend, und wenn ich stockte, sagte er nur: »Erzählen Sie ruhig weiter.«

Als ich geendet hatte, sah er mich lange an und dann sagte er, indem ein mildes Lächeln um seine Lippen spielte: »Sie sind ein großer Kindskopf, Binder. Eine solche Dummheit machen! Nun, ich hoffe, dass alles zu einem glücklichen Ende führen wird. Gehen Sie hinaus, sagen Sie den Herren, ich lasse bitten, zu kommen, und warten Sie selbst draußen, bis Sie gerufen werden.«

Ich ging und tat, wie mir geheißen. Eine Bergeslast war mir von der Seele gewälzt. Ich lauschte nicht den Stimmen im Nebenzimmer, ich stand an dem Fenster und sah mit hoffnungsfreudigen Augen in den Garten hinaus, der nun nach dem nächtlichen Gewitter in frischen Frühlingsfarben und Tau leuchtete und blitzte und über dem die Sonne in einer Strahlenglorie stand, in jeden Winkel den Segen ihrer goldenen Lichtflut sendend.

Und ich dachte an meine Mutter. Alles, alles, was ich ihr an Leid bereitet hatte, wollte ich nun gutmachen. Nun wollte ich zeigen, was ich zu leisten imstande sei. Und der Mann da drinnen, der mich zum moralisch Verwahrlosten gestempelt hatte, er sollte noch erfahren, wie sehr er sich getäuscht habe. Ihn selbst zur Anerkennung meines Wertes zu zwingen, das sollte meine beste Rache sein.

In diese frohe Zuversicht und maiengrüne Hoffnungsstimmung fiel aber bald ein Schatten. Statt zu einem Abschluss zu kommen, wurde die Konferenz auf den Nachmittag vertagt und ich kam vorläufig wieder in den Karzer zurück. Dass der Präfekt, der die Tür abschloss, mich noch angelächelt hatte, gab mir aber neue Hoffnung, dass sich meine Angelegenheit in günstigem Fahrwasser befinde.

Langsam, nur allzu langsam rannen die Stunden dahin. Endlich aber, es hatte eben von den Türmen die dritte Nachmittagsstunde geschlagen, holte mich der Präfekt neuerdings ab.

»Kommen Sie«, sagte er kurz.

Mir schlug das Herz und auf der Treppe wagte ich die Frage an ihn: »Herr Präfekt, wie steht es mit mir?«

»Das werden Sie sofort erfahren. Ich habe Ihnen nichts zu sagen.« Der kalte, beinahe feindselige Ton machte mich stutzig und eine bange Ahnung stieg in mir auf.

Vor die Konferenz gestellt, sah ich auf den Gesichtern der vier Männer feierlichen, finsteren Ernst.

Und der Anstaltsdirektor fragte mich: »Bleiben Sie bei der Aussage, die Sie heute Vormittag Ihrem Klassenvorstand gegenüber machten?«

Ich war verblüfft. Auf diese Frage war ich nicht vorbereitet gewesen. Und was sollte sie? Fest gab ich zur Antwort: »Ja.«

»Nun« – der Direktor zog eine höhnische Miene – »ich habe die Frau Oberstin von Tattenbach schriftlich von Ihrer Aussage verständigt und sie war selbst hier und hat mir beteuert, dass alles erlogen sei. Sie war allerdings bis zehn Uhr in ihrer gewöhnlichen Gesellschaft bei der Frau Generalin von Hohenstein, doch hat der Hausmeister wie sonst um neun Uhr die Türe gesperrt, und als sie nach Hause kam, fand sie diese Angabe bestätigt. Auch ihre Nichte beteuerte, dass sie den Zögling Binder nicht gesehen habe. Er hält sich überhaupt seit Monaten von dem Hause, wo man ihn in liebenswürdigster Weise aufgenommen hatte, vollständig fern. Sehr erklärlich allerdings. Wir haben keinen Anlass, in die Angaben der Frau Oberstin sowie die ihrer Nichte nur den geringsten Zweifel zu setzen und« – er erhob seine Stimme – »stehen vor der Tatsache, dass ein Mensch, der dieser hochangesehenen Frau, wie deren Bruder, dem Herrn Oberforstverwalter, die größten

Wohltaten dankt, sich nicht scheut, Schande auf sie zu häufen, um seine eigene Schande zu bemänteln.«

Mit triumphierenden Blicken sah der Anstaltsdirektor hauptsächlich den Klassenvorstand an, dann wandte er sich an mich: »Haben Sie darauf etwas zu erwidern?«

Nein, ich hatte nichts zu erwidern. In mir stürzte aber eine Welt zusammen, in der ich bisher mit dem Gefühl gewandelt war, dass es außer ihr keine geben könne: die Welt der Wahrheit. Und nun war ich hinausgeschleudert ins Haltlose und nichts mehr gab es für mich als rettungsloses Versinken. Erde, Himmel, Gott, Menschen, alles sah ich um mich wanken und stürzen; ich fühlte, wie alles Blut aus meinen Wangen wich, ein Schwindel überkam mich und ich musste mich stützen, um nicht zu fallen. Heri, Heri hatte mich verleugnet, mich dem Elend ausgeliefert, sie, die mir geschworen hatte, mich hinanzuführen zu den Höhen des Glückes, die ich liebte, so unsäglich liebte! Mir fiel nicht ein, dass ich in dem Brieflein, in dem sie mich zum Stelldichein geladen hatte, ein Beweismittel gegen sie und ihre Tante in den Händen hielt, ich konnte nur immer das eine denken, dass sie mich verleugnet hatte, und ein Schmerz ohne Ende zerwühlte mir das Herz.

Ich hörte nicht, was man mich noch fragte, ich gab keine Antwort, ich stand wie betäubt und meine Augen starrten zu Boden, als öffne sich da vor ihnen der Abgrund, in dem alles versunken war, was mir bisher als heilig und unverbrüchlich gegolten hatte.

Was kümmerte es mich jetzt, dass der Anstaltsdirektor meine Ausschließung beantragte, dass der Gymnasialdirektor erklärte, er wolle sofort eine Konferenz seines Lehrkörpers einberufen und denselben Antrag stellen, denn er habe tatsächlich einsehen gelernt, dass ich eine Gefahr für die Moralität der ganzen Klasse, ja der ganzen Anstalt sei. Mochten sie reden, mochten sie tun, was sie wollten; in dieser Welt, in die mich diese Stunde geworfen hatte, war alles möglich. Gegen die Mächte, die in ihr das Zepter führten, war ich machtlos.

Mein Klassenvorstand trat auf mich zu und fragte mich: »Haben Sie denn gar nichts zu Ihrer Verteidigung anzuführen?«

Ich wusste nichts, mir fiel nichts ein und achselzuckend wandte sich der alte Mann ab und ich hörte nur noch, wie er sagte: »Das ist die größte Enttäuschung in meinem vierzigjährigen Lehrerleben.«

Dann trat der Präfekt auf mich zu und führte mich schweigend in den Karzer zurück.

9.

Gestern sind die ersten Touristen in meine Einsamkeit gekommen. Auf den Wildenstein wollten sie hinauf und waren sehr enttäuscht, als ich ihnen sagte, dass der Weg von hier aus nicht gangbar sei, da ihn die Frühlingswasser zerstört haben. Sie schimpften gewaltig über die bodenlose Nachlässigkeit, dass der Weg jetzt noch nicht hergestellt sei, und zogen dann grollend ab.

Arme Menschen! Von einem fußbreiten Pfad hängt ihr Glück ab, und weil sie den nicht finden, versinkt eine Welt von Schönheit vor ihnen. Keiner von den drei Männern fühlte mehr die heilige Ruhe des Hochwaldes in weichen Wellen sein Herz umschmeicheln, keiner mehr trank den balsamischen Harzduft, und keinem mehr lächelte das tiefblaue Auge des Sees, in dem alle Seligkeiten des Himmels und alle Märchen der Tiefe sich spiegeln.

Freilich, ich hätte den Männern sagen können, dass das, was sie sehen wollten, die Sonnenwendfeuer, auch hier in der Nähe zu sehen wäre und ebenso schön als auf dem Wildenstein. Aber was kümmern mich andere Menschen? Mögen sie ihre Wege gehen, ich gehe die meinen. Und meine sind die Wege der Einsamkeit, also Wege zu Festen der Seele, die eben nur der findet, der einsam sein will. Die Einsamkeit macht Könige, die Menge Bettler. Je größer der Haufe, desto armseliger der einzelne.

Und es kam die Nacht. Weich war sie wie zärtliche Mutterhand und dunkel wie das Auge der Sehnsucht. Warm war sie wie ein in treuer Liebe brennendes Herz und so voll süßer Geheimnisse wie eine junge Seele. Kein Mond stand am Himmel, nur die Sterne standen in blitzendem Flor in der violenblauen Unendlichkeit und wie von einem verglühenden Rauchopfer stieg von meinem Meiler ein dünner, blassblauer Faden senkrecht zu ihr empor.

Da stieg ich auf einsamem Jägersteig empor und das Schweigen ging an meiner Seite. Nachtschwarz die Gründe um mich und neben mir. Dort und da glimmt ein vermodernder Baumstumpf in fahlem Licht und zuweilen ist es, als tauchten in der Finsternis glühende Ringe auf.

Die gaukeln aber nur die eigenen Augen vor, die sich angestrengt in das Dunkel bohren, um in der Nacht der Haselbüsche und Hainbuchen, die sich laubenartig über den Pfad wölben, die Richtung nicht zu verfehlen.

Nun weichen die niederen Büsche zur Seite und zwischen den zackigen Mauern der Bergfichten leuchtet wieder Sternenlicht auf meinen Weg.

Noch eine kleine Viertelstunde. Dort und da knackt ein Zweig von vorsichtig ziehendem Wild, Büsche rauschen auf und schweigen wieder und nun sehe ich wieder, aus den letzten Stämmen des Hochwaldes hervortretend, die ganze lichte Sternenflur über mir hingebreitet, und wie ich nun zwischen den Baumstrünken des Windbruches emporsteige, da leuchtet es mir schon allenthalben entgegen, als sei ein zweiter Sternenhimmel in großen, flackernden Flammen auf die Erde gesunken. Von den Berggipfeln leuchten die Feuer, an den Hängen und in den Tiefen brennen sie, bis weit hinaus ins flache Land, zu Hunderten und Hunderten flimmern und schimmern sie. Licht, Licht, überall!

Aus grauen Vorväterzeiten stammt der Brauch, aus Heidentagen, wie sie sagen. Als ob es jemals Heiden gegeben hätte! Als ob es nicht auch damals schon die sehnsüchtige Menschenseele gewesen wäre, die ihr Heimweh nach den ewigen Lichtgärten der Götter mit Flammenarmen sich emporrecken ließ. Nach Balder, dem Gott mit den sonnigen Friedensaugen, verzehrten sich die Sehnsuchtsbrände.

Und nach ihm verzehren sie sich noch heute. Balder ist für die Menschen gestorben; die Nacht des Hasses hat ihn getötet. Doch ist er auch für die Menschen tot, der Menschheit ist er auferstanden, den wenigen, die den Frieden gefunden haben, die da wissen, dass es keinen Tod, sondern nur ewiges Leben gibt.

Und einer von denen bin ich. Und stolz trete ich an den Holzstoß, den ich in den letzten Wochen gehäuft, und größer, fester und heiliger als die der anderen Menschen, in stolzer Ruhe schlägt meine Flamme auf, die Flamme des Einzigen auf der weiten Welt, der keinen Menschen braucht, um glücklich zu sein, weil sein Herz im All schlägt.

Eine Feierstunde war es gestern droben auf meiner einsamen Bergesweite und sie hat mir wieder das Herz gestählt, um ruhig weitererzählen zu können.

Ich war also zurück in den Karzer gebracht worden. Ich erinnere mich noch, dass ich immerfort zu dem kleinen vergitterten Fenster emporsah, unfähig, irgendetwas zu denken. Ein Ausgestoßener war ich und die Eisenstäbe des Fenstergitters wurden mir zum Kreuz, an das man mich geheftet hatte. Ich war Christus, und in übermenschlichen Martern musste ich die Welt von der Erbsünde der Selbstsucht erlösen. Vor dem Kreuz aber, an das ich geheftet war, auf dem blumenbunten Grund von Golgatha tanzte Heri auf und nieder. Einen Kranz von Rosen trug sie in das dunkle Haar geflochten und ihre Augen schimmerten, als hätten sie das ganze Glück der Erde in sich getrunken. Dann aber warf sie sich plötzlich an meine Brust und biss mich mit giftigen Zähnen in das Herz.

Dann kam mein Vater mit der noch blutenden Schusswunde in seiner Brust und an seiner Seite ging meine Mutter, müde und langsam, aber mit entsetzlich verzerrtem Gesicht und dies Gesicht kam mir immer näher und näher, qualvoll starrten mich seine Augen an, die todesbangen Augen des Christus, den Oskar in sein Skizzenbuch gezeichnet hatte. Und dann wurde es Nacht, glühende, rauschende Nacht um mich. Ein einziges Mal war es, als ginge mildes Mondlicht durch diese Nacht und ich sah für einen Augenblick Marielis süßes Gesichtchen vor mir, dann aber tanzte schon wieder Heri einher und die Jagd der Gestalten ging von Neuem los, bis endlich dunkle, müde Nacht kam und alles, alles begrub.

Als ich erwachte, beugte sich ein mildes, aber mir fremdes Antlitz über mich, das von den breiten weißen Flügeln der Haube der barmherzigen Schwestern umrahmt war.

Ich wollte mich aufrichten, fragen, doch sie drückte mich sanft in die Kissen zurück, indem sie sagte: »Bleiben Sie nur recht ruhig.«

»Wo bin ich denn?«, musste ich doch fragen.

»Sie sind im Spital, denn sie waren sehr krank. Nun aber werden Sie bald gesund sein. Bleiben Sie nur schön liegen und regen Sie sich nicht auf.«

Dann führte sie mir einen Löffel mit einer kühlen, süßlichen Flüssigkeit zum Munde und ich versank in wohliges Hindämmern.

Dann stand einmal ein bärtiger Mann an meinem Bett und als ich ihn genauer ansah, erinnerte ich mich, dass ich ihn schon irgendwo und irgendeinmal gesehen haben musste. Richtig: Das war ja der Doktor, der am Sterbelager Oskars gestanden hatte. Und da fiel mir's wieder ein, dass man mir ja gesagt habe, ich sei im Spital.

Wenn ich aber fragen wollte, bedeutete man mir, mich ja ganz ruhig zu verhalten, und da musste ich auch folgen, ich mochte wollen oder nicht.

So kehrte ich langsam zum Leben zurück und dann kam auch der Tag, wo ich auf meine Fragen endlich Antwort erhielt. Ich war dem Tode nahe gewesen. Zu einem schweren Nervenleiden hatte sich auch noch eine Lungenentzündung gesellt und ich war von den Ärzten schon aufgegeben gewesen. Unerwartet sei dann aber eine Wendung zum Besseren eingetreten und da hatten auch die Ärzte wieder mit dem ganzen Aufgebot ihrer Kunst eingesetzt, und nun war ich gerettet.

Was es nun mit der Anstalt sei. Ob ich wieder weiterstudieren dürfe, fragte ich.

Doch der Arzt sagte nur: »Daran denken Sie vorläufig am gescheitesten gar nicht. Jetzt ist es Ihre erste Aufgabe, einmal ganz gesund zu werden.«

Ob meine Mutter von meiner Krankheit wisse, fragte ich weiter. Ja, sie wisse alles und hätte auch nur den einen Wunsch, ich solle nur hübsch allen Anordnungen folgen, damit ich bald gesund werde.

Das beruhigte mich, und als mir gar der Doktor sagte, dass ich für heuer selbstverständlich nicht mehr in die Anstalt zurückkehren brauche, da ich nach Hause zur Erholung müsse und dafür bereits gesorgt sei, dass es mir recht gut ginge, da kehrte eine stille Freude in mein Herz ein, die warm und wohlig durch den ganzen Körper strömte und ihn täglich kräftiger und kräftiger machte.

Und dann sagte der Doktor endlich zu mir: »Also morgen dürfen Sie nach Hause. Es wird übrigens jemand kommen, Sie abzuholen.«

»Meine Mutter?«

»Das weiß ich nicht, das wurde uns nicht mitgeteilt. Aber das eine sage ich Ihnen: hübsch vernünftig bleiben und keine Geschichten machen, wenn –«

Er unterbrach sich und ich fragte: »Warum soll ich denn Geschichten machen?«

»Na, Sie scheinen ein sehr empfindlicher Mensch zu sein, und auf der Welt findet man's nie so, wie man es sich ausmalt und wie man's gerne haben möchte. Da heißt's eben fügen und sich abfinden mit dem, wie es ist. Das meine ich.«

Ich glaubte darin eine Anspielung auf Heri zu hören, und wenn mich auch eine leise Wehmut durchzuckte, das eine wusste ich, dass ich nun vor ihr gefeit sei. Wie ein böser, toller Traum erschien mir alles, was hinter mir lag und selbst für den Fall, dass ich am Ende nicht mehr weiterstudieren sollte können, fühlte ich doch noch die Kraft, ein glücklicher und froher Mensch zu werden.

Als ich am nächsten Morgen erwachte, fand ich auf dem Stuhl neben meinem Bette meine Sonntagskleider, in denen man mich ins Spital gebracht hatte. Meine übrigen Habseligkeiten, war mir gesagt worden, seien schon in der Heimat.

Noch einmal kam der Arzt und als er ging, reichte er mir die Hand, sah mich eine Weile an, als wolle er mir noch etwas sagen, sagte aber nichts als: »Also, lieber, junger Freund, vernünftig sein.«

Auch die Schwester, die mich so aufopfernd gepflegt hatte und die mich jetzt bis zur Türe des Besuchszimmers geleitete, sah mich so eigentümlich an und als ich ihre Hand fasste und ihr aus ganzem Herzen für all die Mühe dankte, die sie sich um mich gegeben, da war es mir, als stiege in ihren Augen ein feuchter Schimmer auf. Leise sagte sie: »Leben Sie wohl, ich will für Sie beten.«

Ich sah ihr nach und als sie an der Biegung des langen Ganges verschwunden war, drückte ich auf die Klinke und trat in das Besuchszimmer ein.

Zwei liebe, vertraute Gestalten erhoben sich von den Stühlen, die Müllerin und die Marieli. Erstere kam mir ein paar Schritte entgegen und reichte mir mit innigem Druck die Hand: »Grüß dich Gott, Heini. Also du bist halt doch wieder gesund worden.«

Und nun kam auch Marieli auf mich zu, schüchtern, das blasse, feine Gesichtchen von Purpur überströmt, vom Purpur der Freude und der Liebe. Wortlos reichte sie mir die Hand, aber der selige Glanz auf ihrem Antlitz jubelte einen Willkommgruß, der mich tief glücklich machte.

»Ist meine Mutter nicht da?«, fragte ich, denn mir fiel plötzlich auf, warum denn die zwei Frauen allein hier seien.

»Ist sie krank?«

»Nein, Heini.«

Marieli senkte das Haupt und auch die Müllerin gab nicht sofort Antwort, als ich aber die Frage nochmals und drängend wiederholte, sagte sie, indem sie mir die Hand auf die Schulter legte: »Krank ist sie eigentlich nicht mehr. Du weißt ja, sie hat dir's ja selbst gesagt, dass sie herzleidend ist, und da haben wir uns halt gedacht, es sei das Beste, wenn wir zwei dich abholen. Meinst du nicht auch?«

Ich musste der Müllerin recht geben. Nachdem die Entlassungsförmlichkeiten abgetan waren, verließ ich mit den beiden Frauen das Spital.

Es war ein wunderschöner Junitag. Die Straßen lachten im Sonnenlicht, und da es noch zu früh zum Mittagessen war, schlug ich vor, durch den Park und in die Au zu gehen. Ich war so froh und glücklich, dass mir gar nicht auffiel, wie schweigsam die beiden Frauen waren.

Als wir eben in die Hauptallee des Parkes einbogen, kam uns ein Offizier mit einer jungen Dame am Arme entgegen.

Ich erkannte sie und wenn auch mein Herz erbebte, ich richtete mich stolz auf und grüßte kalt und gemessen. Der Offizier griff salutierend an die Mütze, Heri aber senkte das Antlitz und es war mir eine Genugtuung, sie erblassen zu sehen. Die Müllerin aber tat, als hätte sie Heri gar nicht erkannt, während Marieli erbleichend zu Boden sah.

Bald lag der Park hinter uns und wir schritten auf dem Promenadeweg durch die Au. Als wir bei der Bank angelangt waren, auf der ich vor Wochen mit der Mutter gesessen hatte, sagte ich dies den beiden Frauen.

»Nun dann setzen wir uns auch ein wenig hier nieder«, meinte die Müllerin. »Ich bin beinahe ein bisschen müde.«

Wir ließen uns nieder und jetzt, nachdem wir wieder eine Weile gesessen hatten, ohne ein Wort zu reden, fiel mir die Schweigsamkeit der beiden Frauen auf. Das musste seinen Grund haben. Und da fiel mir ein, dass man jedenfalls den wahren Grund meiner Erkrankung erfahren haben könne.

»Weiß die Mutter, was mir gefehlt hat?«, fragte ich. »Und warum ich so krank geworden bin?«

»Ja, das Warum weiß sie. Das ist ja in dem Brief gestanden, den der Direktor an sie geschrieben hat.«

»Was hat er denn geschrieben?«

Die Müllerin fasste meine Hand und sagte: »Mein lieber Heini, wozu willst du das wissen! Wir da und auch deine Mutter, wir haben es ja so nit geglaubt. Wir glauben dir und wir wissen auch, dass nur die die Schuld hat, die uns zuvor begegnet ist. Wenn wir dir nit glauben täten, Heini, so wären ich und die Marieli nit da.«

In mir krampfte sich das Herz zusammen. »So haben sie mich also sogar bei meiner Mutter verleumdet!«

»Sie hat's nit geglaubt. Heini, sie hat's nit geglaubt.«

»Was hat sie denn gesagt?«, bat ich.

»Sie hat nit viel gesagt, Heini, ›Mein Heini ist unschuldig‹, – sonst hat sie nichts gesagt.«

»Gar nichts sonst?«

»Nein, Heini, gar nichts sonst«, erwiderte die Müllerin leise und dabei rollten ihr große Tränen aus den Augen.

Was hatten diese Tränen zu bedeuten? Warum sah mich Marieli so seltsam an? Ein Gedanke stieg in mir auf und wuchs augenblicklich zur Gewissheit an. Ich sprang auf und rief angstvoll, heimlich aber doch ein tröstende Antwort erwartend: »Die Mutter ist – –«

Flehend hob ich die Hände, als könnte ich mir eine gute Nachricht erbitten, nicht die, die ich befürchtete.

Doch die Müllerin nickte nur und während sie mich neben sich auf die Bank niederzog, sagte sie: »Ja, Heini, es ist so. Deine Mutter ist heimgegangen zu deinem Vater.«

Ich schrie nicht auf, ich tobte nicht; mir war nur zumute, als sei nun auch das Letzte, was mir noch auf Erden verblieben war, versunken und ich stünde nun ganz, ganz mutterseelenallein auf einer Erde, die mir fremd und feindlich ist. Grenzenlose Verlassenheit und Einsamkeit um mich und so schwer, so traurig, dass ich nicht einmal weinen konnte. Ich starrte nur vor mich hin und unwillkürlich sprach ich vor mich hin: »Keine Mutter mehr. Keine Mutter mehr.«

Dann aber dachte ich plötzlich daran, was wohl meine Mutter gelitten haben müsse, als sie erfahren hatte, dass man ihren Sohn mit Schanden davongejagt habe und dieser Gedanke erst brachte meinen Schmerz zum Ausbruch. Meine arme Mutter!

»Wein dich nur aus, Heini«, sagte die Müllerin und legte ihren Arm mütterlich um meine Schultern, »wein dich nur aus. Es ist besser, als wenn du dich vergrübelst.«

Und während ich immer nur vor mich hinschluchzte, sagte und erzählte sie: »Schau, Heini, deine Mutter war schon sehr krank, nur hat sie's nicht so zeigen wollen. Dass sie aber gewusst hat, wie's mit ihr steht, davon ist das ein Beweis, dass sie dich nach Ostern heimgesucht hat. Bevor sie fortgefahren ist, hat sie zu mir gesagt: ›Ich weiß nit, ich halt's nimmer länger aus: Ich muss den Heini sehen. Mir ist alleweil so, als müsste was geschehen, dass ich ihn dann am Ende nit mehr sehen kann.‹ Ich hab ihr das natürlich auszureden gesucht, aber es hat nichts genützt. Und wie sie dann von da heimgekommen ist, da ist sie zuerst zu mir gekommen und da hat sie wohl eine Stund nichts und nichts als geweint. Ich hab nit gewusst, was sie hat, und hab sie gefragt und ihr zugeredet und da ist sie wirklich endlich auch still geworden. Und da hat sie mir dann auch gesagt: Du, Lois, mein Heini ist nit glücklich und ich fürcht, er wird noch unglücklicher werden. Ich werd ihm wohl nimmer viel helfen können. Aber gelt, Lois, du versprichst mir's: Wann ich einmal nimmer sein soll, du nimmst dich um ihn an. Versprich mir's. – Und ich hab ihr's versprochen, Heini, ich hab ihr's gern versprochen. – Und wie dann der Brief vom Direktor kommen ist, da ist sie grad bei mir gewest. Weil sie zu viel gezittert hat, hab ich ihr den Brief aufmachen müssen. Wie sie aber gelesen hat, da ist sie aufgesprungen und hat geschrien: ›Das alles ist nit wahr! Mein Heini ist unschuldig!‹ Und wie sie das sagt, greift sie ans Herz, ich habe sie aufgefangen, und in meine Arm hat sie die Augen zugemacht. Sie hat eine recht schöne Leich gehabt, deine Mutter. So still und friedlich ist sie im Sarg gelegen und bevor er zugemacht ist worden, ist die Frau Oberforstverwalter mit einem schönen Kranz kommen und geweint hat sie am Sarg, als wär deine Mutter ihr Schwester gewesen. Und jetzt liegt deine Mutter neben deinem Vater und jetzt sind sie halt wieder beieinander, die so bald und so auf unverhoffte Weise haben seinerzeit auseinander müssen. Gott geb ihnen die ewige Ruhe!«

Das stille, schlichte Erzählen übte eine tiefe Wirkung auf mein Gemüt. Wie ein begütigendes Streicheln fühlte ich die aus innigem Mitempfinden quellenden Worte und wie ein traumhaft weiches Dämmern, allen Schmerz lösend und lindernd, kam es über mich.

Und da nahm die Müllerin meine beiden Hände in die ihren und sagte: »Und jetzt, Heini, jetzt will ich das Versprechen halten, das ich deiner Mutter gegeben hab. Von jetzt an will ich deine Mutter sein und ich werd mir schon recht Mühe geben, dass alles wieder recht wird und auf eben und gleich kommt. Musst halt auch ein bisschen Vertrauen zu mir haben und mich ein bissl gern haben, dann wird's schon gehen.«

Auf diese Worte konnte ich nicht anders, ich beugte mich hinab und küsste die Hände, die so treu die meinen umschlossen hielten und von denen es in warmen Wellen in mich überströmte wie der letzte Segen meiner Mutter.

»Aber, Heini, was tust du denn!«, wehrte jedoch die Müllerin ab. »Mir die Hand küssen. Ich bin ja nur eine Bäuerin!«

»Aber meine Mutter jetzt«, drängte es sich über meine Lippen, und da ging über das liebe, gütige Antlitz der einfachen Frau ein glücklicher Schimmer und sie sagte: »Ich mein, wir werden alle miteinander doch noch recht glücklich werden. Gelt, Marie, du hilfst auch dazu?«

Ja, das wusste ich und hätte ich's nicht gewusst, so hätte es mir der seelenvolle Strahl aus Marielis Augen gesagt, als sie mir nun ebenfalls die Hand reichte.

Es war inzwischen die Mittagsstunde gekommen und wir kehrten in die Stadt zurück. Nach dem Mittagessen gingen wir zum Bahnhof und dann trug uns der ratternde Zug der Heimat zu.

Bald hatten wir die weiten Felderbreiten des Flachlandes durchflogen, die Berge traten näher, der Sommerwald schickte durch die offenen Fenster aufrauschend seinen duftigen Gruß herein, nun stiegen hinter seinen tiefgrünen Wipfeln auch schon die leuchtenden Felszacken der Heimatberge auf und ein wunderbares Friedlichwerden zog in mein verstürmtes Herz ein.

10.

Ich wünsche durchaus nicht, dass es anders hätte kommen sollen, als es in meinem Leben tatsächlich kam. Solche Wünsche habe ich in früheren Zeiten einmal in meiner Brust getragen, aber mein Herz hat sie abgestoßen, wie der frühlingschwellende Baum die welken Blätter abstößt. Trotzdem aber lege ich mir noch manchmal die Frage vor, wie wohl alles geworden wäre, wenn Heri den Mut zur Wahrheit besessen und bestätigt hätte, dass ich bei ihr gewesen sei. Dann wäre ich heute wohl Doktor oder Professor, säße in Amt und Würden und wäre ein Mensch wie tausend andere, mit denselben Rücksichten und Vorsichten, mit der ewigen Frage im Herzen, ob ich denn dies und das tun dürfe, ohne bei Gevatter Hinz und Kunz anzustoßen, ich wäre einer von jenen Halben geworden, die sich kein aufrichtiges »Ja« oder »Nein« mehr zu sprechen getrauen, die sogar, wenn sie hierher in meine Einsamkeit kommen, nur mit »könnte« und »dürfte« ihre Gedanken ausdrücken können; ich wäre einer von jenen geworden, die ich früher hasste aus meinem ganzen Herzen, die ich verachtete und die mir heute nur mehr ein Lächeln entlocken.

Jedenfalls aber wäre ich nicht zu dem süßen, heiligen Frieden gelangt, den ich gerade jetzt, wo ich die Geschichte meines Lebens in ihren herzblutroten Kapiteln niederschreibe, tiefer und beseligender empfinde als je. Wie eine Wanderung durch ein Land zähnefletschender Bestien kommt mir mein früheres Leben vor und wenn ich dann meinen Blick von den weißen Blättern erhebe, die Bilder meiner Erinnerung verwehen und versinken, und ich sehe meinen Wald vor mir und sein tausendfaches Leben, dann fühle ich ein tiefinniges Beglücktsein, ein so jauchzendes Daheimsein, dass ich mich ins Gras werfe, meinen Körper an den Boden andrücke, und dass es mir oft für Augenblicke ist, als spüre ich durch die warme Erde einen treuen Herzschlag, als umfange mich das ewige Leben selbst und löse mein Ich in göttlicher, erdenvergessender Umarmung.

Da zerbrechen sich die Philosophen die Köpfe darüber, warum das Leid auf Erden sei. Es ist da, um überwunden zu werden, um glücklich werden zu können. Denn nur eine Seele, die durch die Höllen geschritten ist, hat die Kraft, in die Himmel emporzusteigen. Das Leid ist der große Hammer, welcher die ehernen Schwingen schmiedet, auf denen man sich mit Gotteskraft über die Erde erheben kann. Wen dieser Hammer zerschlägt, der war nie mehr wert. Das Leid ist die Leiter, auf der das Menschliche zum Göttlichen hinansteigen soll, denn alles Göttliche ist überwundenes, ohnmächtiges Leid.

Kein wahrer Frieden, zu dem nicht das Leid den Grund gelegt hätte. Welch ein Bild tiefsten Friedens bietet nur auch jetzt wieder mein geliebter Wald in seinem sommerlichen Schweigen.

Traumstille weit und breit. Über den regungslosen Wipfeln das tiefe, unendliche Blau des Himmels, in das keiner Wolke silbernes Segel Leben und Bewegung bringt. Uferlose Ewigkeit, die kein anderes Gefühl aufkommen lässt, als das des Verströmens des eigenen Wesens, des Zusammenrinnens mit den Lebenswellen, die aus den Ewigkeitsgründen des Daseins fluten. Zeit und Raum versinken in diesem Gefühle und der Hochwald macht die passende Musik dazu.

Das ist ein leises Raunen und Summen, Singen und Sirren, Millionen und Millionen Stimmen sind es und doch wieder nur eine einzige. In einschläfernder Monotonie schwellt sie dahin, groß und feierlich und doch wieder so traut und heimlich, als sänge eine glückliche Mutter zum Wiegenschaukeln ihr: »Eia, popeia, schlaf, Kindlein, schlaf!«

Und doch geht auch zu dieser Stunde das Leid in mannigfachster Gestalt durch den Wald, in der Gestalt all der Tiere, die mit Zahn und Tatze, mit Klaue und Gift gegeneinander wüten. Furchtbar mag dieser Gedanke erscheinen, aber er ist es nicht. Dieser Wald könnte nicht seinen Frieden haben, risse eines der Wesen die Herrschaft an sich. Darum müssen sie sich gegenseitig verfolgen und morden, ganz so, wie es auch die Menschen tun, die auf Schlachtfeldern Hekatomben hinopfern, um zum Frieden zu gelangen.

Solange die Menschen nicht von der Notwendigkeit des Leides überzeugt sind, solange kein dauerndes Glück für sie, solange nicht der Friede.

Mein eigenes Leben ist das Beispiel dazu.

Ich war also in die Mühle eingezogen und hatte gleich am ersten Tage eine große Überraschung erlebt. Bartel, der immer mein Feind gewesen, war mir entgegengekommen und hatte mir die Hand gereicht: »Grüß dich Gott, Heini. Jetzt bist halt doch wieder bei uns. Mach dir nix draus, hast halt grad so wenig in die Stadt passt, wie ich passen tät. Liegt nix dran, muss auch andere Leute geben, nit nur lauter studierte.«

Wohl war ein Zug um seinen schmalen Mund, über dem der erste Bartflaum stand, ein Schielen in seinen grauen Augen, die mir nicht gefielen, aber die Worte klangen so treuherzig, dass ich die dargebotene Hand mit aufrichtigem Drucke fasste und sagte: »Ich danke dir, Bartl, und wir wollen halt gute Freunde sein, nicht wahr?«

»Wann wir schon beieinander sind, wird's wohl nit anders möglich sein.«

Die Müllerin hatte mir in dem weitläufigen Mühlengebäude eine eigene kleine Stube eingerichtet, in der ich auch meine Bücher vorfand. Später, nach der Verlassenschaftsabhandlung kamen auch noch einige Möbelstücke aus dem Nachlass der Mutter hinzu und ich fühlte mich in dem kleinen Raum, zu dessen Fenster der Hochwald und die ragenden Felszinnen hereinsahen, recht behaglich.

Am nächsten Morgen gingen ich und Marieli auf den Friedhof zum Grabe meiner Mutter. Man sah der aufgeworfenen Erde an, dass das Grab noch frisch war; trotzdem aber war der kleine Hügel geordnet und mit Blumen geschmückt, ebenso wie der Grabhügel unter dem mein Vater schlief.

»Das ist wohl dein Werk, Marie, gelt?«, fragte ich.

»Ja, ich tu's aber gern.«

Ich reichte ihr die Hand und sagte: »Ich danke dir, Marie!« Was ich aber noch hinzusetzen wollte, dass ich ihr ihre Liebe vergelten wolle, das brachte ich nicht über die Lippen. Es war mir, als dürfe ich jetzt ein derartiges Versprechen noch nicht geben. Erst musste ich ja doch wissen, wie sich mein ganzes zukünftiges Leben gestalten werde.

Merkwürdigerweise machte mir aber dies keine besondere Sorge. Das stetig zunehmende Gefühl der Kraft und Gesundheit und ein ganz eigentümliches, nicht jubelndes, aber doch wohltuendes Gefühl der Freiheit erfüllten mich so, dass ich immer wieder nach ein paar Minuten schon aus meinen Grübeleien gerissen wurde.

Einmal fing ich auch der Müllerin gegenüber von meiner Zukunft zu sprechen an, aber sie wehrte sofort ab und sagte nur: »Davon, Heini, reden wir später. Wird schon eine Zeit kommen. Jetzt ist's noch zu früh. Noch bist du nit ganz gesund. Jetzt tu nur viel essen, gut schlafen und fleißig spazieren gehen. Das ist vorläufig die Hauptsach. Ich vergiss deswegen auf das andere nit.«

Mitunter suchte ich mich auch in der Mühle zu betätigen, in der Bartl als gelernter Gehilfe hantierte. Aber er drängte mich jederzeit wieder fort, indem er sagte: »Das is nix für dich. Machst dich ganz staubig. Und wenn die Mutter das sieht, brummt sie mit mir.«

So war ich also ganz wieder auf mich allein gestellt, mit meinem eigenen Herzen allein, und wie sonst in den Ferien begann ich ein planloses Streifen durch die Wälder und versank wieder in die Welt meiner Träume. Stundenlang las ich und dann lag ich irgendwo auf einer Waldwiese, die Arme unter dem Kopfe verschränkt, und sah zum Himmel auf, bis es vor meinen Augen in silbernen Ringeln zu flimmern begann.

Was ich dachte, wohin meine Gedanken zogen, das weiß ich heute nicht mehr. Ich hätte es auch damals nicht bestimmt sagen können. Schimmernde Gestalten tauchten plötzlich aus dem Blau der strahlenden Ewigkeitsweite auf, traumhaft verschleiert, und wenn sie mein Bewusstsein greifen wollte, zerrannen sie wieder, lösten sich spurlos auf. Ich weiß, dass ich manchmal Verse vor mich hinsprach, aber wenn ich sie niederschreiben wollte, fiel mir auch nicht ein einziges Wort ein. Nur eines weiß ich genau, dass in jenen Tagen eine unendliche Liebe zum Walde und seinem Wesen in mir aufwuchs. Jeder Vogel, jeder Käfer, jede Ameise, jede Mücke und jeder Wurm, Blume und Baum, ja jeder Grashalm wurde mir zum Gegenstand liebevollster Betrachtung und stundenlanger Beobachtung und daraus ward ein brüderliches Mitempfinden, das mich unsäglich glücklich machte. Wie oft bahnte ich einer Ameise, die sich mit einem großen Holzsplitter abmühte, den Weg, und wenn ich dabei eine Kräutlein zur Seite bringen musste, entschuldigte ich mich bei ihm. Hätten mich Menschen bei diesen Spielereien beobachtet, sie hätten mich jedenfalls ausgelacht oder mich gar für einen Irrsinnigen gehalten, wie sie ja alles für unvernünftig und lächerlich halten, was nicht aus dem Grunde der Selbstsucht emporwächst und in ziffernmäßige Werte umzusetzen ist.

Kam ich aber von solchen Streifereien nach Hause, dann umgab mich dort die schlichte Zärtlichkeit der Müllerin, die ihr Versprechen, mir Mutter zu sein, in heiliger Treue hielt, dann breitete die Liebe Maries weiche Teppiche unter meine Füße. Mein Stübchen war immer so sauber aufgeräumt und jeden Tag stand auf dem Tisch ein Strauß frischer Blumen. Wie ein junger Vogel im warmen Nestlein fühlte ich mich, und selbst die leise Wehmut, die vom Grabe meiner Eltern herüber ihre Waisenfäden spann, war nur wie ein dunkler melancholischer Akkord in einem süßen, weichen Liede.

Ich hatte das Grübeln und Sorgen verlernt und was mir noch vor ein paar Monaten die entsetzlichste Pein bereitet hätte, das glitt nun machtlos an meiner Seele ab. Bartel erzählte mir eines Tages, dass sich Heri mit einem Oberleutnant verlobt hätte und dass der Oberforstverwalter demnächst als Güterdirektor des Grafen auf dessen große Besitzung in Böhmen versetzt werden solle.

Was war mir Heri noch! Ich fühlte keinen Hass gegen sie, aber auch keine Liebe. Sie war für mich gestorben und die Welt voll Glanz, die mir aus ihren dunklen Augen entgegengeleuchtet hatte, war versunken. Meine Seele war in einer anderen Welt heimisch geworden, über welche eine wundersame Stille und Genügsamkeit ihren Friedensbogen spannte.

So gingen die Sommertage dahin mit leise tönendem Schritt, ein Reigen holder Gestalten, um die das sanfte Licht der Wunschlosigkeit floss.

Nun aber kam der Herbst von den Bergen hernieder. Purpurrote Fahnen schwang er und wenn die blauen Nebelschleier, die morgens Nähe und Weiten verhängten, gegen Mittag an den Felsenstirnen der Berge zerflattert waren, dann standen diese in so klarem Leuchten da, dass man glaubte, die Gämsen sehen zu müssen, die oben auf den schmalen Bändern des Gewändes ihre Heimat hatten.

Und an diesen Tagen trat auch meine mütterliche Freundin, die Müllerin, einmal auf mich zu und sagte: »Heini, wenn dir's recht ist, so könnten wir heute einmal davon reden, was du jetzt anfangen sollst.«

Ich folgte ihr in die große Wohnstube, wo auch Marie bei einer Näharbeit saß, und wir beratschlagten nun.

Ich war in aller Form aus der Anstalt, wie auch aus dem Gymnasium hinausgeworfen worden und damit hatte ich auch die Unterstützung des Grafen verloren. Aus dem Verkauf der paar Einrichtungsstücke meiner Mutter hatte ich etwa zweihundert Gulden und die hätten immerhin gereicht, um mir für ein weiteres Jahr das Studium an irgendeinem anderen Gymnasium zu ermöglichen. Für das Schlussjahr wäre die Müllerin aufgekommen. Aber was war's dann mit mir? Für die Universität war kein Geld da und auf irgendein Stipendium durfte ich nicht hoffen. Konnte ich aber nicht an die Universität gehen, so hatte auch das Weiterstudieren am Gymnasium keinen Zweck, und so wurde dieser Plan endgültig von uns verworfen.

Was aber sonst? Ich konnte in ein Handlungshaus eintreten, ich konnte als Schreiber mir einen Posten in einer Kanzlei suchen, zum Militär konnte ich gehen und auch die Laufbahn eines Forstmanns stand mir offen, da man dazumal noch von Pike auf es wenigstens bis zum Förster bringen konnte.

Ich entschied mich also für das Forstwesen. Als aber die Müllerin zum Oberforstverwalter ging, um ihn zu bitten, mir zu einer Forstgehilfenstelle zu verhelfen, da lehnte er rundweg ab und meinte, der Graf sei so erzürnt über mich, dass er sich ihm mit einer solchen Bitte gar nicht zu nahen getraue. Ein direktes Gesuch an den Grafen blieb ohne Antwort.

Ich wandte mich nun an andere mir bekannte Herrschaften, bekam aber jedes Mal ablehnende Antworten, und ich sah bald ein, dass es meine Vergangenheit war, die mir überall die Riegel vor die Türen schob. Einen wegen unmoralischen Lebenswandels aus dem Gymnasium geworfenen Menschen nimmt man nicht auf.

Ich muss aber der Wahrheit die Ehre geben und gestehen, dass ich mich über all diese Ablehnungen nicht sonderlich aufregte. Ich fühlte mich in der Mühle zu wohl und wenn auch oft Stunden schweren, traurigen Sinnes über mich kamen und meine Sehnsucht laut nach der toten Mutter rief, wenn mir die Zweck- und Nutzlosigkeit meines Daseins wie ein eiserner Ring die Seele umschnürte, und ich mir den ätzenden Stachel des Vorwurfs, unter lauter arbeitsamen Leuten der einzige Schmarotzer zu sein, selbst ins Herz drückte, die mütterliche Zärtlichkeit der Müllerin und Maries liebende Sorge, die mich auf Schritt und Tritt umgaben, sie trugen mich über all die dunklen Stunden hinweg und ließen mein Inneres nicht für längere Dauer aus seinem Gleichgewicht kommen.

Und als ich eines Tages wieder eine Ablehnung in der Hand hielt, da war mein Entschluss gefasst; ich wollte Müller werden. Der neben Bartel in der Mühle arbeitende Gehilfe musste im Oktober zum Militär einrücken und ich konnte also an seine Stelle treten. Wenn ich auch noch zu lernen hatte, viele von den Hantierungen kannte ich doch schon und Kraft und guten Willen hatte ich auch. Ich war ganz glücklich über diesen Entschluss.

Die Müllerin hatte zwar noch Bedenken, indem sie meinte, dass ich mich als studierter Mensch am Ende doch nicht dauernd in diesem Berufe glücklich fühlen würde, aber ich wusste ihre Bedenken zu zerstreuen und so willigte sie ein.

Am wenigsten schien mit meinem Entschlusse Bartel zufrieden zu sein. War er mir bisher freundlich begegnet, so wurde er jetzt verschlossen und mürrisch und zeigte mir die einzelnen Hantierungen nur mit sichtlichem Widerwillen.

Erst später, viel später lernte ich die Gründe seines Verhaltens kennen.

Bevor ich in die Mühle kam, hatte es zwischen Mutter und Sohn schon manchen bösen Auftritt gegeben. Der Verkehr mit Knechten und besonders der mit einem leichtfertigen Bauernsohne der Nachbarschaft hatte ihn auf Wege gebracht, welche der braven, tüchtigen Mutter umso mehr Entsetzen eingeflößt, als sie da etwas auferstehen sah, was sie mit ihrem im Säuferwahnsinn gestorbenen Manne für ewig begraben wähnte. Bartel war wohl weniger ein Säufer, dafür aber ein desto leidenschaftlicherer Spieler, der es in seiner Habsucht mit der Ehrlichkeit nicht allzu genau nahm. Dieserhalb war es schon oft zu

Raufereien gekommen, bei denen sogar die Messer gezückt worden waren. Einzelne Bauern, mit deren Söhnen Bartel Streit gehabt hatte und die bisher Mahlkunden der Müllerin gewesen waren, hatten andere Müller aufgesucht, und die Müllerin, die nicht gesonnen war, sich durch ihren Sohn ihr Geschäft zugrunde richten zu lassen, hatte diesem sogar gedroht, ihn davonzujagen. Und Bartel wusste, dass seine Mutter gegebenenfalls auch ihre Drohung ausführen würde. Darum verbarg er seinen heimlichen Groll gegen meine Aufnahme im Hause und trug eine gewisse bärbeißige Gutmütigkeit zur Schau. Nun aber, da ich selbst die Müllerei lernte, kam aufs Neue seine Angst, ich könnte mich am Ende soweit in die Gunst der Mutter eindrängen, dass sie mir die Mühle übergeben würde. Ein Rechtstitel konnte ja leicht gefunden werden, wenn ich Marie heiratete, deren Liebe zu mir ihm nicht verborgen bleiben konnte.

Wie gesagt, das erfuhr ich alles erst später. Damals aber konnte ich mir den jähen Umschlag in Bartels Verhalten zu mir nicht erklären und ich fragte ihn eines Tages, was er denn gegen mich habe.

Darauf gab er mir keine gerade Antwort, sondern meinte nur, man könne nicht immer lustig sein und jeder Mensch habe etwas, was ihn ärgere, wenn er das auch anderen nicht so klipp und klar sagen könne.

Und allmählich wurde seine Laune auch wieder eine bessere. Nur trat jetzt der schleichende Zug in seinem Wesen, den er von Jugend auf besessen hatte, wieder stärker und mit jedem Tag stärker hervor. Ins Gasthaus ging er fast gar nicht mehr. Das Spiel hatte er ebenfalls eingestellt und von einem Tanzen oder Singen war bei ihm überhaupt nie die Rede gewesen. Er sprach so wenig als möglich, und wenn die Mühlgänge mit frischem Malter versorgt waren und ich aus der staubigen Mühlstube hinausging, um in Stube, Küche oder Garten ein wenig mit Marie zu plaudern, dann tauchte plötzlich irgendwo sein sommersprossiges Gesicht mit den fuchsigen Haaren auf, spähend, verschwand aber sogleich, wenn es sich bemerkt sah. Bald erschien er da, bald dort und ich hatte das Gefühl, immer von ihm belauscht zu werden.

Und auch seine Habsucht wuchs. Nicht nur, dass er die Bauern beim Wiegen des Getreides und Mehles übervorteilte, nein, wenn die Mehlsäcke schon zugebunden der Reihe nach zum Abholen bereit standen, er musste sie nocheinmal aufmachen und aus jedem, wenn auch nur eine Handvoll herausnehmen. War's auch wenig, mit der Zeit musste es doch etwas ausmachen. Die Müllerin war aber über diese Wandlung ihres Sohnes sehr erfreut und schrieb dieselbe mir zu. Bartel hätte sich vor mir geschämt, meinte sie, und wenn er jetzt so einsilbig sei, so sei das eben ein Ausdruck seines Schamgefühls.

Und Marie und ich glaubten ihr das, obwohl in mir dann und wann ein Gedanke aufschnellte, als müsste Bartels Verschlossenheit und Lauerei einen Grund haben.

So verging das erste Jahr meiner Lehrzeit. Noch vor Ablauf desselben erfuhr ich von einem Ereignis, das mich mit meinem neuen Beruf vollständig aussöhnte. Denn obwohl ich mich sehr wohl fühlte, so kamen doch ab und zu Stunden, wo ich, der frühere Gymnasialschüler, die Müllerei als eine Herabsetzung meines Ichs empfand. Nun aber las ich in dem Wochenblatt, das wir uns hielten, dass sich einer meiner Kameraden, er war einer der besten Schüler gewesen, erschossen hatte, weil er bei der Matura durchgefallen war. Das Blatt knüpfte noch die Mitteilung daran, dass die diesjährige Matura überhaupt eine der schlechtesten seit Jahren sei, da nahezu die Hälfte der Studierenden durchgefallen sei. Ich wusste, dass unter den Durchgefallenen jedenfalls auch einige arme Stipendisten sein würden, deren Eltern nicht das Geld hatten, sie ein Jahr wiederholen zu lassen, und die standen nun also dort, wo ich gestanden hatte. Arme Teufel! Knapp am Ziele zurückgestoßen zu werden in das Nichts, das musste entsetzlich sein. Vielleicht hatte es das Schicksal gut mit mir gemeint, dass es mich vor einem solchen vernichtenden Schlage bewahrt hatte.

Genau acht Tage darauf las ich von der Vermählung Heris mit dem Oberleutnant Hans von Steindl. Es musste der Beschreibung nach ein glänzendes Hochzeitsfest gewesen sein und der Zeitungsmann, der den Bericht geliefert hatte, schwärmte in den Ausdrücken höchsten Entzückens von dem Liebreiz der Braut, die seit Jahren zu den Zierden der Stadt gezählt werde und von deren Liebenswürdigkeit, Bescheidenheit, Gutherzigkeit und von deren feinem Geiste man ebenso viel Rühmliches wisse, wie von der Ritterlichkeit und Tüchtigkeit ihres Gemahls, der eine der beliebtesten Erscheinungen im ganzen Offizierskorps sei.

Wäre vielleicht nur eine kurze Vermählungsanzeige zu lesen gewesen, so hätte sie mich doch berührt; der lange Schwall abgegriffener Phrasen aber ließ mich kühl. Mir war's, als schlüge mir die Eiswelle der Heuchelei jener Gesellschaftskreise entgegen, in denen man mit bezauberndem Lächeln dem andern Dinge sagt, von denen das eigene Herz nichts weiß, oder noch schlechter, an die es selbst nicht glaubt.

Und dass ich so leicht überwand, dazu half auch noch etwas anderes, etwas, was ich mir selbst noch nicht einzugestehen getraute: eine neu aufkeimende Liebe, die zu Marie. Das zarte Samenkorn, das seit den Tagen meiner Kindheit in meiner Seele lag und dessen erste schüchterne Triebe, von den üppigen Schösslingen meiner Liebesleidenschaft zurückgedrängt, verwelkt waren, regte nun wieder seine unsterblichen Lebenskräfte und unter der sanften Sonne der blauen Augen Maries, unter dem weichen Lenzhauch ihres ganz aus Güte und selbstvergessener Liebe zusammengesetzten Wesens wuchs es in mir empor, zart und keusch, und streckte sehnsüchtige Knospen mit wonnigem Zagen in das aufdämmernde Licht eines neuen Liebesfrühlings.

Da waren leise Worte, voll von süßen Geheimnissen, die gingen zwischen unseren Seelen hin und her wie der laue Wisperwind warmer Märztage von Blüte zu Blüte eilt und so lange kost und schmeichelt, bis mit seligscheuem Augenaufschlag eine Blüte das Köpfchen hervorstreckt und in süßer Demut die Sonne grüßt, die segnend ihre Strahlenhand auf alles legt, was hoffend und gläubig zu ihr aufsieht.

Und noch näher brachte uns beide ein trauriges Ereignis. Meine mütterliche Freundin, die Müllerin, erkrankte plötzlich. Nach ein paar Tagen eines leichten Unwohlseins brach eine Krankheit aus, die sie nahe an den Rand des Grabes brachte. Sie erholte sich zwar wieder, aber ihre frühere Kraft und Willensstärke, ihr heiteres Wesen gewann sie nicht wieder zurück. Es war etwas in ihr zurückgeblieben, was ihr ihre Kraft und damit auch ihre frühere Daseinslust zu auf ewig verlorenen Gütern machte und mit wehem Herzen sahen wir die Gute und Liebreiche einem unaufhaltsam dem Ende entgegentreibenden Siechtum ausgeliefert.

Sie selbst sprach zwar immerfort vom Gesundwerden; aber ihren Worten fehlte der überzeugende Ton des Überzeugten; es war mehr wie das eigensinnige Beharren eines kranken Kindes auf einem unerfüllbaren Wunsche, wie die weinerliche Ungeduld eines Menschen, der unbewusst selbst an dem verzweifelt, wonach er verlangend die Arme streckt.

Oft und oft trafen uns Marie und ich, zuerst am Bette der Mutter, dann am Rollstuhl, und die gleiche Liebe, die gleiche Sorge zogen die

Fäden, die sich von Herz zu Herz gesponnen hatten, immer enger zusammen.

Und der Winter kam und legte der Erde den demantglitzernden Königsmantel um und wenn sich das große Mühlrad nach kurzer Rast wieder in Bewegung setzte, dann klang es fast wie ein Glockenspiel von dem Brechen der Eiszapfen, die sich daran gehängt hatten. In dem großen Kachelofen der Mühlenstube krachten die Fichtenscheite, der Pendelschlag der großen Schwarzwälderuhr ging langsam und schwer durch den Raum und dazwischen hinein wispelte die Müllerin in einem fort ihre Gebete, in denen sie Trost in ihrem Leide und wohl auch einen Ersatz für die ihr liebgewordene Arbeit im Hause suchte, die sie nun nicht mehr verrichten konnte.

Wir aber, Marie und ich, saßen an dem kleinen Tischchen in der Fensternische, und meine Blicke folgten dem Spiel ihrer Finger, welche flink und geschickt die Stricknadeln oder die Häkelnadeln führten, oder sie streiften wohl auch die zarte Beugung des Nackens, die anmutig schwellende Linie der Büste, und wenn meinem Blick dann zufällig der Maries begegnete, dann zog es wie ein leiser Rosenschimmer über ihr Gesicht und machte dieses so schön, dass ich darüber ganz verwirrt wurde.

Um unsere gegenseitige Verlegenheit zu verbergen, fingen wir dann immer von gleichgültigen Dingen zu reden an.

So saßen wir Tag für Tag beisammen und so verging der Winter, der Frühling kam und der Mühlbach rauschte wieder stärker mit lenzgeschwellten Wassern unter seinem Rade dahin. Dann kamen die Schneeglöcklein und die Himmelschlüssel und die Welt wurde mit jedem Tag lichter und wärmer.

Im Befinden der Müllerin aber stellte sich nicht, wie sie und wir gehofft hatten, eine Besserung ein, sondern im Gegenteil, der Verfall schritt sichtlich vor.

Ich war mittlerweile zwanzig Jahre alt geworden und erhielt die Vorladung zur Assentierung.

Als ich von derselben nach Hause kehrte, trug ich ein buntes Sträußlein von künstlichen Blumen mit großen Glaskugeln geschmückt auf dem Hut, denn man hatte mich für den Militärdienst für tauglich befunden. Der mir das Sträußlein gekauft hatte, war aber Bartel gewesen, der zum dritten Male, und also endgültig für untauglich erklärt worden war und der darüber, wie er sagte, eine Freude hatte, als hätte man ihm einen blanken Tausender geschenkt.

Er wollte mich auf dem Heimwege in freigebigster Weise in jedem Wirtshause mit Wein bewirten aber mir stand der Sinn nicht danach. Ich fürchtete das Militärleben durchaus nicht, denn ich sagte mir, dass ich bei meiner Vorbildung wohl sehr rasch die Stelle eines Unteroffiziers erreichen würde, aber ich dachte an mein friedsames Leben in der Mühle und ich dachte an Marie. So ließ ich denn Bartel seinen Jubel allein in den vollen Krug hineinjauchzen und tat ihm nur scheinbar Bescheid. Und als wir endlich nach Hause kamen, da torkelte er in seine Kammer und kam an diesem Tage nicht mehr zum Vorschein.

Als Marie das Sträußlein auf meinem Hute sah, erblasste sie, und ihre Augen füllten sich mit Tränen.

Wir standen in dem kleinen Vorgarten vor dem Hause, in dem gelber und blauer Krokus blühte.

»Ja«, sagte ich, »jetzt haben sie mich und im Herbst heißt es fort von da.«

Darauf sagte Marie kein Wort, sondern schritt den Kiesweg entlang und auf die Bohnenlaube zu, um deren graue Latten sich noch das dürre Gewinde vom Vorjahre schlang.

Ich folgte ihr und sie ließ sich auf der Bank in der Laube nieder und blickte, ohne mich anzusehen, vor sich hin.

Mir presste es das Herz zusammen, aber ich bot all meine Selbstüberwindungskraft auf und sagte in leichtem Tone: »Mein Gott, eigentlich liegt gar nichts dran. Die drei Jahre werden auf ja und nein wieder vorbei sein!«

Da, im nächsten Augenblick schlug Marie die Schürze vor das Gesicht, ihr Kopf sank auf die Tischplatte nieder und sie begann zu schluchzen, dass ihr ganzer Körper bebte.

»Aber Marie, Marie, was hast denn?«, versuchte ich sie zu trösten, und zum ersten Male wagte ich es, über ihr blondes, weiches Haar zu streichen. Aber ihr Schluchzen wurde nur noch heftiger.

»Marie«, bat ich wieder und fühlte dabei, wie es mir die Kehle zuschnürte, »Marie, sei doch ruhig. – – Marieli!«

Ganz von selbst war mir der alte Kinderkosename über die Lippen gegangen und da hob sie das tränenüberströmte Gesicht und sah mich mit einem Blick an, in dem all ihre Liebe und all ihr Schmerz lagen.

Und da ließ ich mich neben ihr auf die Bank nieder, legte scheu den Arm um ihre Schultern und fragte mit vor Glück bei jedem Wort stockender Stimme: »Marieli, hast du mich denn wirklich so gern?«

Statt jeder Antwort schlang sie beide Hände um meinen Nacken, presste ihr glühendes, nasses Gesicht an meine Brust und begann aufs Neue zu schluchzen.

In meiner Seele aber stieg es jubelnd empor wie ein Frühlingslied aus tausend sonnberauschten Lerchenkehlen, ich drückte meinen Mund auf Maries Haar immer wieder und wieder und dazwischen stammelte ich in abgebrochenen Worten mein Glück hervor: »Marieli, ist's denn wirklich wahr! Du hast mich gern?«

Und als sie keine Antwort gab presste ich sie inniger an mich und bat und flehte: »Marieli, du musst mir's sagen, dass du mich gern hast. Ich muss es von dir hören, sonst kann ich's nicht glauben! Marieli!«

Da hob sich ihr Kopf an meiner Brust empor, und wie nach einem verregneten Tage ein großes, schönes Sonnenleuchten die Erde mit Glück und Glanz übergießt und alles Leid des ganzen Tages vergessen lässt, so glänzte mir nun aus Maries feuchten Augen eine Welt von Liebe entgegen und leise sagte sie: »Ich hab dich ja immer gern gehabt, Heini!«

»Und kannst du mir auch verzeihen –«, flüsterte ich, »du kannst mir das –«

»Sei still, Heini!«

Sie presste ihre Wange an die meine und sachte drehte ich ihr Köpfchen herum, bis Lippe auf Lippe lag.

11.

Ich weiß nicht, was das mit mir ist: Es drängt mich in fiebernder Hast zu diesen Blättern. Langsam und gemütlich wollte ich mein Leben niederschreiben, so wie man in müßigen Stunden ein Bilderbuch zur Hand nimmt und drinnen blättert, bei dem einen Bilde etwas länger verweilt und lächelnd dann das nächste Blatt aufschlägt. Nun aber ist eine Unruhe über mich gekommen, die ich mir selbst nicht erklären kann. Nicht dass sich in meinen Anschauungen etwas geändert hätte, nicht dass mein innerer Friede von mir gegangen wäre, nein, doch die Sehnsucht ist da, diese Blätter so bald als möglich zum Abschluss zu bringen. Ich wollte sie schon beiseite werfen, aber ich kann's nicht, wie ich es nie gekonnt habe, etwas Angefangenes nicht zu Ende zu führen. Ich habe die Vergangenheit zum Leben auferweckt und jedes Leben strebt nach Vollendung. So muss ich denn weiter und ich will es rasch machen. Das Blut, das ich vergossen, soll mich nicht abhalten, auch noch die letzten paar Stationen meiner Lebenswanderung nochmals im Geiste vor mich hinzustellen. Dahinter winkt ja der Friede. Dann will ich wieder ganz mit dir allein sein, du meine Einsamkeit, dann soll sich keines Menschen Schatten mehr zwischen dich und mich drängen, dann will ich in dir aufgehen, ganz aufgehen, zeitlos werden wie du!

Zeitlos! Ein vermessenes Wort in dem Munde eines Menschen, eines Wesens, das Anfang und Ende hat, also ganz und gar Zeit ist. Und doch!

Da stieg ich gestern, nachdem ich meinen Meiler noch besorgt, wieder zu der Höhe empor, zur Sonnwendhöhe, wie ich sie für mich getauft habe. Millionen und Millionen Sterne weithin durch die dunkelblaue Nacht. Ich setzte mich nieder und sah hinauf in die funkelnde Ewigkeit und meine Seele wanderte von Stern zu Stern. Immer weiter und weiter wanderte sie, Sonnen ließ sie hinter sich und ganze Sonnensysteme und immer noch kein Ende. Und meine Seele verlor sich in dem Gewimmel der Aber- und Abertausend Welten, und als sie sich endlich zurückfand, da trug sie einen Glanz an sich, sonnenhaft blendend: Gotteshand hatte sie berührt.

Und als sie nun müde des Fluges durch die Äonen sich zur schlafenden Erdenheimat wandte, die, in weichen, warmen Sommerduft gehüllt, in den Armen des Traumes lag, als sie durch die Wälder ging, die so leise, leise atmeten, dass nicht einmal der Schmetterling erwachte, der honigtrunken an der Brombeerblüte hing, und als sie wieder aus den Wäldern hinausschritt in die reifenden Fluren und fort über Bach und Fluss, an Dörfern und Städten vorbei, weit, weit über die Lande bis zu fernen, fernen dämmernden Berggeländen und über diese hinweg wieder in die schimmernde Welt der Sterne hinein, da wusste ich: Auch du, meine Seele, bist ein Kind der Ewigkeit und nur der Leib, an den du gekettet bist, hindert dich, dich deiner Mutter zu vermählen. Wohl dir, dass du wenigstens ihre Stimme noch hörst, die dich ruft und dir den Weg weist an ihr Herz, in dem der Friede wohnt!

O Sommernacht, stille ewigkeitsdurchklungene Sommernacht! Dichter haben dich besungen, Königsharfen haben dir getönt; aber kein Lied und keine Harfe, würden sie auch Engelshände rühren, könnte den Zauber aussagen, der deinem Frieden entströmt. Du bist die Reife, die Vollendung, in dir erlöst sich das Endliche, um im Unendlichen aufzuerstehen. Du bist der Friede!

Und das soll aus meinem Leben noch werden: eine dämmernde Erdenwelt mit ewigen Sternen darüber, und darum will ich dieses Buch so bald als möglich zum Abschluss bringen. Es soll meine Erlösung vom Endlichen, die Pforte ins Unendliche sein.

Was soll ich überhaupt von meinem ferneren Leben in der Mühle noch weiter erzählen? Marie und ich, wir liebten uns, und täglich, ja fast stündlich kam es mir beglückender zum Bewusstsein, wie unsagbar groß die Liebe war, mit der Marie an mir hing, aber auch, wie tief ihr Schmerz gewesen sein muss, als sie mich in den Banden der anderen hatte sehen müssen.

Ich wollte ein paarmal von Heri zu sprechen anfangen, denn ich meinte, ich sei es Marie schuldig, ihr eine Beichte abzulegen, aber sie ließ es nicht zu.

»Red nicht davon, Heini«, bat sie dann jedes Mal, »die Sache ist vorbei und soll für immer vorbei sein. Jetzt hab ich dich und sonst will ich ja nichts vom Leben.«

Maries Liebe kannte keine Frage nach Vergangenheit oder Zukunft; sie war ganz und gar nur Gegenwart, sie gab und gab ohne auch nur einen Augenblick zu überlegen, ob und wie lange ihre Schätze ausreichen würden.

So ging der Frühling dahin und der Sommer kam, ein prachtvoller Sommer. Selten nur, dass ein Gewitter mit Krachen und Schmettern durch unsere Berge fuhr, selten nur graue, regenverhangene Tage, fast immer strahlende Sonne über den weiten, liederklingenden Wäldern.

Noch funkelte der Tau auf den scharlachroten Bohnenblüten der Laube, da schoben schon Marie und ich den Lehnsessel, in dem die Mutter saß, hinaus in den Garten und dort in dem Gartenwinkel unter dem Hollerbaum, der seine weißen duftenden Trauben dem Lichte entgegenstreckte, als wolle er all den warmen Sonnensegen allein für sich nehmen, dort saß die Kranke und murmelte in das Bachrauschen und Mühlengeklapper ihre stillen Gebete hinein.

Marie aber saß, sooft ihr die hauswirtschaftliche Arbeit dazu Zeit ließ, nebenan in der Bohnenlaube bei ihrer Näharbeit und sooft ich Zeit hatte, war ich bei ihr draußen.

Bartel hatte sein Spionieren scheinbar ganz eingestellt und war überhaupt seit meiner Assentierung so heiter, wie ich ihn nie gesehen hatte. Ich sagte ihm das auch einmal und er antwortete: »Ja, weißt du, ich hab mich vor dem Militär ganz damisch gefürchtet; nicht vor dem Exerzieren, sondern vor dem Fortgehen von zu Hause. Was wär denn aus der Mühl geworden! Auf fremde Leut ist kein Verlass!«

Mir schien dieser Grund für Bartels Heiterkeit sehr einleuchtend und vollkommen ausreichend, und es fiel mir nicht ein zu denken, dass es die Aussicht auf mein Wegmüssen sei, was ihn so heiter stimmte.

Auch Marie war über die Veränderung ihres Bruders hocherfreut und meinte: »Siehst, Heini, das ist dein Werk. Die Mutter sagt's auch. Vor dir hat sich der Bartl geschämt und darum ist er jetzt so nett worden. Es ist halt doch ein gutes Herz in ihm, wann er's auch nicht so zeigen kann.«

So ging das Leben in der Mühle im tiefsten Frieden dahin, und als wir einmal wieder in der Bohnenlaube beisammen saßen und Wange an Wange geschmiegt auf die im sonnendurchspielten Schatten schlafende Mutter hinausblickten, sagte Marie träumerisch: »Siehst, Heini, jetzt weiß ich, warum die Mutter krank sein muss. Wir wären sonst gar zu viel glücklich.«

»Und du glaubst, das darf nicht sein?«, fragte ich.

»Nein, Heini, das wird wohl nicht sein dürfen, denn da täten wir ja auf unsern Herrgott vergessen, dann könnt's ja im Himmel auch nit schöner sein.«

Wie schön Marie war, wenn sie so versonnen vor sich hinblickte. Da gewann der Glanz ihrer blauen Augen eine Tiefe wie der unendliche Sommerhimmel, ihr flechtenschweres Haupt neigte sich, als könne sie die Last von Glück, die das Schicksal darauf gehäuft, gar nicht mehr tragen und ihr ganzes Wesen umgab sich mit einer träumerischen Süße, die ganz Hingebung, ganz Aufgelöstsein in wortlose Seligkeit war.

In solchen Stunden konnte ich mich nicht sattsehen an ihr und wenn sie dann meine trunkenen Blicke bemerkte und ein leises, schelmisch-glückliches Lächeln um ihre zartgeschwungenen Lippen huschte, dann konnte ich mich nicht mehr halten, dann riss ich sie in meine Arme und küsste mir an ihren Lippen mein brausendes Herz zur Ruhe.

Und in einer solchen Stunde ist dann auch einmal geschehen, was so viel Leid über Marie und mich brachte.

Ein heißer Augustabend war es. In fahlem Dunst war die Sonne hinter die Berge gesunken und schwüles Dunkel breitete sich über den Gebirgskessel. Die Mutter hatten wir ins Bett gebracht und nun saßen wir wieder in der Bohnenlaube und sahen, wie durch den allmählich schwärzer und schwärzer sich färbenden Himmel die Blitze geisterten. Ganz in der Ferne murrte es dumpf. Sonst war es still, ganz still. Die Mühle stand seit Nachmittag, da wir bei der langen Trockenheit die ganze Nacht den Bach schwellen mussten, um wenigstens ein paar Vormittagsstunden mahlen zu können. Ein betäubender Duft lag in der heißen, unbewegten Luft; keine Blume wollte heute ihren Kelch schließen, jede atmete, als müsse sie noch diesen Abend ihre Seele verhauchen. Und nicht nur die Blumen des Gartens waren es, die so scharf und schwer dufteten, auch vom Wald herüber quoll in dicken Wellen der Harzgeruch und von den Wiesen schickte der Thymian ganze Wolken seines herbwürzigen Atems.

Marie saß an meiner Seite, von meinem Arm umschlungen, das blonde Haupt an meine Schulter gelehnt. Hand ruhte in Hand. Wir sprachen nicht; wir brauchten keine Worte, um glücklich zu sein. Eins neben dem andern zu fühlen, genügte uns vollkommen.

Endlich aber sagte Marie doch und die Worte fielen langsam, verträumt von ihren Lippen: »Ein Monat noch.«

»Red' nicht davon«, bat ich und zog sie inniger an mich.

»Ich will ja nicht davon reden, aber es fällt mir halt immer wieder ein. Und Heini, ich kann mir's halt nit denken, dass ich dich nicht mehr haben soll. Und mir ist auch –«

Sie unterbrach sich selbst und als ich meinen Mund auf ihre Augen drückte, fühlte ich auf meinen Lippen warmes Nass.

»Geh, Marieli«, suchte ich sie zu begütigen, »geh tu nicht weinen. Sag mir's, du hast was sagen wollen!«

Sie wollte eine Zeit lang nicht mit der Farbe heraus, dann aber sagte sie es doch, was ihr das Herz so schwer machte: »Musst nit bös sein, Heini, mir ist halt, als könnten wir zwei, wenn du in einem Monat fortgehst, nicht mehr zusammenkommen.«

Es lag so etwas Ahnungsvolles in diesen Worten, dass sie mich tatsächlich in tiefster Seele trafen.

»Wie kommst du auf solche Gedanken, Marieli«, sagte ich, »weißt du, wie schwer du mir damit das Fortgehen machst?«

Und ehe sie noch antworten konnte, hatte es mich gepackt; wie eine Feuersäule flammte das Bewusstsein meiner Verlassenheit in mir auf und da riss ich sie an mich und flüsterte: »Nein, Marieli, dich darf ich nicht verlieren! Ich hab ja sonst nichts auf der Welt, nichts, gar nichts.« Und unter Küssen und Küssen wiederholte ich immer wieder: »Gar nichts, Marieli, gar nichts.«

Das weiß ich noch; wie alles andere gekommen ist, weiß ich nicht mehr. Wir waren jung, unsere Herzen waren seit Wochen zum Überfließen voll und die Nacht war still, heiß und schwer.

Einmal geht jede Sehnsucht auf den Wegen der Erde.

Die folgenden fünf Wochen gingen wie im Fluge dahin. In jener Nacht noch entlud sich ein furchtbares Gewitter und dem folgte tagelanger Regen. Nun rauschte der Bach wieder mit vollen Kräften und die Mühle ging Tag und Nacht, denn wir hatten viel einzuholen.

Mir war in diesen Tagen die Arbeit ein wahres Labsal. In ihr fand ich Beruhigung für mein Blut, das mir wie lenzgeschwellte Gießbäche durch die Adern rauschte. Ich fühlte eine Kraft in mir, als könnte ich Bergeslasten wie einen Spielball in die Lüfte wirbeln, als könnte ich in meinen Armen ganze Felsen zerdrücken.

Wenn ich an Marie, mein Marieli dachte, dann jauchzte in mir jeder Tropfen Blut; aber merkwürdig: Wenn ich dann vor ihr stand, dann wurde ich still und demütig, dann hätte ich mich am liebsten ihr zu Füßen geworfen und gesprochen: »Vergib, Marieli, ich kann ja nichts dafür, ich hab dich ja nur so lieb, so unendlich lieb!«

Ich habe von Marie nie ein Wort des Vorwurfs, der Klage gehört. Was geschehen war, war ihr ein Liebesopfer. Keine Trauer stand in ihren Augen, nur weicher, inniger noch war ihr ganzes Wesen, aber trotzdem auch bestimmter. Sie wusste sich meiner ungestümen Sehnsucht auf eine Art zu entziehen, die mich wehrlos machte, ohne mich zu beschämen, weil ich dabei doch deutlich empfand, dass sich ihre Liebe nur verdoppelt habe. Damals habe ich erkennen gelernt, dass eine Frau alles geben, und dabei doch so keusch und rein bleiben kann wie eine Heilige.

Als der Regen aufhörte, war auch der Herbst da. Bis Mittag brauten die Nebel in unserem Tal und wenn sie sich dann in wehende Schleier auflösten, konnte man von Tag zu Tag in tiefer leuchtendes Buchengold hineinsehen. Aus dem Schlossgarten heraus, aus dem das lustige Geschrei der Kinder des neuen Forstverwalters scholl, glühte das grelle Rot der Ebereschenbeertrauben und auf den Wiesen hob allenthalben die Herbstzeitlose ihr blassviolettes Haupt empor.

Von Tag zu Tag rückte die Stunde meines Abschiedes von der Mühle, von Marie und allem, was in dieser Welt noch Wert für mich hatte, näher, und wenn ich mich auch vor dem Militärleben selbst nicht fürchtete, der Gedanke ans Abschiednehmen allein brachte mein Herz zu beklemmendem Pochen und selbst die Sonne heiterer Herbsttage, die zukunftssicher über unsere Berge und Wälder ging, konnte die Schleier nicht durchdringen, die sich vor meine Seele spannten.

Und endlich war der Tag da.

In einem kleinen Koffer hatte ich meine Habseligkeiten: meine Wäsche, ein paar Bücher, von denen ich mich nicht trennen hatte können: Eichendorffs Gedichte und den Werther. Auch eine kleine, verschließbare Kassette war drinnen, die einige Banknoten barg. Es waren diejenigen, die mir aus dem Erlös der elterlichen Erbschaft geblieben waren.

Von Marie hatte ich schon am Abend Abschied genommen. In der Bohnenlaube, an der die welken Blätter raschelten, hatte sie lange, lange an meinem Hals gehangen und still vor sich hingeweint. Kein Wort kam über ihre Lippen, das mir das Herz hätte schwer machen können. Was ihr an Bangigkeit und Sorge das Herz schwer machte, das ließ sie in Tränen dahinfließen und als sie merkte, dass auch mir die Brust zu arbeiten begann, da sah sie mich mit feuchtschimmernden und doch lächelnden Augen an und sagte: »Gelt, Heini, ich bin recht ungeschickt. Wenn ich dich sehen will, in die Stadt hinein ist's ja nit weit und du kriegst gewiss auch bald wieder Urlaub.«

Mir einen Schwur der Treue abzuverlangen, fiel ihr nicht ein; ihr felsenfestes Vertrauen auf mich ließ einen Gedanken der Untreue gar nicht aufkommen.

Ihre letzten Abschiedsworte an mich waren: »Und jetzt schlaf noch einmal recht gut unter unserem Dach, Heini, schlaf recht gut!«

Und ehe ich sie noch mal an mich hatte ziehen können, war sie davon.

Schwer gestaltete sich der Abschied von der Müllerin. Wie ich mir auch Mühe gab, ihr die bösen Ahnungen auszureden, sie blieb dabei: »Nein, nein, Heini, wir sehn uns nimmer. Aber«, setzte sie hinzu, »die Mühl' da steht dir immer offen. Das muss mir der Bartl versprechen.«

Als ich mich endlich auf ihre Hand niederbeugte, um sie zu küssen, ließ sie es willig geschehen, dann aber zeichnete sie mir drei Kreuze auf Stirn, Mund und Brust und sagte: »So jetzt b'hüt dich Gott, Heini, und wenn ich bald zu deiner Mutter und deinem Vater komm, werd ich ihnen sagen, dass du ein braver Mensch worden bist.«

Kurz war der Abschied von Bartel. Wir drückten uns kräftig die Hand und er meinte scherzend: »Na und schau halt, dass kein Krieg ausbricht. Ist eine fade G'schicht das, hab ich mir sagen lassen. Die Feinde sollen beim Herschießen schon gar nit aufpassen und da ist leicht ein Unglück geschehn.«

Als mir aber an der Haustüre Marie noch mal die Hand reichte, da sagte er: »Verstellt's euch nit, gebt's euch ein Bussl, ich weiß's ja so!«

Und diskret trat er in die Stube zurück und ließ uns noch einmal kurzen, heißen Abschied nehmen.

Mir gab dieses Benehmen Bartels frohe Zuversicht und mit dem trostreichen Gedanken, dass Marie in ihrem Bruder einen treuen Freund habe, schritt ich durch den Nebel des ersten Oktobertages von dannen.

12.

Dieses vorige Kapitel aus meinem Leben habe ich gestern Vormittag geschrieben. Wie ich dann noch an meinem Tische saß und nachdachte, da hörte ich auf einmal ein Pfeifen und Schnalzen und als ich über die Schwelle meiner Hütte trat, sah ich gerade vor mir auf der alten Wettertanne eine wilde Jagd. Ein Edelmarder verfolgte ein Eichhörnchen. In Spiralen lief das gehetzte Tier den Stamm empor, dass der buschige Schwanz wie ein rotes Fähnchen hinter ihm dreinwehte. Und der Edelmarder war dumm genug, diese Spiralen nachzulaufen. Schon glaubte ich die Eichkatz gerettet, da musste der Marder auf sein Ungeschick gekommen sein. Er ließ sein Opfer um den Stamm laufen, schoss aber selber senkrecht empor, und da lief es ihm geradeaus in den Rachen. Ein Biss ins Genick und er sprang mit seiner Beute davon.

Das ist Natur, raue, »rohe« Natur, wie die Menschen draußen in der Welt sagen würden. Und doch steht sie höher, tausendmal höher als ihre Kultur. Das Tier kennt den Mord, den brutalen Mord aus Selbsterhaltungstrieb; aber es kennt nicht das Quälen, das langsame Hinmorden. Die Natur arbeitet mit augenblicklich wirkenden Dolchstichen, die Kultur mit Nadelstichen. Je weiter der Mensch von der Natur sich entfernt, desto grausamer wird er. Der Naturmensch, der Wilde, tötet, er tötet den Leib; der Kulturmensch tötet zuerst in langsamen Worten die Seele und überlässt es dann der geistigen Verwesung, auch den Körper zu zerstören.

Zu Millionen wandern sie auf Erden herum, die Menschen, denen in teuflischen Seelenqualen der Wille gebrochen, das redliche Denken, das ehrliche Fühlen geraubt wurde; mit toten Seelen, oder was noch schlechter ist, mit vergifteten, gehen sie ihren Lebensweg, wie Sklaven schleppen sie die Ketten ihrer erzwungenen Verdorbenheit mit sich, bis sie endlich im Ekel vor sich selbst zusammenbrechen, das brechende Auge noch in stummer Frage emporrichtend: warum?

Ich stand noch und sah dem Marder nach, wie er von Ast zu Ast springend in den Tiefen des Waldes verschwand, als mich Tritte aus meiner Betrachtung aufschreckten.

Wieder einmal einer aus der sogenannten Kulturwelt da draußen. Ich weiche diesen Leuten sonst am liebsten aus, denn sie bringen mir den ganzen Zank und Stank ihrer Armseligkeit in meine schöne Einsamkeit. Dieser Mann jedoch gefiel mir. Er bat mich um einen Trunk Milch und wenn ich es hätte, auch um ein Stück Brot dazu, und dann warf er sich auf der Wiese am See ins Gras hin, verschränkte die Arme unter dem Kopf und sah in den Himmel hinein.

Ich kümmerte mich nicht um ihn, sondern ging meiner Arbeit am Meiler nach.

Nach einer Stunde kam er wieder zu mir zurück und fragte mich, ob er eine Nacht bei mir bleiben könne.

Ich war von dieser Frage so überrascht, dass ich mich augenblicklich nicht entscheiden konnte, und um Zeit zu gewinnen, stellte ich die Gegenfrage, was er denn eigentlich da heroben wolle.

»Eigentlich wollte ich da ein wenig botanisieren«, entgegnete er, »aber ich will auch das lassen und einmal einen ganzen Tag selbst nichts anderes sein als Pflanze, die Licht und reine Luft trinkt. Sie werden das freilich nicht verstehen und begreifen«, setzte er noch hinzu, »denn Ihr Landleute meint ja, dass es nichts Schöneres gäbe, als das Leben in einer Stadt. Ihr wisst ja selbst nicht, wie schön, wie gut Ihr es habt. Dieser Friede hier, diese Ruhe und diese kostbare Luft! Ah! Wenn man das so ein Jahr haben könnte.«

»Nun so siedeln Sie sich einmal ein Jahr da irgendwo im Hochwald an!«, entgegnete ich lächelnd.

Da seufzte der Mann auf: »Ja, wer das könnte. Aber da hat man Weib und Kind und es heißt arbeiten, arbeiten von früh bis Abend. Aber nun sagen Sie mir, kann ich bei Ihnen da übernachten oder nicht. Ich brauche ja kein Bett, nur ein bisschen ein Dach möchte ich über meinem Kopfe haben.«

Meine Hütte beherbergte außer dem Raum, der mir zur Wohnung diente, noch einen zweiten, der meinem Vorgänger als Ziegenstall gedient hatte.

Diesen zeigte ich dem Professor, denn als solchen musste ich ihn bald erkennen, und er war ganz zufrieden damit. Aus dürrem Buchenlaub machte er sich selbst eine Liegestatt zurecht und ich gab ihm eine meiner groben Decken.

Wir saßen noch eine Weile beieinander und ich lernte in ihm einen tiefen Menschen, einen echten Friedenssucher kennen, sodass ich unwillkürlich auch ein wenig aus meiner Verschlossenheit heraustrat.

Als er sich endlich erhob und mir die Hand reichte, sagte er: »Sie sind auch nicht immer Kohlenbrenner gewesen.«

»Ich will es aber bleiben«, entgegnete ich.

»Ich verstehe Sie«, sagte er einfach, »und ich will Sie nicht stören. Jeder Mensch muss mit sich selber fertig werden und glücklich der, dem's gelingt; der hat dann den Frieden. Gute Nacht!«

Der Professor ist auch heute noch geblieben und wir haben viel miteinander gesprochen und haben uns gut verstanden. Als er dann aufbrach, sagte er: »Leben Sie wohl, lieber Freund! Ich weiß heute, was ich mir schon gestern dachte, dass Sie einmal andere Zeiten gesehen haben. Aber ich frage nicht und glauben Sie meiner Versicherung, dass ich auch drunten im Tale Ihrer Lebensgeschichte nicht nachfragen werde. Ich freue mich, einen Menschen gefunden zu haben, dem der Friede ward, und ich nehme einen Teil davon mit in meine Arbeitsstube. Das nächste Jahr aber will ich wieder kommen und dann wollen wir es wieder genauso halten wie gestern und heute. Nicht wahr?«

Ich drückte dem Manne, dessen Auge hell und aufrichtig leuchtete, die Hand und dann schritt er davon. Wo der Weg zum See niedersteigend im Unterholz verschwindet, drehte er sich noch einmal um und winkte mit dem Hute zurück.

Also auch einer, der auf den Wegen der Einsamkeit geht trotz Weib und Kind. Er gibt Liebe, empfängt Liebe und ist doch einsam. Merkwürdig, sehr merkwürdig das!

Doch ich will zu meiner Geschichte zurückkehren.

Ich war also jetzt Soldat. Dass mir der Kasernenton behagt hätte, kann ich wohl nicht sagen, aber ich war es ja von der Anstalt her gewohnt, mich einem größeren Haufen einzufügen und die da üblichen Späße nicht gerade feiner Art wenigstens insoweit mitzumachen und mir gefallen zu lassen, um nicht allein zur Zielscheibe derselben zu werden.

Bei der Abrichtung war ich bald der erste und schon nach einem Vierteljahr wurde ich zum Kanzleidienst kommandiert. Da man mich hier sehr gut brauchen konnte und auch meine Vorstudien bekannt wurden, war ich nach einem halben Jahre schon Korporal und genoss eine Art Ausnahmestellung.

Niemand war froher als ich, als mir meine Übersetzung zum Kanzleidienst bekannt gegeben wurde. Hier unterstand ich in erster Linie dem Hauptmann und hatte mit den übrigen Offizieren, den Leutnants und Oberleutnants, nichts zu tun.

Unter Letzteren befand sich auch Oberleutnant von Steindl. Der war nach der Aussage aller älteren Unteroffiziere früher ein sehr lustiger und gutmütiger Mann gewesen; aber bald nach seiner Verheiratung hätte sich sein Charakter gänzlich geändert und nun sei er einer der ärgsten Soldatenschinder, dem eine Kleinigkeit genüge, um einen Mann schließlich sogar auf die »Latten« zu bringen.

Ich hatte mich allerdings über ihn nicht zu beklagen gehabt. Er ließ zwar mit keiner Miene merken, dass er mich kannte, aber er dankte mir jedes Mal auf meinen Gruß, was er meinen Kameraden gegenüber nur selten tat. Auch hatte ich von ihm nie ein böses Wort erhalten. Was mich aber an ihm so unangenehm berührte, das war, dass ich so oft einen mich belauernden Blick an ihm wahrzunehmen glaubte. Wie eine Katze kam er mir dann vor, die eine Beute im Auge hat und sich langsam zum Sprunge anschickt.

Durch die Übersetzung in die Kanzlei war ich ihm nun aber aus dem Auge gerückt und ich empfand das als eine große Erleichterung. In dieser Zeit erfuhr ich auch, dass er ein unglückliches Familienleben führen solle. Warum, das wusste mir niemand zu sagen, dass es aber so sei, das schien stadtbekannt zu sein.

Ich empfand darüber keine Genugtuung; ich hatte ja mit mir selbst so viel zu tun, denn von Marie kamen immer öfter und öfter Briefe, aus denen mich eine unsägliche Sehnsucht anrief. Ich tröstete sie, so gut ich konnte, und stellte ihr im Sommer einen Urlaubsbesuch in Aussicht; aber das schien nicht zu wirken. Und eines Tages hielt ich wieder eines der schlichten Blättlein in den Händen und mit unbeschreiblichem Gefühle las ich daraus, dass der Rausch jener stillen Gewitternachtsstunde in der Bohnenlaube nicht spurlos an Marie vorübergegangen sei.

Wie eine glühende Nadel fuhr es mir durchs Herz. Sorge um Marie, Scham und dabei doch wieder ein hohes, ernstes Gefühl wechselten beständig in mir ab und der Brief, den ich an Marie schrieb, muss trotz der hohen Worte, an die ich mich dunkel erinnern kann, recht verworren gewesen sein.

Was sollte nun werden? Der Gedanke verfolgte mich Tag und Nacht und ich gebe zu, dass darunter meine Kanzleiarbeit an manchem Tage zu leiden hatte.

Und da wollte es das Schicksal, dass unser Hauptmann erkrankte und der älteste Oberleutnant einstweilen an seiner statt die Leitung der Kanzlei zu übernehmen hatte. Dieser Oberleutnant war von Steindl.

Es war gerade die Zeit, wo sich die politischen Ereignisse zu dem großen Kriege zwischen Russland und der Türkei zuspitzten. Wir Soldaten hatten keine Ahnung, dass es dazu kommen könnte, dass auch wir in die Geschichten an der unteren Donau verwickelt werden könnten, doch konnte uns nicht verborgen bleiben, dass sich auch in unserem Heer eine wohl geheim gehaltene aber sehr rege Tätigkeit entwickelte. In allen Magazinen wurden die Vorräte teils ergänzt, teils erneuert, und wir Kanzleimenschen hatten jetzt alle Hände voll Arbeit.

Mir war die Arbeit eine willkommene Ablenkung von meinen schweren Gedanken und von meinen bitteren Sorgen um Marie. Wenn aber wieder ein Brief von ihr in meinen Händen lag und ich aus ihren so mutig sein wollenden Worten ihre ganze Verzagtheit herauslas, dann ließ ich doch unwillkürlich meine Feder sinken, und gab mich meinen schmerzlich sehnsüchtigen Gedanken hin.

Dabei traf mich eines Tages Oberleutnant von Steindl. »Sie glauben wohl, hier privatisieren zu können!«, fuhr er mich an. »Was haben Sie da?«

Mit diesen Worten wollte er nach meinem Briefe greifen.

Rasch zog ich aber denselben an mich und sagte fest und bestimmt: »Zu Befehl, Herr Oberleutnant, das ist ein Privatbrief.«

»Hier in einer k. k. Militärkanzlei gibt es keine Privatbriefe!«, donnerte er mich an. »Her mit dem Wisch!«

In mir begann es zu kochen, aber noch bezwang ich mich und entgegnete nochmals: »Es ist ein Privatbrief, Herr Oberleutnant.«

»Her damit, ich befehle!«, brüllte er und griff nach dem Papier, das ich in meiner Faust zusammenknitterte.

Ich aber trat einen Schritt zurück und sagte: »Und ich verweigere. Dazu haben Sie kein Recht!«

Hätte ich geahnt, was in der Seele des Mannes vorging, ich hätte ihm den Brief gegeben, so aber glaubte ich nur an boshafte Quälerei und als er nun auf mich zustürzte und mir den Brief aus der Hand zu reißen versuchte, da war es um meine Selbstbeherrschung getan. Ich sah nicht mehr den Vorgesetzten vor mir, sondern nur die Bestie, die mich quälen und verhöhnen wollte. Denn jedenfalls wollte er dies und nur dies. Verhöhnen wollte er mich, dass ich, der ich einst seine Frau geliebt, nun mit meiner Liebe bei einem Bauernmädel angelangt sei. Schneller als die Blitze durch die heiße Sommernacht irren, schossen mir diese Gedanken durch den Kopf; wie eine jähe Flamme, die in fessellosem Emporlodern alles um sich her ergreift, so brauste in mir die Wut empor, und da hatte ich auch schon einen Schlag gegen den Oberleutnant geführt, der ihn zurücktaumeln machte. Er stieß einen unartikulierten Schrei aus und riss den Säbel aus der Scheide. In demselben Augenblick aber hatten sich schon zwei ältere Unteroffiziere auf ihn geworfen und hielten ihm den Arm fest. Zwei andere hatten mich gepackt und verhinderten mich, mich noch mal auf ihn zu stürzen.

Ich kann mir's heute noch nicht anders erklären, als dass damals alles plötzlich in mir aufwachte, was ich an Groll und Grimm, zum großen Teil unbewusst und noch aus den Tagen stammend, da ich ihn als Nebenbuhler erkennen musste, in mir trug. Ich meine, ich hätte ihn damals trotz seines Säbels umgebracht.

Eine halbe Stunde später saß ich schon im Garnisonsarrest und nach einer Woche wanderte ich für ein halbes Jahr ins Stockhaus. Mein tadelloses Vorleben, mein bisher bewiesener Pflichteifer und auch meine höhere Bildung waren als mildernde Umstände sehr bedeutend in Rechnung gezogen worden.

Graue Tage kamen nun. Wie lahme Bettler auf ächzenden Krücken schlichen die Stunden dahin und ich habe fühlen gelernt, dass es für den Menschen nichts Entsetzlicheres, nichts Unbarmherzigeres gibt, als nicht arbeiten zu dürfen, zur Untätigkeit verurteilt zu sein, wenn jeder Muskel nach Betätigung schreit.

Und das Allerfurchtbarste war: Ich konnte meiner Marie nicht schreiben. In ihre Briefe kam ein banger Ton, wie er mir an ihr ganz unbekannt war. Wie die Tränen eines verzagten Kindes, so quoll es mir aus den Zeilen entgegen. Und ich konnte ihr nicht antworten. Ich beschwor den Kameraden, der mir täglich das Essen brachte, mir Bleistift und Briefpapier zu bringen; aber die Überwachung war so streng, dass er sich nicht getraute.

So saß ich Tag für Tag in meinem Gefängnisse und musste zusehen, wie sich an Marie das Schicksal erfüllte.

Kein Teufel hätte eine ärgere Qual für mich erfinden können, als sie mir damals der natürliche Lauf der Dinge bereitete. Marie schrieb mir, dass sie ihrer schweren Stunde entgegengehe und dass sie ihr Bruder unermüdlich bestürme, einem der Bauern der Nachbarschaft die Hand zur Ehe zu reichen. Auch die Mutter sei jetzt ganz auf der Seite Bartls und verlange von ihr, dass sie des Bruders Willen erfülle. Marie bat und beschwor mich, ihr doch um Gottes willen eine Antwort zu geben. Nur ein paar Worte wolle sie zum Zeichen, dass ich an sie denke; dann würde sie neuen Mut und frische Kraft finden, gegen Mutter und Bruder zu kämpfen. Alles, alles wolle sie tun, nur schreiben solle ich ihr, ihr sagen, dass ich sie noch immer lieb habe. Sonst wisse sie nicht, was noch geschehe.

Wieder bat und flehte ich, man möge mich einen Brief schreiben lassen und als mir dies nicht bewilligt wurde, meldete ich mich direkt zum Gefängnisrapport und trug dem kommandierenden Offizier meine Bitte vor. Die Angst um Marie trieb mich sogar dazu, ihm wahrheitsgetreu den ganzen Sachverhalt zu erzählen.

Und der Mann dachte menschlich.

»Es ist zwar nicht gestattet«, meinte er, »dass Militärsträflinge Briefe schreiben, aber in diesem Falle will ich eine Ausnahme machen, vorausgesetzt, dass ich den Brief zu lesen bekomme.«

Der Brief ging fort, aber er hat Marie nie erreicht. Später habe ich erfahren, dass Bartl den Briefträger bestochen hatte, ihm alle an Marie gerichteten Briefe auszuliefern. Nun, der Mann hatte nicht oft Gelegenheit, seinen Diensteid zu brechen; ganze zwei Male.

Eine ganze Woche verlief, ohne dass ein Brief von Marie kam, und ich fühlte mich schon beruhigter. Da kam auf einmal wieder ein kleines Schreiben, mit Bleistift hingekritzelt, und ich sah auf dem Papiere die Spur der Tränen, die darauf gefallen waren. Es lautete:

Lieber Heini!
Ich kann Dir nicht viel schreiben, denn ich liege im Bett. Neben mir liegt unser Kind, ein Bub mit blaue Augerl. Hanserl heißt er, sie haben es nicht gelten lassen, dass er Heini heißen soll. Heini, schreib mir, ich bitte Dich um alles in der Welt, schreib mir, dass Du uns alle zwei gern hast. Ich kann's sonst nimmer aushalten. Heini, Heini, verlass mich nicht, verlass uns nicht.

Deine Marie.

Ich sandte den Brief an den Kommandanten und bat ihn abermals, mir ein paar Zeilen zu erlauben, doch diesmal glaubte er, mir die Erlaubnis verweigern zu müssen, denn einen sozusagen ständigen Briefwechsel könne er nicht verantworten. Übrigens dauere meine Strafe ohnehin nur mehr ein paar Wochen.

Träge, entsetzlich träge schlichen die Stunden und die Tage dahin. Von dem sehnsüchtig erwarteten Augenblick, da ein blasses Grau durch die vergitterten Fenster kam und sich leise in dem kahlen Raum ausbreitete, bis der letzte Schimmer auf den schmutzigen Wänden erlosch, schien es mir eine Ewigkeit zu sein, und wenn mir in jener Zeit ein Glück beschieden war, so war es das, dass ich wenigstens einige Stunden in der Nacht schlafen konnte. Wäre ich damals so schlaflos geblieben, wie es mir später geschah, ich hätte mir im Wahnsinn den Schädel an den Mauern einrennen müssen.

Eines Tages aber kam mein Kamerad mit dem Essen ganz aufgeregt herein.

»Weißt das Neueste?«, rief er mir zu.

Ich musste in all meinem Jammer lächeln. Wie sollte ich etwas wissen können!

»Krieg ist«, sagte er aufgeregt, »mit die Türken geht's los!«

Da ich in meinem Gefängnisse selbstverständlich nicht das Geringste von den Wirren im Orient gelesen, legte ich der Sache keine Bedeutung bei und glaubte, der Mann habe irgendeine Nachricht falsch aufgefasst. Aber bald wurde ich eines besseren belehrt.

Auch unser Regiment wurde mobilisiert, und da mir nur mehr einige Tage zur völligen Abbüßung meiner Strafe fehlten, wurde ich vorzeitig aus dem Gefängnisse entlassen und als Gemeiner ins Regiment eingestellt. Ich gehörte zum ersten Bataillon, Oberleutnant von Steindl war zu meiner größten Freude dem zweiten zugeteilt worden.

Und nun ging's nach Süden. Durch Weingärten flog der Zug, an schmucken Sommerfrischen und reizenden Villen vorüber, dann rollte er in das steinige Feld hinein, das sich vom Wienerwald bis zur ungarischen Grenze hinzieht. Sonnverbrannt lag es da und von dem missfarbenen Rauch überdacht, der dort aus Hunderten von Schloten unaufhörlich und in dichten Massen quillt. Bald aber tat sich die grüne Wunderwelt des Gebirges auf. Raxalpe und Schneeberg grüßten mit klaren Felsenstirnen nieder ins Land, ein schneller Gebirgsfluss kam uns mit seinen spiegelhellen, blitzenden Wellen entgegen und dann kletterte der Zug über die grünen Matten des Semmering hinan, donnerte über Viadukte und rasselte durch Tunnels, und in sausendem Fluge ging es dann abwärts durch die lieblichen Täler der Obersteiermark, an der schäumenden Mur entlang, bis sich die Rebenhügel der alten windischen Mark an sie herandrängten und ihren Lauf nach Osten lenkten. Nun leuchteten uns rechts und links von den sonnüberflimmerten Weinbergen die schmucken, weißen Winzerhäuschen entgegen, bis sich beim Überschreiten der stolz einherflutenden Drau wieder weites Flachland, von graugrünen Föhrenwäldern durchträumt, vor uns auftat. Und nochmals Weinhügel, ein romantisches Tal mit kühnen Felsenbildungen und dann ging es der Save entlang ins Kroatische und zur bosnischen Grenze.

Da, jenseits des träge mit grünbraunen Wassern flutenden Stromes lag also das Land, das uns Ruhm oder Tod bringen sollte. Mit fahlen Wolken lag der Abend über ihm, als wir es das erste Mal sahen und als wir nach bleiernem Schlafe durch die schmetternden Trompeten gewebt wurden, da breitete sich um uns ein dichtes graues Nebelmeer, aus dem nur allgemach die dunklen Laubmassen der weiten Auen auftauchten.

Auf einer von unseren Pionieren erbauten Schiffbrücke zogen wir hinüber ins feindliche Land. Mehr oder minder gute Witze begrüßten es, dann aber nahm alle der eigentümliche Charakter der Landschaft gefangen. Da waren ungeheure Maisfelder und in wahren Wildnissen von Zwetschkenbäumen standen die armseligen Dörfer, über deren herabhängende Strohdächer sich da und dort ein Minarett erhob. Aber das war nicht der zierliche Bau, den ich aus manchen Abbildungen orientalischer Städte kannte, sondern eher ein plumper, mit einem primitiven Dache gedeckter Rauchfang.

Und wie schmutzig und verwahrlost sah es da überall aus. Die Straßen tiefdurchfurchte Kothaufen, Dächer, Zäune, Mauern, alles ruinenhaft, die Schweine wühlten rings um die Häuser, die wie verlassen dastanden. Nur da und dort, dass sich ein Mensch zeigte; meistens waren es Kinder in bauschigen Gewändern von nicht mehr zu bestimmender Farbe, die, den Finger im Mund, die blanken Geschwader an starrten, die lachend und plaudernd an ihnen vorüberzogen. Wenn wir sie aber anriefen, dann waren sie im Nu hinter den zerlemperten Zäunen verschwunden und wir sahen nur mehr ihre dunklen Augen hinter den Latten hervorlugen. Nur einer der kleinen Kerle kam auf unsern Ruf heran, hielt uns aber sofort bettelnd den mit Schmutzkrusten bedeckten Handteller entgegen.

Und tiefer und tiefer ging es in das unbekannte Land hinein. Auf kaum erkennbaren Wegen marschierten wir weiter und um uns breiteten riesige Urwälder ihre düsteren Schatten. Wo sie sich etwas lichteten sahen wir zu kahlen, trümmerbedeckten und oft wunderlich ausgezackten Bergesgipfeln empor. Neben unserem Wege aber rauschte in wildzerrissenem Bette ein Fluss, sich ab und zu donnernd und brüllend über mächtige Felsklötze stürzend.

Am dritten Tage kam uns ein Transport mit Verwundeten entgegen. Unter starker Bedeckung zog er einher und von ihnen hörten wir bestätigt, was wir bisher nicht glauben konnten, dass unsere Toten und Schwerverwundeten oft in entsetzlichster Weise verstümmelt würden.

Aus war's mit den fröhlichen Witzen und den lustigen Marschliedern; ein wilder Grimm hatte alle erfasst und man nahm sich vor, diesen Menschenbestien gegenüber keine Schonung walten zu lassen.

124

Und bald sollten auch wir den Feind kennenlernen. Die ständigen Überfälle erheischten ein ungemein vorsichtiges Vorgehen, und um die Hauptmacht vor Überraschungen zu bewahren, wurden wir seitwärts dirigiert, um jener die Flanken zu decken.

Der völlig ungebahnte Weg, den wir zu nehmen hatten, ließ kein Marschieren in größeren Verbänden zu. Zugweise schlugen wir uns durch Wald und Gestrüpp hindurch, durchwateten Bäche und kletterten an Felshalden empor; doch nirgends war die Spur eines Feindes zu entdecken.

Am Abende des zweiten Tages, dieser uns wahnsinnig und auch unsinnig dünkenden Streiferei, schlugen wir auf einer mit hohem Grase bewachsenen Blöße das Lager auf. In weitem Bogen, unheimlich still, stand der Hochwald um den Lagerplatz; gegen Osten aber stieg das Gelände zu einem mit riesigen Steintrümmern besäten Gipfel auf, der aber wie ich mich später überzeugte, nur der Absturz einer ausgedehnten Hochfläche war, zwischen deren weißen Steinwellen dürres Gestrüpp und hartes, sonnverbranntes Gras in fahlen Büscheln stand.

Ein Kamerad und ich erhielten den Vorpostendienst und hatten die einsame Kuppe zu beziehen.

Über den fernen Karstgipfeln ging die Sonne zur Ruhe. In dem Goldstrom, der von ihr floss, färbten sich die kahlen Felshöhen erst mit flammendem Gelb, dann aber ging dieses in glühenden Purpur über, und der rann in breiten Strömen hinab in die waldigen Schluchten und Täler und hing in die dunklen Kronen der riesigen Fichten und Tannen ganze Lasten von Rosen, die aber immer blässer und blässer wurden. Wie zu Hause in meinen Bergen war das, und jetzt war mir, als müsse der leise Klang der Abendglocke ertönen. Und ein geliebtes Antlitz tauchte vor mir auf, ein schmales, süßes Gesicht mit blauen Augen. Ich sah die Augen mit stummer, aber inbrünstiger Bitte gegen Himmel gerichtet: Gewiss, jetzt betete Marie für mich, denn nun war's ja auch zu Hause Avezeit.

Ich hatte Marie vor unserem Abmarsch schnell noch ein paar Zeilen schreiben können und wähnte sie getröstet, soweit ein Frauenherz getröstet sein kann, das den Geliebten in fernem, feindlichem Lande weiß.

Und auf einmal durchrieselte mich ein eigenartiger Schauer: Mir fiel ein, dass nun Marie nicht mehr allein sei; dort im Norden, wo die Nacht ihre dunklen Schleier an den Himmel hängte, dort lag mein

Kind, und die Heimatwälder rauschten ihm ein Schlummerlied, weil der Mutter selbst die Lippen von Weh und Sorge verschlossen waren.

Aus meinen Träumen riss mich die Stimme meines Kameraden, der meinte: »Saudumm, dass wir da heroben stehn müssen. Ist eh weit und breit nit einmal eine Katz, viel weniger ein Bosniak. Da schau, wie sich's die da drunten gut g'schehn lassen.«

Und er wies mit dem Finger auf die Halde hinab, auf der die Lagerfeuer flammten und von wo ab und zu dumpfes Stimmengewirr zu uns empordrang.

»Na tröst' dich«, erwiderte ich »morgen trifft's dafür andere, dann können wir's uns gemütlich machen.«

Arm in Arm gelegt, das Gewehr bei Fuß sahen wir hinab.

Plötzlich ein Knall, ein klirrender Ton in unmittelbarer Nähe, und mein Kamerad riss seinen Arm aus dem meinen. Ein Schuss hatte die Menageschale auf seinem Tornister getroffen und wie wir uns nun umdrehten, pfiff eine zweite Kugel hart an meinem Ohre vorbei.

Hinter einem großen Felsblock wurden zwei Gestalten flüchtig, eine höhere, dunklere, augenscheinlich ein Mann, und eine kleinere in lichter Kleidung, eine Frau.

Wir rissen unsere Flinten an die Wangen und fast gleichzeitig krachten unsere Schüsse den wie Katzen gebückt Davonspringenden nach. Und wir hatten getroffen. Die kleinere Gestalt warf die Arme empor und sank zu Boden. Der Mann wollte sie fortziehen, aber schon hatten wir wieder geladen und wieder krachten unsere Schüsse über die steinige Hochfläche hin. Zugleich schmetterten vom Lager herauf die Alarmsignale und Kommandorufe ertönten.

Da eilte der Mann fort und wir stürmten ihm nach. Bald waren wir bei der Getroffenen. Es war eine junge, bildschöne Frau. Rabenschwarzes Haar quoll unter einer kleinen roten Mütze hervor, in krampfhaften Stößen hob sich die jugendstrotzende Brust unter dem weißen Hemd, über das sich noch ein rotes, goldgesticktes Leibchen spannte, und als die Sterbende noch mal das Auge aufschlug, das schöne, tiefdunkle Auge, da war mir's mit einem Male, als wäre es Heri, die da vor mir läge.

»Wie eine Wildkatz«, meinte mein Kamerad.

Aber wir hatten nicht Zeit uns Betrachtungen hinzugeben, denn eben pfiff wieder eine Kugel an unserem Ohre vorbei: Im nächsten Augenblick lagen wir hinter einem Felsblock in Deckung und begannen das Feuer zu erwidern, das uns hinter einem von Gestrüpp umwucherten Felswall hervor entgegenschlug.

Schon kam aber auch unsere Hilfe. Jede Deckung verschmähend, sprangen die Kameraden, unser Oberleutnant voran, durch die Felsblöcke daher und rollende Salven schlugen in das Gebüsch, die das dortige Feuer rasch verstummen machten.

Als wir dann das Gebüsch absuchten, fanden wir zwar Blutspuren, aber weder Tote noch Verwundete. Die hatten die Insurgenten mitgenommen, wie sie das auch immer taten, wenn ihnen nur halbwegs die Möglichkeit geboten war.

Das war unser erster Zusammenstoß mit dem Feinde.

Nachdem die ganze Umgegend abgesucht worden war und die Posten verstärkt waren, kehrte die Truppe ins Lager zurück. Mein Kamerad und ich blieben auf unserem alten Posten.

Schimmernd im Lichte unzähliger Sterne war die Nacht gekommen. Weithin wundersame Stille, nur ein ganz, ganz leises Rauschen der Wälder zu unseren Füßen und ein geisterhaftes Flüstern in dem dürren Gras zwischen den Felsblöcken. Und dort drüben lag ein junges, schönes, totes Weib. Noch vor ein paar Stunden hatte sie nichts von uns, wir nichts von ihr gewusst, und nun lag sie von unseren Kugeln dahingestreckt, und ihre gebrochenen dunklen Augen fragten die friedlich ziehenden Sterne dort droben: warum?

Damals in der einsamen Nachtwache droben auf dem Felskamm des bosnischen Gebirges, da habe auch ich mich im Herzen gefragt: Wozu all dieses erbitterte Kämpfen von Menschen gegen Menschen, wozu all das Blut- und Tränenvergießen? Ändert das alles auch nur das Geringste an dem Gang der Welt? Nicht das kleinste Sternchen rollt deswegen aus seinem Geleise, Tag und Nacht kommen und gehen wie immer, der Frühling treibt seine Blüten und der Herbst nimmt die Blätter von den Bäumen, immerdar, immerdar. Und wenn sich ganze Völker hinmorden, an diesem ewigen Pendelschlag des Lebens ändert das nichts. Wozu also?

Ein philosophierender Vorposten. Dass ein solcher nichts taugt, sahen wir am nächsten Tag, denn die Leiche des jungen Weibes war verschwunden und uns hatte wahrscheinlich nur das Dunkel vor einem rächenden Schuss bewahrt.

Von nun an gab es fast tagtäglich kleine Zusammenstöße, Scharmützel und Gefechte. Unvermutet tauchten bald da, bald dort die hohen sehnigen Gestalten der Insurgenten in ihrer bunten Tracht auf, und es kam auch der Tag, wo wir uns entsetzt über die verstümmelten Leichname von Kameraden beugten, die auf Vorposten von dem katzenartig anschleichenden Feind überfallen und ermordet worden waren.

Eines Tages hatte eine ganz kleine Abteilung von uns, im Ganzen acht Mann, den Auftrag erhalten, gegen eine dicht bewaldete Schlucht hin aufzuklären. Mit all der Vorsicht, an die wir uns schon gewöhnt hatten, führten wir unter der Führung eines Leutnants den Befehl aus.

Da stieß aber unvermutet zu uns eine Abteilung des zweiten Bataillons, und der Führer der etwa dreißig Mann war Oberleutnant von Steindl. Er hatte dieselbe Aufgabe wie wir, nur nach einer anderen Richtung sollte er, und von dieser war er im Gewirr des Urwaldes abgekommen.

Nun standen die beiden Offiziere beisammen, studierten eingehend die Karte und tauschten ihre Vermutungen aus. Aber sich in diesen Wildnissen zu orientieren, war keine so leichte Aufgabe, und so beschlossen die beiden Offiziere, ein Stück mitsammen zu marschieren. Da der Weg aufwärts führte, war Hoffnung, auf eine Waldblöße zu kommen, die einen Ausblick auf die Umgegend gestatte.

Etwa eine Viertelstunde ging es durch den Hochwald über gestürzte Stämme, riesige Äste und durch wildverwachsenes Strauchwerk empor, dann tat sich plötzlich der Wald in weitem Kreise auf und ließ Platz für eine Wiese, in deren Mitte einsam eine alte, riesige Eiche stand.

Auf diesen Baum marschierten wir nun zu und ein Mann sollte emporklettern, um Ausschau zu halten.

Wir waren aber noch nicht dort angelangt, als es rings um uns lebendig wurde. Von vornher und von den Seiten blitzten Schüsse auf und im nächsten Augenblick lagen drei unserer Kameraden zuckend auf dem Boden.

»Nieder!«, scholl das Kommando, das wir aber gar nicht gebraucht hätten, denn schon lagen wir alle in dem ziemlich hohen Grase, das uns wenigstens einige Deckung bot, und begannen nun das Feuer zu erwidern, das uns nun auch von der Richtung, aus der wir selbst gekommen waren, entgegensprühte.

Die Insurgenten mussten uns heimlich gefolgt sein, hatten es aber nicht gewagt, uns im Walde anzugreifen. Dort in der guten Deckung der ungeheuren Stämme wäre es uns mit unseren ausgezeichneten Gewehren ein Leichtes gewesen, selbst mit einer bedeutenden Übermacht den Kampf aufzunehmen. Hier aber, auf freier Wiese konnten uns selbst unsere guten Waffen nicht viel helfen. Immerhin aber verloren wir den Mut nicht und nahmen uns die roten und blauen Gewänder, die hinter Sträuchern und Bäumen sichtbar wurden, gründlich aufs Korn und mancher der hageren, braunen Gesellen musste an die Treffsicherheit österreichischer Alpensöhne glauben.

Aber auch in unseren Reihen wurde es lichter. Die Kugeln aus den langen Flinten der Insurgenten ließen manches Gewehr in den Händen unserer Kameraden verstummen. Schon wagte es da und dort einer der verwegenen Kerle, aus seiner Deckung vorzubrechen, um mit dem blanken Handschar an dem Leibe eines unserer Gefallenen sein Mütchen zu kühlen; aber vorläufig war das noch zu früh, jeder dieser Versuche musste mit dem Tode bezahlt werden.

Doch die Lücken, die in unseren Reihen entstanden, konnten uns gefährlich werden und nach Krebsenart rückwärts kriechend, dabei aber immer gegen die Angreifer feuernd, zogen wir uns auf die Eiche zurück.

Da lagen und knieten und standen wir nun im Kreise um diese herum, ununterbrochen Kugel auf Kugel den Angreifern entgegensendend.

Oberleutnant von Steindl hatte sich in halb hockender Stellung an den Stamm der Eiche gelehnt und mit beiden Händen seinen Revolver haltend, suchte er sich das Ziel für seine Schüsse.

Plötzlich aber rief er aus: »Hol's der Teufel, das Zeug taugt nichts!«

Und damit warf er seinen Revolver weg und sprang vor, um sich von einem der Gefallenen Gewehr und Patronen zu holen.

Es war das eines jener kühnen, todesverachtenden Stücklein seitens unserer Offiziere, an denen gerade die Geschichte des bosnischen Feldzuges so außerordentlich reich ist.

Tatsächlich erreichte der Oberleutnant auch ein Gewehr und nun richtete er sich frei empor, zielte und schoss und traf. Aber fast zugleich mit dem baumlangen Bosniaken, den er sich aufs Korn genommen hatte, sank auch er von einer Feindeskugel getroffen zu Boden.

In diesem Augenblicke hatte ich vollständig vergessen, dass der Gefallene der Oberleutnant von Steindl, Heris Gatte und mein persönlicher Feind war. Ein tapferer Offizier war's, ein Kamerad, und ich musste mich seiner annehmen.

Ich hatte an der Eiche gekniet; nun warf ich mich nieder und kroch auf dem Bauche zum Oberleutnant.

»Herr Oberleutnant, sind Sie schwer verwundet?«

Er hatte die Hand im Tuche der blauen Bluse auf der Brust festgekrallt und ächzte: »Mit mir ist's aus!«

Er hatte die Augen geschlossen gehabt, nun öffnete er sie und drehte den Kopf nach mir. Für einen Augenblick sah ich eine staunende Frage in seinen Augen, dann aber glitt es wie ein tiefes, tiefes Weh über seine Züge.

»Sie, Binder?«, sagte er leise.

»Kann ich etwas für Sie tun, Herr Oberleutnant?«, fragte ich.

Er reichte mir die Hand: »Dank schön, Kamerad! – Ich bin fertig! Sagen Sie meiner Frau, ich, der Lump, bin als ehrlicher Soldat gestorben.«

Nur stockend und stöhnend hatte er diese Worte herausgebracht, und in den paar Worten lag so eine Bitternis, dass mir mit einem Schlage der ganze Jammer der Ehe bewusst wurde, die ihn und Heri verbunden hatte.

Und merkwürdig: Jetzt dachte ich nicht an die Frau, sondern nur an den Mann und ein allgewaltiges Mitleid, das alles auslöschte, was mir dieser Mann getan, nahm mein ganzes Herz ein und ich sagte: »Herr Oberleutnant, Sie müssen leben, für Ihre Kinder müssen Sie leben!«

Da quoll ein feuchter Schimmer in seine Augen, fester umschloss seine Hand die meine, und mit brechender Stimme flüsterte er: »Heri soll meinen Kindern nichts sagen, wie wir gelebt. Sagen Sie's ihr, Ihren Wunsch erfüllt sie, sie hat Sie ja noch immer lieb – lieber als mich.«

Die letzten Worte erstarben in seinem Munde; nur wie ein Hauch kamen sie noch an mein Ohr.

Noch einmal öffneten sich groß und starr die Augen, dann ein jäher Ruck, ein Guss Blut aus dem Munde, Heris Gatte war tot.

Ich rüttelte ihn, ich schrie: »Herr Oberleutnant!« – vergeblich, er war heimgegangen.

In meinem Kopfe brauste es: »Lieber als mich!« Diese Worte des Sterbenden brachten mich außer mir. Gedankenabwesend sprang ich auf und begann wieder zu feuern.

Da, ein Schlag in die rechte Schulter, und das Gewehr sank mir aus dem Arm. Ich wollte danach greifen, taumelte und stürzte nach vorne.

Was nachher war, dessen weiß ich mich nicht mehr genau zu entsinnen. Nur so viel ist mir dunkel in der Erinnerung geblieben, dass ein lautes »Hurra!« über mich wegbrauste. Rechtzeitig, durch das Gewehrknattern aufmerksam gemacht, waren die Unseren noch auf dem Gefechtsplatz eingetroffen, hatten den Feind von rückwärts gepackt und das kleine Häuflein der Überlebenden, etwa zwanzig von vierzig, gerettet.

Als ich aus meiner Betäubung erwachte, stand der Regimentsarzt vor mir.

»Na, also«, meinte er, »das geht schon noch. Die Lungenspitze hat's erwischt und das Schlüsselbein ist auch kaputt, aber das flickt man schon noch zusammen.«

Damit war der bosnische Feldzug für mich zu Ende. Mit einem der nächsten Verwundetentransporte wurde ich nach Kroatien zurückgebracht, und während die Kameraden Sarajewo mit stürmender Faust nahmen und die schnellen Wasser der Miljatzka mit Blut färbten, lag ich im Lazarett und hatte Zeit und Muße, meinen Gedanken Audienz zu geben.

13.

Wir haben heuer einen herrlichen Sommer; für die Bauern drunten im Tal und draußen im Flachland sogar viel zu herrlich. Die möchten Regen haben; aber Tag für Tag liegt derselbe tiefblaue Himmel über der Welt und eine Glut strahlt aus seinen Tiefen nieder, die selbst hier im Schatten des Hochwaldes schon unangenehm fühlbar wird. Die schönen saftigen Waldkräuter lassen müde und schlaff die Blätter hängen, das Gras auf allen sonnigen Lehnen ist verbrannt, und selbst von den Tannen und Fichten reisen die Nadeln in solchen Mengen nieder, wie ich das noch nie beobachtet habe. In den Wildbachbetten, die zum See abstürzen, ist auch nicht ein Tröpflein Wasser und die Kalksteinblöcke drinnen sind so heiß, dass man sich an ihnen die Hand verbrennt.

Und alles ist so müde und still geworden. Man hört oft den ganzen Tag keinen Vogel singen, und wenn abends ein kühleres Lüftchen von den Gipfeln herabweht, dann wachen wohl die Drosseln und Amseln für eine Viertelstunde aus ihrer Betäubung auf, aber ihr Lied klingt nicht so süß und sehnsüchtig wie sonst, es ist mehr ein Klagen darin, etwas Gequältes, wie von einem, der singen muss, während er am liebsten weinen möchte.

Tag für Tag erhoffe ich, erhofft der ganze Wald ein Gewitter. Schon um die Mittagsstunde zieht es wie ein feiner grauer Schleier über den Himmel. Wie lichtgraue Seide ist er dann, die man vor eine blendend grelle Flamme spannt. Und mit jeder Stunde wird das Grau tiefer; in der nächsten Viertelstunde, meint man, müssten sich schwarze Gewitterwolken zusammenballen. Aber die Stunde verrinnt und das Grau ist unverändert dasselbe geblieben, eine weitere Stunde und es hat sich gelichtet und abends, da strahlt wieder der ganze Himmel in seinem wundersamsten Blau, das sich nach und nach durch alle Abtönungen von Gold und Rot und zartem Grün zum Violensamt der Nacht wandelt, in dem die Sterne so groß und rein brennen, wie Lichter auf geweihten Altären.

So geht es nun schon seit ein paar Wochen fort in bangem Verlechzen alles dessen, was an die Scholle gefesselt ist und nicht hinab kann zur kühlen, klaren Flut des Sees, die in stillen Zügen das Licht des Himmels trinkt und sich mit ihm durchleuchtet bis in ihre tiefsten Tiefen hinab.

Und der See ist auch das einzige, was in diesen Tagen ausdörrender Glut unverändert geblieben ist. Nicht um einen Fingerbreit ist sein Spiegel gesunken, denn er nährt sich nicht von den Wässerlein, die ihm die stolzen Berge wie eine mitleidige Gabe in den Schoß werfen; was ihm seine Daseinskraft, sein ewiges Sein gibt, das sind die Quellen, die aus seinen eigenen Gründen emporwallen.

Alles, was Bestand haben will, muss aus den Tiefen des eigenen Selbst quellen; was von außen kommt, ist vergänglich und kann nur die stille Heiterkeit des Wesens trüben.

Mein See hat mich das gelehrt, wenn die Gießbäche seine grünblaue Kristallflut trübten, und ich war sein gelehriger Schüler. Einsam wie er bin ich geworden und was jetzt mein ist, habe ich von mir selbst. Mein, ganz mein ist mein Friede, mein die Sonne, die in meinem Herzen leuchtet, für das es keinen Tag und keine Nacht, nur schreitende Ewigkeit gibt, mein die Demut, die zu dem armseligsten Wesen spricht: »Ich liebe dich, mein Bruder!«, mein aber auch der titanische Stolz, der in die Welt hinausjauchzt: »Ich bin der Einzige, denn alles, was da ist, ist mein!«

Mitunter kommt es jetzt über mich, als sollte ich noch einmal in die Welt der Menschen hinaustreten und versuchen, ihnen von meinem Frieden zu reden. Aus den Blättern, die ich da niederschreibe und auf denen so viel von Schuld steht, von Schuld, die aus irregeleiteter Menschensehnsucht entsprungen ist, klingt es mir manchmal wie Johannesruf entgegen und will mir sagen: »Jeder, der den Frieden in sich trägt, ist zum Messias berufen!«

Aber dann höre ich wieder eine andere Stimme warnen und die meint, es sei nur der Versucher, der mich aus dem Paradies hinauslocken will in die steinigen Öden, auf denen die Disteln wahnbefangenen Menschentums wuchern und wo unter den Rosen der Eitelkeit und Selbstsucht die Dornen lauern, um den Königsmantel des Friedens in Fetzen zu zerreißen.

Nein, ich gehe nicht hinaus! Die Welt hat Propheten genug, die ihr mit tönenden Worten ihr Glück verkünden. Ich will meine Religion, meine Philosophie leben, nicht lehren. Wer in mein Himmelreich eingehen will, der nehme, wie ich, das Kreuz der Notwendigkeit auf sich und folge mir nach!

Ich habe es auf mich genommen. Heute trage ich es mit Heiterkeit und es drückt mich nicht mehr als ein Rosenkranz die Stirne apollinischer Zecher drückte. Früher, allerdings, da lastete es mit Zentnerwucht auf meinen Schultern, unter seinen Kanten rann mein Blut in Strömen; aber wenn ich auf dem Wege zu meinem Golgatha müde und verzagt auf der Bank stumpfsinniger Selbstvernichtung ausruhen wollte, dann trieb mich Ahasver, der Lebenswille, weiter, und nach qualvollem Verröcheln kam auch für mich der Tag der Auferstehung, tagten die heiligen Himmelsostern des Friedens.

Nein, ich gehe nicht mehr hinaus in die Welt der Menschen! Diese Blätter will ich nur noch abschließen, dann will ich ganz nur mehr ich selber sein: Bruder von allen, König über alle, der Einzige auf der weiten Welt!

Ich glaube, dass meine Wandlung eigentlich schon damals angefangen hat, als ich im Lazarett lag. Ich ertappte mich nämlich auf Gedankenfolgen, die mir damals ganz sonderbar, fast wahnwitzig vorkamen. Ich fragte mich nämlich allen Ernstes nach den Ursachen des Krieges in Bosnien und da kam ich in meinen Selbstbeantwortungen der Frage so weit, dass die politischen Gründe wie wesenlose Schemen vor meinem Denken zerflatterten und ewige Menschheitsfragen vor mir ihre geheimnisvollen Augen auftaten. Und vor denen musste ich meinen Blick senken, ihnen konnte ich nicht ins Auge sehen.

Das war aber noch zu einer Zeit, als die Heilung meiner Wunde ihren naturgesetzmäßigen Fortgang nahm.

Aber bald brachte mich eine Verschlimmerung auf ganz andere Gedanken. Aus mir bis heute noch ganz unerklärlichen Gründen, vielleicht mag ein Versehen des Arztes mit Schuld tragen, entstand an meinem noch nicht verheilten Schlüsselbein eine Eiterung, die rasch auch das Armgelenk ergriff, sodass hier ein operativer Eingriff erforderlich wurde. Und es stand nun die Frage vor mir, ob ich den rechten Arm je noch einmal würde gebrauchen können.

Was sollte in diesem Falle aus Marie und mir werden? Darüber nachzudenken, hatte ich nun reiche Gelegenheit. Ich hatte mir die Sache früher sehr einfach vorgestellt. Wenn meine Militärzeit vorüber war, wollte ich Marie heiraten. War Bartel damit einverstanden, dann wollte ich gerne auf der Mühle bleiben und mit ihm das Geschäft gemeinsam führen; sollte er jedoch sein eigener Herr sein wollen, dann konnten wir uns von dem Erbteil Maries irgendwo eine kleine Mühle oder ein kleines bäuerliches Anwesen kaufen und ich traute es uns beiden zu, dass wir zu etwas kommen würden. Marie war eine tüchtige Wirtschafterin, das hatte ich schon während der Krankheit ihrer Mutter erkannt, und ich fühlte trotz meiner Verwundung die Kraft in mir, Leben und Schicksal durch wackere Arbeit zu meistern.

Nun aber, als ich dalag und den rechten Arm nicht rühren konnte, nun stieg eine nagende Bangigkeit in mir auf. Was sollte nun aus uns werden? Ich zergrübelte und zersorgte mir den Kopf. Wenn ich in der Frühe aufwachte, stand diese Frage vor mir, und sie überfiel mich auch, wenn ich nachts erwachte, und ließ mich dann nicht mehr einschlafen.

Hätte ich Marie nur schreiben können, es hätte mir das Herz erleichtert. Aber mein Arm war unbeweglich in Binden festgelegt und ich hatte auch niemand, der für mich hätte schreiben können. Marie wusste nichts von mir und ich nichts von ihr. Wohin hätte sie auch schreiben sollen? Von der Art der Funktion der Feldpost wusste sie in ihrem stillen Gebirgsgraben nichts.

Unsäglich traurig und langsam schlichen die Stunden, Tage und Wochen dahin. Der Arzt konnte mir zwar die tröstliche Mitteilung machen, dass mein Arm auf dem besten Wege zur Heilung sei, aber er verschwieg auch nicht, dass er nie mehr zu starker Arbeit tauglich werden würde. Und als der freundliche Mann erfahren hatte, dass ich Müller sei, warnte er mich besonders, Säcke auf der rechten Schulter zu tragen. Das Armgelenk, wie auch das Schlüsselbein seien derartigen Anstrengungen nicht mehr gewachsen.

Und endlich war der Tag da, wo ich aus dem Lazarett entlassen werden konnte. Mit einem Trupp anderer von aus mehr oder minder schweren Verwundungen Genesener ging es auf dem Wege, den wir gekommen, der Heimat zu.

Durch dicken Novembernebel jagte unser Zug dahin.

Die Weingehänge der Südsteiermark, über deren grünen Reben bei unserer Herfahrt einst die Sonne träumte, lagen nun zerzaust und ihrer Goldfrucht beraubt in stumpfem Erdfahl da, von den Bäumen riss der feuchtkalte Novemberwind die letzten moderbraunen Blätter, und als wir endlich in die Bergwelt des Semmerings kamen, da zogen über vergilbte Alpenmatten graue Schleier, umhüllten die sonst so herrlich leuchtenden Felshäupter der Raxalpe und des Schneebergs, und wo sich die Nebelfransen etwas erhoben, schimmerte das Weiß des ersten Schnees hernieder.

Als wir gegen Wien kamen, begann ein leises Regenrieseln, und als ich mit noch zwei Kameraden am nächsten Tage unserer Garnisonstadt zufuhr, wandelte sich der Regen in tanzendes Flockengestiebe.

Zwei Tage darauf konnte ich in die Heimat zurückkehren. Meine beiden Kameraden blieben noch in der Stadt, wo sich in den Wirtshäusern sofort eine Gesellschaft um sie sammelte, die mit angehaltenem Atem der Schilderung ihrer Erlebnisse lauschte und für den Genuss mit Wein und Bier und Braten und Zigarren dankte.

Mich aber litt es nicht länger, ich musste in die Heimat, zu meiner Marie, zu meinem Kinde.

Ein unbeschreibliches Gefühl durchrieselte mich, als ich die Wälder und Berge der Heimat immer näher und näher kommen sah. Wie Freude, himmelhochjauchzende Freude war es und daneben doch auch wieder wie ein Bangen, wie eine Scheu vor etwas Großem, Heiligem. Ein liebendes Mädchen hatte ich verlassen und eine Mutter würde mir nun entgegentreten und das Kind, das sie mir auf ihren Armen entgegenreichen würde, war mein Kind und mahnte mich an heilige Pflichten.

Von Wien aus hatte ich an Marie eine Karte geschrieben, eine zweite von meiner Garnisonstadt und in dieser hatte ich ihr mitgeteilt, dass und wann ich zu Hause ankommen würde. Ich gab mich der heimlichen Hoffnung hin, dass sie mich auf dem Bahnhof erwarten würde. Aber kein Mensch aus meinem Gebirgstal war da, und ich begab mich in das Gasthaus neben dem Stationsgebäude, um mich durch eine kleine Jause für den Marsch zur Heimat zu stärken.

Einige Bauern waren da und einer davon erkannte mich und setzte sich nun gleich zu mir.

Ob ich wollte oder nicht, ich musste von meinen Erlebnissen erzählen, und wenn ich meinerseits eine Frage stellte, die mir auf der Seele brannte, erhielt ich gar keine Antwort, sondern musste nur immer weiter und weiter erzählen, bis ich endlich mit aller Entschiedenheit erklärte, nun hätte ich nicht mehr Zeit, denn ich wolle noch vor Abend nach Hause kommen.

»Also gehst wieder in die Mühl' zurück?«, fragte der Bauer, endlich in seiner Neugierde gesättigt.

»Wohin soll ich denn gehen?«

»Na ja, ist ja eh ganz recht«, erwiderte er, »ich hab nur gemeint, weil halt die Müllerin gestorben ist und die Mariel den Oberleitner geheiratet hat und der Bartel eh ein so viel zuwiderer Kerl ist, dass du dir am End um was anderes umschauen tätst.«

Vor mir versank die Welt. Ich wollte aufspringen, doch die Füße versagten mir den Dienst, ich wollte etwas sagen, doch eine kalte Faust drückte mir die Kehle zusammen. Vor wenig mehr als einem Vierteljahr hatte ich den Tod aus langen Bosniakenflinten auf mich zielen gesehen und ich hatte nicht gezittert, war nicht erbleicht. Nun aber ging ein Krampf durch meinen ganzen Körper und das Weinglas zitterte so heftig in meiner Hand, dass ich einen Teil des Getränkes verschüttete.

»Ja, weißt du am End von diesen Sachen gar nichts?«, fragte der Bauer erstaunt. »Du bist ja ganz außer dir!«

»Nichts habe ich gewusst«, presste ich hervor.

»Na, da hört sich doch alles auf!«, entrüstete sich der andere wieder. »Du warst ja wie's Kind vom Haus, da hätten sie schon was schreiben können. Übrigens, vielleicht haben sie's eh getan und du hast halt den Brief nit kriegt. Mein Gott, im Krieg und in einem solchen Land wie das Bosnien, da kann leicht was verloren gehn.«

Und ohne dass ich ihn ersuchte, erzählte er, dass Marie einem Knaben das Leben geschenkt habe, dass sie dann eine Zeit lang krank gewesen sein soll, dann aber habe es plötzlich geheißen, sie heirate den

Oberleitner. Und das sei auch geschehen. Acht Tage darauf sei die Müllerin gestorben und der Bartel sei nun Eigentümer der Mühle und, wie es scheine, wolle er hoch hinaus. Er rede immer von einem großen Sägewerk und habe auch tatsächlich schon angefangen, Waldland in der Nähe anzukaufen. Die Mahlmühle treibe er jetzt schon eigentlich nur mehr so nebenher. Er scheine überhaupt nur auf den Tod der Mutter gewartet zu haben, um die ganze frühere Wirtschaft von Grund auf umzuändern. Man habe das in diesem Duckmauser gar nicht vermutet.

Ich weiß nicht, was der Mann noch alles erzählte. Seine Worte klangen nur wie ein fernes, fernes Klappern an mein Ohr. Ich weiß auch nicht, wie er sich von mir verabschiedete. Um mich war Finsternis und Leere und ich starrte hinein. Mein Leben war in dieser Finsternis und dieser Leere versunken, von dorther musste es noch einmal auftauchen und ich wollte es sehen. Es musste ja noch mal kommen!

Ich glaube heute noch, dass ich damals dem Wahnsinn ganz nahe wahr. Ich empfand keinen Schmerz, keine Eifersucht, keinen Zorn, ich war nur fremd in mir selber, in der ganzen Welt geworden. Die Wirtsstube war ein weiter Saal und fremde Menschen, die eine fremde Sprache redeten, wandelten darinnen, aber wie in meilenweiter Entfernung. Und ich selbst war nicht mehr ich; ein fremder Mensch war ich, der nun in später Nacht, da ihm der Wirt sagte, er müsse zusperren, die Stube verließ und draußen in der stockschwarzen, flockenwirbelnden Nacht von etwas Abschied nahm, das heimlich weinend auf dunklem Wege in die alte Heimat heimtastete. Ich aber, ich, der fremde Mensch, fuhr in die Stadt zurück. Und erst als dieser Mensch im Morgengrauen durch die Straßen der Stadt schritt, da kam ihm wieder zum Bewusstsein, dass er der Heinrich Binder sei.

Was nun anfangen? In immer schmerzlicher mein Herz zerwühlenden Gedanken schritt ich dahin. Ohne es zu wissen, hatte ich altvertraute Wege eingeschlagen. Ich ging durch den Stadtpark, ich kam auf den Promenadenweg längs der Au und dann saß ich auf der Bank, auf der ich seinerzeit mit meiner Mutter und dann später mit der Müllerin und mit Marie gesessen war.

Und hier erst packte mich das Bewusstsein, was mir verloren gegangen war. Ich hatte nicht nur die Heimat verloren, sondern den Glauben an die Menschheit. Was ich geliebt, alles hatte mich verlassen und verraten und mich allein gelassen, mutterseelenallein auf der weiten Welt.

Was konnte es da für mich, für den halben Krüppel noch geben? Ein Gedanke schoss in mir auf: ein Ende machen.

Ich zählte meine Barschaft. Mehr als genug zu einem Revolver. Ein Druck – und alles ist nicht mehr.

Und da kam eine merkwürdige Ruhe über mich. Wenn's so leicht ist, dem Leben zu entgehen, dann ist ja auch das Leben nichts, was man tragisch zu nehmen hat. Man schaut sich's an wie eine Komödie und gefällt's einem nicht mehr, gut, dann geht man. Wozu die Aufregung?

Etwas wie höhnische Neugierde kam über mich, noch eine Weile zuzusehen, was das Leben mit mir noch alles vorhabe. Himmelhoch, wähnte ich damals, über meinem Schicksal zu stehen, und bemerkte es gar nicht, wie es der Lebenswille selbst war, der nach dem Zusammenbruch all meines Glaubens, Hoffens und Liebens leise wieder von meinem Herzen Besitz nahm.

Ich ging in die Stadt zurück und in einem Gasthause suchte ich im Anzeigenteil einer Zeitung nach einer für mich passenden Stelle.

Bei einem Advokaten war die Stelle eines Schreibers offen. Die würde ich ja mit meinem kranken Arm zur Notdurft versehen können.

Ich meldete mich und erhielt auch den Posten. Aber schon nach vierzehn Tagen musste ich ihn wieder verlassen, denn es ging mit dem Schreiben nur sehr langsam vorwärts und mein Chef brauchte einen flinken Arbeiter.

Ich war nun eine Weile Zeitungsausträger, dann Diener in einer Buchhandlung, dann wieder Schreiber, ohne mich jedoch in einer dieser Stellungen halten zu können. Ich spürte jeden Witterungswechsel im Arme so heftig, dass ich diesen selbst zu den leichtesten Arbeiten nicht gebrauchen konnte, und so saß ich eines Tages mit meinen letzten paar Kreuzern wieder im Gasthaus, stellenlos, und überlegte, ob es nun nicht doch an der Zeit sei, der öden Lebenskomödie ein Ende zu machen. Je mehr ich nachdachte, desto fester wurde in mir die Überzeugung, dass es für mich keinen anderen Weg mehr gebe, wollte ich nicht als Bettler der Heimatgemeinde zur Last fallen. Und diesen letzten Akt in der Tragödie meines Lebens wollte ich mir doch ersparen. Ein fünfundzwanzigjähriger Bettler, nein, diesen schlechten Witz wollte ich mit mir nicht machen lassen.

Einen Augenblick dachte ich daran, in die Heimat zu gehen und dort zu enden. Dann verwarf ich den Gedanken. Wo Vater und Mutter ruhig und in Ehren in den Reihen der ehrbar aus der Welt Gegangenen schlummerten, da sollte nicht ihr unglückliches Kind im ungeweihten Winkel an der Seite Verworfener liegen.

Ein Schneider lag dort, der seine Familie zuerst an den Bettelstab gebracht und sich dann aufgehängt hatte, ein Maurer, der im Schnapsrausch sein Weib erschlagen und darauf aus Furcht vor Strafe sich die Kehle durchschnitten hatte.

Zu diesen Verkommenen gehörte ich nicht. Ich war nur ein Unglücklicher.

Noch eine Weile saß ich so, – ließ mein Leben an mir vorüberziehen und stellte fest, dass ich für jede Minute Glück mit Stunden von Herzeleid hatte zahlen müssen. Mehr hatte ich bezahlt als mein ganzes Leben wert war und darum hatte ich bankrott werden müssen. Also Schluss!

Eben wollte ich bezahlen, als ein Mann in die Gaststube trat. Ich sah ihn an, er mich und da ging er auch schon auf mich zu, reichte mir die Hand, sagte: »Jetzt weiß i nit, bist du's, oder bist du's nit!«

Es war Bartel, der mich forschend ansah. Der Bart, den ich mir aus Ersparnisrücksichten hatte wachsen lassen müssen, ließ ihn doch ein Weilchen bezweifeln, ob er den Rechten vor sich habe.

Ich legte zögernd meine Hand in die seine und gab mich zu erkennen: »Ja, ja, schau mich nur an, ich bin's!«

»Also doch! Gehört hab i schon, dass du vom Militär zurück bist. Aber sag mir, warum bist denn nit heimgangen?«

Er sagte das so unbekümmert heraus, dass ich stutzig wurde. Doch erwiderte ich: »Da fragst du? Was hätt' ich denn bei euch gemacht? Wär euch ja doch nur im Weg umgangen, dir und der Marie! Und zum Arbeiten bin ich mit meinem blessierten Arm doch auch nichts mehr.«

Bartel kniff die Augen zusammen, ein eigentümliches, widerliches Lächeln spielte um seine schmalen Lippen und dann sagte er: »Weilst schon selber anfangst davon, na ja, eine recht große Freud könnt meine Schwester, die Oberleitnerin, freilich über dich nit haben. Zuerst bringst du's in die Unehr und dann lasst du von dir nix mehr hören! Das ist wohl nit grad in der Ordnung gewesen.«

»Das ist nit wahr«, fuhr ich auf, »ich habe ihr ein paarmal geschrieben, dann freilich, dann hab ich's nicht mehr können!«

»Geschrieben hast du?«, erwiderte Bartel und schüttelte ungläubig den Kopf. »Das versteh' i dann nit. Wir haben keine Zeile von dir kriegt!«

»Das ist nit möglich!«

»Keine Zeile sag i dir. Na und da haben wir uns halt denkt, du willst von der Mariel und uns nix mehr wissen, und weil gerade der Oberleitner um sie angehalten und zeigt hat, dass er sich auch aus dem Kind nix draus macht, da hat halt die Mutter, besonders die Mutter, freilich ich auch, denn es hat mich geärgert von dir, da haben wir halt der Mariel zugeredet, na und sie hat ihn halt genommen, und so hat wenigstens ihr Kind gleich einen Vater gehabt.«

»Und hat sie ihn gern geheiratet, den Oberleitner?«, fragte ich zagend.

»Na, wenn ich schon ganz aufrichtig sein will«, meinte Bartel, »ein bissl geweint hat sie schon. Aber jetzt ist sie ganz zufrieden. Mein Gott, bei die Weiberleut ist nix besonders tief. Wie mir der Oberleitner verraten hat, ist sogar schon wieder etwas Kleines im Anzug. Aber sag mir jetzt, wie geht's denn dir und was bist denn du jetzt?«

»Ich, ein Bettler«, entgegnete ich. Es stand mir nicht mehr dafür, jemanden meine Lage zu verbergen. Meine Schuld war's nicht, dass es soweit mit mir gekommen war.

Bartel riss die Augen auf und drängte solange, bis ich ihm alles erzählte, wie es mir seit meinem Einrücken zum Militär gegangen war.

Als ich geschlossen hatte, saß er eine Weile schweigend da, dann sah er mich für ein paar Sekunden mit halb zugekniffenen Augen an und sagte dann langsam, als sei er mit sich selbst noch nicht recht einig: »Du, wie wär's denn; i möcht' unsere Mühl zu Hause auf ein großes Sägewerk einrichten. Da bin ich jetzt oft fort und könnt' einen verlässlichen Menschen brauchen, der mir auf das Geschäft schaut. Wannst du auch selber nix mehr arbeiten kannst, das Dahintersein könnst doch noch richten. Freilich, geben könnt ich dir nit viel: Quartier und Verpflegung halt und monatlich fünf Gulden. Bis du dir was Besseres gefunden hast, könntest es ja probieren!«

Noch vor ein paar Wochen hätte ich jedes Ansinnen, in die Heimat zurückzukehren, wo mich jeder Winkel an versunkenes Glück erinnern musste, rundweg abgelehnt; nun aber, da ich verzweifelt vor den dunklen Toren des Todes stand, nun stieg bei dem Gedanken, wieder den Heimatwald rauschen, den Mühlbach plaudern zu hören, eine liebe, liebe Sonne in mir auf. Was mir auch das Schicksal geraubt hatte, ich wollte entsagen, entsagen um das eine Glück, wieder in stiller Sonntagnachmittagsstunde mich an der Berghalde ins wehende Sommergras strecken zu können, die Finken schmettern, die Vesperglocken läuten zu hören und zu fühlen: du bist daheim.

Mit beiden Händen schlug ich ein, und als mich Bartel kurz darauf verließ, da er noch Geschäftsgänge hatte, und mich auf den Bahnhof bestellte, da duldete es mich nicht länger im Gasthaus. Ich musste hinaus, hinaus aus der Stadt, und droben auf der windumstobenen Höhe, wo mein Oskar und ich einst gestanden und ein heißes Gebet zu Gott emporgesandt hatten, dass er uns Künstler werden lasse, dort stand ich auch diesmal wieder still und in stummem Jubel dankte mein Herz für das Glück, wieder in der Heimat leben zu dürfen. So bescheiden hatte mich das Leben gemacht.

14.

Bescheiden werden, das ist der erste Schritt auf dem Wege zum Frieden. Man muss wissen, dass nicht jede Blüte Frucht, nicht jeder Traum Wirklichkeit werden kann. Immer enger und enger muss das Herz den Kreis ziehen, innerhalb dessen es sein Glück sucht und wenn es auf dem engsten angekommen ist, dann ist auch die Stunde da, wo kein Sturm mehr zu schaden vermag, wo in den stillen Gärten des Genügens die Blume der Weltfreude das Auge aufschlägt.

Und ein solcher engster Kreis ist die Heimat.

Heimat! Wem dieser Name ein leeres Wort, der weiß nicht, was irdische Seligkeit ist! Nur die ganz Großen, die Menschen mit dem Ewigkeitszeichen auf den göttlichen Stirnen vermögen darüber hinaus und die ganz Kleinen, denen die Tierheit von den schmatzenden Lippen trieft, die sich wohl fühlen, wo ihnen der Wanst gefüllt wird.

Heimat! Das Wort ist wie ein Lied, in dem alles klingt, was die Seele in Wonnen erbeben macht. Du warst fremd, und auf einmal umschlingen dich warme Mutterarme; du warst einsam und nun fühlst du ein Herz an dem deinen pochen, das Liebe, reinste, zärtlichste Liebe ist; du warst verbittert und da nähert es sich dir treuherzig und lächelt dich an und erzählt dir alte, längst vergessene Märchen, bis deine Augen zu schimmern beginnen im Abglanz der wundersamen Feenreiche; du warst verzweifelt, und da tritt es an deine Seite, schmiegt seine Wange an die deine, drückt seinen Mund in innigem Kusse auf deinen und flüstert dir mit lieber Stimme zu: »Siehe, ich bin ja bei dir und ich verlasse dich nicht. Wenn alle untreu werden, ich bleibe dir treu, ich bin dein, solange du mich liebst.«

Die Heimat vermag das große Wunder zu vollbringen, den Menschen einsam zu lassen und ihm doch das Gefühl zu geben, wie sich allenthalben treue Hände ihm entgegenstrecken. Wer eine Heimat hat, kann der Menschen entbehren. Sie ist die große Freundin, mit der die Seele Zwiesprache pflegt, ihr ist der Mund der Ewigkeit gegeben, denn über allem Wandel und Wechsel der Menschen, die auf ihren Wegen schreiten, ist sie das Bleibende, niemand weiß so gut wie sie und spricht es so deutlich aus, dass alles Vergängliche nur ein Gleichnis ist.

Welcher Segen mir die Heimat war, das kam mir zum Bewusstsein, als ich wieder in die Mühle eingezogen war. Ich bekam wieder das Stübchen, das ich vor meiner Militärzeit innegehabt hatte und richtete mich da in altgewohnter Weise ein. Wenn ich in den kleinen Raum trat, war ich zu Hause, kam ich aber in die große Mühlenstube, wo die Mahlzeiten stattfanden, dann wusste ich, wie viel sich hier verändert hatte.

Der große Lehnstuhl hinter dem Ofen war leer und an dem kleinen Nähtischchen am Fenster saß kein Mädchen mit blauen, treuen Augen. Wie ein Stich ging mir das immer durchs Herz und eine unendliche Bitterkeit überkam mich, dass dies alles nur ein schöner Wahn einiger Jugendjahre gewesen sein sollte. Gerade hier in der Heimat begriff ich die Schwachmütigkeit meiner Marie gar nicht. Hier, wo ihr jeder Winkel mit seinen süßen Erinnerungen eine Stütze war, hier hätte sie doch stark bleiben können und müssen.

Wenn ich dann aber für ein Stündchen hinauskam, oder wenn mir der Sonntag seinen Feierfrieden mit tönenden Glocken verkündete und der Wald seine grünen Pforten vor mir auftat, dann wurde ich wieder ruhig und eine stille Heiterkeit ließ mich alles Weh vergessen.

Da lag ich dann hoch oben auf der Berghalde, träumte hinauf in die segelnden, weißen Wolken oder hinunter in das Tal, wo hinter den Häusern gegen den Wald hin der Friedhof lag. Und wenn mein Blick die Gräber der Eltern und der Müllerin gefunden hatte, dann nickte ich ihnen zu: Was ihr erhofft, das bin ich allerdings nicht geworden, aber glücklich bin ich jetzt doch und mehr kann ein Mensch auf Erden ja überhaupt nicht erreichen. Sei es nun so oder so.

Selbst zum Oberleitnerhof konnte ich in solchen Stunden ohne Groll hinüberblicken und glaubte jedes Mal, verwunden zu haben. Dass dies nur eine Täuschung, ward mir freilich dann wieder klar, wenn ich Marie ab und zu auf dem Wege zur Kirche sah. Da begann es immer sofort in mir zu rieseln, als sei eine Wunde aufgebrochen und ergieße ihr Blut in heißen Strömen durch meinen ganzen Körper. Eine solche Begegnung warf mich oft für Tage aus dem Geleise, auf dem ich meine Seele zur Ruhe einlullen wollte.

Zum Glück gab es für mich in der Mühle ziemlich viel zu tun. Bartel war meistens auswärts und ich staunte selbst, mit welcher Energie dieser ganz ungebildete Mensch seine Pläne betrieb, mit welcher Voraussicht und List er zu Werke ging. Er war ganz und gar Rechner, kalter Zahlenmensch. Er interessierte sich nur für seine eigenen Sachen und er tat nichts, was nicht in irgendeiner Weise für ihn einen Gewinn abwarf. Ich hatte auch bald heraus, dass meine Anstellung durchaus nicht einer edlen Aufwallung seiner Seele zuzuschreiben war, sondern einem ganz einfachen und nüchternen Rechenexempel.

Da er so viel auswärts war, brauchte er einen, der ihm auf sein Geschäft sah. Da war nun ich ihm gerade zurecht gekommen. Mich kannte er und wusste, dass ich nicht nur meine Pflicht gewissenhaft erfüllen würde, sondern dass ich bei meinem Unvermögen, mir auf andere Weise einen Verdienst zu schaffen, auch gezwungen sei, mir nichts zuschulden kommen zu lassen. Dabei konnte er mich so billig haben, wie sonst keinen und hatte obendrein den Vorteil, dass ich auch die nötigen schriftlichen Arbeiten selbst besorgen konnte.

Diese Erwägungen stumpften mein ursprüngliches Dankgefühl sehr bedeutend ab, und es machte sich mit der Zeit auch wieder die alte Antipathie geltend, die ich von jeher gegen Bartel empfunden, eine Zeit wohl unterdrückt, aber doch nicht aus meinem Herzen hatte ausrotten können.

Und diese Antipathie wurde verstärkt, wenn ich die Leute betrachtete, die in der Mühle aus und ein gingen.

Zu dem intimsten Verkehr Bartels zählten ein Pferdehändler, dem man in der ganzen Gegend kein gutes Wort nachsagte; ein Güterschlächter, einer der abgefeimtesten Halunken, der kalten Blutes ganze Familien ins Unglück jagte; ein Hausierer, der für das ehrenwerte Trifolium die Kundschafterdienste versah, und schließlich auch der Schwager Oberleitner, ein Säufer und Spieler wie kein zweiter in der Gegend. Schon vor seiner Verheiratung war er als leichtsinniger Bruder allgemein bekannt gewesen; jetzt aber trieb er es noch weit ärger und strafte jene Leute Lügen, die da immer gesagt hatten, er tobe sich halt aus und wenn er einmal ein braves Weib habe, werde er schon anders werden. Das merkwürdige war nur das, dass Bartel mit dem Treiben seines Schwagers ganz einverstanden zu sein schien.

Ab und zu hörte ich auch von wenig ehrenhaften Machenschaften munkeln, die das edle Kleeblatt ausgeführt hatte, und dann stieg es jedes Mal siedend in mir auf, wenn ich bedachte, dass ich auf Gnade und Ungnade in die Hand Bartels gegeben war. Er war mein Brotherr und ich war unfähig, mir einen anderen Verdienst zu suchen. Was nützte es mir, wenn ich daran dachte, dass mich Bartel, wenn er mich einmal nicht mehr brauchte, ganz gewiss kaltblütig dem Armenhause überantworten werde? Vorläufig konnte ich mich über ihn noch nicht beklagen, und so gab ich mir Mühe, nichts zu sehen und vor allem, wenn ich schon etwas sah und hörte, darüber weiter nicht nachzudenken. Mein wrackes Schifflein lag im Heimatshafen und das war schließlich für mich schiffbrüchigen Menschen genug. Ich konnte leben, und das ist für einen, der auch diese Möglichkeit schon schwinden hatte sehen, ein Geschenk, das er in Demut aufzunehmen hat.

Aber diese erzwungene Demut und dieses erkünstelte Gehenlassen sollten einen gewaltigen Stoß erfahren.

Es war meiner Mutter Sterbetag und ich ging auf den Friedhof.

In Gedanken versunken schritt ich durch die Pforte und erst als ich schon in der Nähe des Grabes war, sah ich auf, und da sah ich Marie vor mir, der ich bislang ausgewichen war, als sei sie mit der Pestilenz behaftet.

Auch jetzt wäre ich am liebsten davongelaufen, aber da wandte sie mir ihr Gesicht zu, ein so furchtbar verhärmtes Gesicht, dass alles, was an Groll und Verachtung in mir lebte, dahinschwand wie Reif vor der Maiensonne. Was ich mir selbst immer wieder abgestritten hatte, dass Marie ein Opfer gewesen sei, das bestätigte mir dieses blasse Antlitz bei dem ersten Blick, den ich darauf warf, und als sich mir Marie nun näherte und die Augen traurig, fast angstvoll zu mir aufschlagend, mir die Hand reichte und leise sprach: »Grüß dich Gott!«, da musste ich ihr doch auch meine Rechte geben. Aber ich spürte, wie ich dabei zitterte und wie mir ein brennendes Rot in die Wangen schoss.

Eine Weile blieb es zwischen uns still. Ich hatte den Blick gesenkt, fühlte aber, dass mich Marie ansah.

Da sah ich unter meinen gesenkten Lidern den frischen Reisigkranz mit einigen Bauernblumen, den sie auf das Grab meiner Mutter gelegt hatte, und da musste ich ihr doch danken.

»Der Kranz ist von dir, gelt?«, sagte ich. »Ich dank' dir schön, dass du noch an meine arme Mutter denkst.«

»Ich hab sie ja gern gehabt«, war die leise Antwort.

Darauf wusste ich nichts zu sagen. Ein unendlich wehes Gefühl schnürte mir die Brust zusammen. Der Ton, in dem diese Worte gesagt waren, war Sehnsucht nach etwas, was verloren und versunken war, und er sagte mir, dass da ein tief unglückliches Weib neben mir stehe. Und hätte mir's der Ton nicht gesagt, so das stille Schluchzen, das ich nun an meiner Seite hörte.

Und da fand mein bebendes Herz die Worte: »Geh wein nit, Marie, schau, es war uns halt anders bestimmt. Jetzt müssen wir's halt tragen, wie's gekommen ist.«

Da wandte sie mir ihre feuchten Augen zu, aus denen große Tränen über die Wangen kollerten, und sagte: »Ja, jetzt heißt's tragen, hoffentlich dauert's nimmer zu lang.«

»Du bist Mutter, Marie«, entgegnete ich, »da sollst du nit so reden!«

Auf diese Worte senkte sie das Haupt und tonlos kam es von ihren Lippen: »Ja, ich bin Mutter, aber nur von unserem Kind, Heini, das« – ihr Blick glitt an ihrem gesegneten Leibe hinab – »das wird seine Mutter wohl nie kennenlernen.«

Und in einer Leidenschaft, wie ich sie an Marie nie gesehen und nie für möglich gehalten hätte, brach sie aus: »Heini, ich bitt' dich, hör mich an! Ich weiß, dass du mich verachtest. Aber ich kann nichts dafür, dass alles so gekommen ist. Bei unserem Herrgott schwör ich dir's, ich kann nichts dafür. Schwach bin ich gewesen, ja, aber schlecht nit, das nit.«

Ich wollte abwehren, aber sie bat und flehte: »Ich bitt dich, Heini, lass mich's erzählen, wie alles so gekommen ist. Ich muss dir's sagen, denn dann wird mir leichter werden. Du musst mir verzeih'n, nur das eine will ich noch auf der Welt, sonst nichts mehr.«

An die Friedhofmauer gegenüber dem Eingang war eine kleine Kapelle hingebaut, von Hollerbüschen und jungen Fichten umgrünt, und zu beiden Seiten derselben standen rohe Holzbänke. Am Allerseelenabende, wenn auf jedem Grabe das kleine Lichtlein flackerte, saßen hier in der nebeldurchrieselten Dämmerung die Dorfleute und beteten für die Dahingegangenen einen Rosenkranz.

Auf einer dieser Bänke setzten uns Marie und ich nieder und hier im Angesichte der Toten erzählte sie mir von dem, was in ihr gestorben war: der Freude am Leben, dem Glauben, dass es noch einmal für sie ein Glück geben könne.

»Ich bin zu schwach«, sagte sie mit tonloser Stimme, »ich kann mich nicht wehren bis zum Äußersten. Das ist schon früher mein Fehler gewesen und darum muss ich jetzt so büßen!«

Und nun erzählte sie mir, wie alles gekommen war. Man hatte ganz einfach ihren Zustand ausgenützt, um sie den Wünschen Bartels gefügig zu machen. Er erkannte, dass es mit der Mutter nicht mehr lange dauern würde und wollte dann unumschränkter Herr auf der Mühle sein. Da war ihm aber die Schwester im Wege und deshalb ging sein ganzes Sinnen und Trachten dahin, sie loszubringen. Dass dies am besten durch eine Heirat möglich sei, lag ja auf der Hand; dass sich Bartel aber auch durch diese Heirat allmählich in Besitz von Maries Erbteil bringen wollte, das wusste sie damals noch nicht und auch mir ging das Licht zu spät auf.

Bartel hatte die Mutter infolge seines ganz geänderten Wesens vollständig in Händen, und sie war es nun, welche Marie bestürmte, dem Oberleitner die Hand zu reichen. Tag für Tag, jede Stunde, die sie an der Seite der Kranken zubringen musste, lag ihr diese mit Jammern und Klagen in den Ohren. In ihrer Verzweiflung hatte sich Marie in ihren Briefen zu mir geflüchtet, hier suchte sie Schutz; aber keine Antwort kam, und Bartel und die Mutter benützten diese Gelegenheit, um ihr zu beweisen, dass ich sie vergessen habe. Stets eindringlicher, flehender wurden die Bitten der Mutter und an einem Nachmittage, als die Kranke schon sehr elend war, da rief sie Marie zu sich und mit leiser, ächzender Stimme, jedes Wort sich mühsam abquälend, sprach sie: »Marie, i kann nit leben und i kann nit sterben. Leben will mich unser Hergott nimmer lassen und sterben lasst mich du nit. Und so muss i leiden, in einem fort leiden, wo i doch jede Stund um Erlösung bitt. Marie« – der Erzählenden traten die Tränen in die Augen, als sie nun schilderte, wie die Mutter die abgemagerten, gelben Hände zu ihr emporgehoben und sie mit der ganzen Inbrunst ihrer Erlösungssehnsucht gebetet hatte – »Marie, du bist mein Kind und ich hab dich allweil gern gehabt, lieber, viel lieber als deinen Bruder, Marie, ich bitt dich, um Gottes willen, hilf mir, lass mich sterben. Heirat den Oberleitner, er ist ein Bauer und passt zu dir, der Heinrich ist halt doch ein Studierter und der kommt vom Militär nimmer zurück, gewiss nit. Wann i dich versorgt weiß, Marie, dann kann i sterben. Hilf mir, Marie, lass mich nit so leiden, i will dir's danken und im Himmel deine Fürsprecherin sein. Marie, sei mein braves Kind, verlass deine Mutter nit!«

In diesem Augenblick kam auch Bartel aus der Stadt zurück und teilte mit, dass er dort erfahren habe, dass der Oberleutnant von Steindl gefallen sei, auch der Heinrich Binder soll gefallen sein.

»Da«, fuhr Marie fort, »da war mein letztes bisschen Kraft dahin. Es war mir, als habe unser Herrgott selbst gesprochen und am Abende desselben Tages habe ich der Mutter gesagt, dass ich tun wolle, was ihr Wunsch sei. Vierzehn Tage darauf war die Hochzeit und acht Tage nach dieser ist die Mutter gestorben. Ihr letztes Wort war ein Segen für mich. Bis heute hab ich aber von dem Segen noch nichts verspürt.«

Sie schwieg eine Weile, trocknete sich die Tränen von dem verhärmten Gesicht und sich erhebend sagte sie: »So Heinrich, jetzt weißt du alles, wie's gekommen ist, und jetzt, wann du willst, kannst mich verdammen. Notwendig ist's freilich nit, denn mein Leben ist eh nur eine einzige Verdammnis neben diesem Mann!«

In mir zuckte das Herz von unsagbarem Mitleid. Was war in den nicht ganz zwei Jahren aus Marie geworden! Ein verkümmertes, gebrochenes Weib, gebrochen an Leib und Seele.

»Marie«, sagte ich und reichte ihr die Hand, »schau, wir zwei sind halt nicht zum Glück bestimmt. Du wärst es vielleicht gewesen, aber da bin ich in dein Leben gekommen und an mir hängt das Unglück. Nicht ich habe dir was zu verzeihen, sondern du mir. Du wärst nit so verzagt und schwach gewesen, wenn nicht das Kind gewesen wär.«

Da schüttelte sie den Kopf und sagte leise: »Das ist noch das Einzige, was mich hält, sonst läge ich schon dort drüben.«

Sie wies mit einer leichten Wendung des Kopfes hinüber zu dem Armensünderwinkel.

»Marie«, bat ich und fasste ihre Hand, »so darfst du nit reden. Auch für dich wird noch eine andere Zeit kommen. Sie muss sogar kommen, wenn's sonst noch eine ewige Gerechtigkeit geben soll. Siehst, Marie, mich hat das Leben nit weniger hergenommen.«

Und ich erzählte ihr meine Erlebnisse seit meinem Scheiden. Aufs Neue flossen ihre Tränen, aber diesmal nicht wegen ihres eigenen dunklen Schicksales, sondern wegen des meinen. Und als ich geendet hatte, da brach aus den tränenumschleierten Augen ein Leuchten voll Zuversicht, beinahe voll Glück, und mit festem Druck meine Hand umfassend, die noch immer die ihre hielt, sagte sie: »Es ist merkwürdig, Heini, wie dich und mich das Schicksal geführt hat. Besonders dich. Und dass es dich wieder daher in die Heimat und grad zu meinem Bruder getragen hat, das, Heini, das kommt mir fast vor, als hätte das eine ganz besondere Bedeutung. Vielleicht braucht es dich gerade an der Stelle da. Vielleicht musst du noch einmal mir helfen. Ich kann mir's nit denken, dass alles in der Welt so sinnlos sein soll, wie's für den ersten Blick ausschaut. Und drum, Heini, lassen wir uns das Leben nit über den Kopf wachsen. Ich hab jetzt wieder so viel Mut und Vertrauen, dass ich alles ertragen kann. Tu auch du nit verzweifeln, Heini, unser Herrgott wird schon wissen, was er mit uns will.«

Ich begleitete Marie bis zur Friedhofpforte und dort verabschiedete ich mich von ihr. Während sie nach Hause ging, stieg ich zum Wald empor. Dort auf einsamen Wegen dachte ich über das Gehörte nach. Mein Herz war in wildem Aufruhr. Immer deutlicher erkannte ich, dass mein und Maries Glück nur der kalten Rechenkunst Bartels zum Opfer gefallen war. Nur er war es gewesen, der die sieche, dahinsterbende Mutter so weit gebracht hatte, dass sie ihre Tochter zur Ehe mit dem liederlichen Oberleitner gezwungen hatte. Ein namenloser Hass stieg gegen den trockenen Schleicher in mir auf; aber ich musste mir auch sagen, dass es ein ohnmächtiger Hass sei. Ich musste froh sein, die Stelle in der Mühle zu haben, und schließlich tröstete ich mich damit, dass es zutreffen könne, was Marie gesagt hatte: Ich könnte vom Schicksal bestimmt sein, noch einmal eine wichtige Rolle in ihrem Leben zu spielen. Wunderbar genug war ja eigentlich alles, was ich bisher erlebt hatte, und es wunderte mich nicht, wenn auch die Zukunft noch etwas bringen sollte, woran ich jetzt nicht im Entferntesten dachte.

Selbst um vieles ruhiger kehrte ich in die Mühle zurück. Das Leben ging seinen Gang wie bisher; ich hatte meine leichte Arbeit und meine Feierstunden, und Bartel empfing nach wie vor seine verdächtigen Besuche. Auch der Oberleitner erschien ein ums andere Mal bei ihm und ging jedes Mal sichtlich befriedigt wieder vom Schwager fort.

Marie sah ich jetzt nie mehr. Später erfuhr ich, dass unsere unverhoffte Zusammenkunft auf dem Friedhofe bemerkt und dem Oberleitner hinterbracht worden sei. Der habe damals sein Weib schlagen wollen; sie sei ihm aber so energisch entgegengetreten, dass er die Hand habe sinken lassen.

Seit der Zeit aber trieb es der Oberleitner noch ärger wie zuvor, saß ganze Tage im Wirtshaus, hatte dort sogar ein Verhältnis mit einer Kellnerin angeknüpft und schloss im Rausche oft die unsinnigsten Wetten und Händel ab.

So kam der Winter. Nach Neujahr trat ein so starker Schneefall ein, dass in den Jungmaisen die Fichten- und Tannenstämmchen der Reihe nach geknickt wurden. Dann folgte ein Frost, dass die Bäume wie Glas klangen, wenn ein Windstoß ihre Äste aneinander schlug. Das Wild kam bis zur Mühle und wir hatten jeden Tag schwere Arbeit, das große Triebrad aus dem Eise herauszuhauen.

Am zweiten Morgen nach dem Dreikönigstage kam eine Dienstmagd vom Oberleitnerhof und fragte an, ob der Bauer nicht dagewesen sei. Er war am Dreikönigstage früh fortgegangen und seither nicht heimgekommen. Vom Wirtshaus sei er, so habe man ihr gesagt, gestern gegen zehn Uhr abends fortgegangen. Seither hatte ihn kein Mensch gesehen und es lag die Vermutung nahe, dass ihm, dem Schwertrunkenen, ein Unglück zugestoßen sei.

Nun ging's ans Suchen. Die Leute vom Oberleitnerhofe und das ganze Mühlenpersonal – Bartel ordnete das selbst an und zeigte die größte Teilnahme an dem Verschwinden seines Schwagers – wurden aufgeboten. Man suchte die Gegend zu beiden Seiten des Weges vom Dorfe zum Oberleitnerhofe ab und als sich eben die ersten Abendschatten auf die Erde senkten, fand man ihn auch. Er war in seinem Rausche vom Wege abgekommen, einen steilen Hang hinuntergetappt und dann über eine niedere Felsenstufe zum Bache abgestürzt. In dem tiefen Schnee hatte er sich nicht mehr erheben können und so war er erfroren. Keine Verwundung, nicht die leiseste Abschürfung war an seinem Körper zu entdecken. Im Rausch und Taumel war er in das Jenseits hinübergegangen. Er hatte einen seines Lebens würdigen Tod gefunden.

Kein Mensch trauerte um ihn, auch seine eigene Frau nicht, die einige Tage zuvor seinem Kinde das Leben geschenkt hatte und nun im

Wochenbette lag. Dieser Umstand kam ihr zustatten, indem sie wenigstens nicht am Leichenbegängnis teilzunehmen und die trauernde Witwe zu heucheln brauchte.

Mir aber war's, als blühe mitten aus Eis und Schnee ein wonniger Lenz empor. Die Zusammenkunft auf dem Friedhofe hatte mir bewiesen, dass ich Marie noch immer liebte, und nun war sie frei und ihre eigene Herrin. Nun konnte sich bewahrheiten, was sie ahnend vorausgesagt hatte, dass mich das Schicksal zu einem ganz bestimmten Zwecke in die Heimat zurückgeführt habe.

An dem Abend, da sie den Oberleitner tot gefunden hatten, sah ich wieder einmal zu den Sternen auf mit tiefer, händefaltender Andacht. Der diese schimmernden Welten in ihren harmonischen Bahnen lenkte, er hatte doch auch mein armes Menschenlichtlein nicht vergessen.

Aber wieder sollte mir eine Enttäuschung werden und eine umso furchtbarere, als ich nicht im Entferntesten an ihre Möglichkeit gedacht hatte.

Als nämlich nach etwa fünf Wochen die Verlassenschaftsabhandlung stattfand, stellte es sich heraus, dass Marie, welche ihr Erbteil in die Wirtschaft gesteckt hatte, eine Bettlerin war. Nicht ein Nagel vom ganzen Haus, nicht eine Schindel auf dem Dache gehörte ihr; Herr auf dem Oberleitnerhofe war ihr Bruder Bartel, der kaltlächelnd seine Forderungen präsentierte.

Nun ging mir erst ein Licht auf, warum Bartel die Heirat gerade mit dem leichtsinnigen Oberleitner eingefädelt hatte. Er hatte auf Maries Vermögen spekuliert, und nur auf diesem Wege war es ihm möglich gewesen, seinen Plan auszuführen. Sein ganzes Verhalten mir und Marie gegenüber, als wir noch Liebesleute waren, war mir nun mit einem Male klar. Alle hatte er uns übertölpelt, die kranke Mutter, Marie und mich.

Dazu hatte mich also das Schicksal hergeführt, um hilflos einer Niederträchtigkeit zusehen zu müssen, die mich mit unbändigem Hasse gegen den erfüllte, der sie verübte? Dazu also hatte mich das Schicksal hergeführt, um zähneknirschend dienen zu lernen, die ganze Qual der Hilflosigkeit gegenüber der Gemeinheit fühlen zu müssen?

Nein, es hatte mich zu anderem hergeführt.

Es war am Faschingmontag. Draußen herrschte Tauwetter und durch die noch mit tiefem Schnee bedeckte Natur ging es wie erstes Frühlingsahnen.

Ich klopfte eben mit dem zweikantigen Hammer an einem Mühlensteine umher, als ich in der großen Mühlenstube nebenan, von der eine kleine Stiege ins Werk hinunterführte, Stimmen vernahm, die immer lauter wurden. Die eine schien mir die Stimme Mariens zu sein und das machte mich neugierig, sodass ich zur Tür emporschlich und horchte.

Es war wirklich die Stimme der Oberleitnerin und ich hörte, wie sie eben rief: »Bartel, das kann nit dein Ernst sein, dass du mich und meine Kinder wie ein Bettelvolk von Haus zu Haus in die Einlag gehen lasst. Als Dienstmagd nimmt mich mit zwei Kindern ja auch niemand auf, schon gar nit jetzt, wo ich ja selber nit gesund bin. Ich kann mich seit dem letzten Kind noch immer nicht erholen. Du brauchst ja eh wen, der dir die Wirtschaft führt, und es wird doch gescheiter sein, wenn deine Schwester Wirtschafterin ist, statt eine fremde Person. Bartel, überleg dir's!«

»Da gibt's kein Überlegen«, sagte er kalt. »Ich werd mir nit ein paar Leut ins Haus nehmen, die keine Kraft zur Arbeit, aber allweil hungrige Mägen haben.«

»Kann ich dafür, dass ich so heruntergekommen bin?«, entgegnete Marie. »Du selbst hast mich ja an den Lumpen verkuppelt. Ich hätt schon auf den Heinrich gewartet. Aber du hast keine Ruh gegeben und hast die Mutter so lange beredet und hast auch mir selber so lange zugeredet, bis ich in meiner Verzagtheit nachgegeben hab.«

»Lass mich aus mit die alten Geschichten und halt mich nit länger auf. Es bleibt bei dem, was ich gesagt hab und damit basta!«

Und wieder die Stimme Maries in angstvollem Flehen: »Ich bitt dich, Bartel, sei barmherzig. Denk an unsere Mutter. Ich arbeite ja, was in meinen Kräften steht, und ich begehre keinen Kreuzer Lohn dafür. Nur dableiben können! Schau doch das arme Kind da an! Könntest du's übers Herz bringen, dass es mit mir betteln gehen sollte? Ich bitt dich, Bartel, so viel Mitleid musst du ja doch haben.«

Ich hörte, wie die Stimme Maries in Schluchzen erstickte. Aber da klang auch schon wieder Bartels Stimme hart und kalt wie Metall: »Ich hab geredet. Und die Winslerei mag ich schon gar nit. Schau, dass du weiterkommst mit deinem Bankert.«

Das Wort traf mich wie ein Peitschenhieb und schon wollte ich in die Stube hineinstürmen, da hörte ich's drinnen scharf und schrill: »Du, einen Bankert nennst du mein Kind nicht! Braver sind wir alle zwei als du. Ich weiß schon, warum du uns nit dabehalten willst! Weil du, sooft du uns anschaust, an deine Schlechtigkeit denken müsstest. Ja, ja, schau mich so wild an, wie du willst, jetzt ist alles gleich. Noch einmal sag ich's: an deine Schlechtigkeit. Ums Geld hast du mich gebracht und darum hab ich den Oberleitner heiraten müssen, der, wenn er auch ein miserabler Lump war, gegen dich noch alleweil ein Ehrenmann gewesen ist. Du, Bartel, du bist der schlechteste Kerl auf dieser Welt.«

Auf diese in sinnlosem Zorn hervorgestoßenen Worte hörte ich einen dumpfen Schlag und dann fing das Kind zu schreien an.

In mir zitterte jeder Nerv, aber noch hielt ich an mich. Wie ich es zustande brachte, weiß ich heute noch nicht.

Gleich darauf aber vernahm ich wieder Maries Stimme: »Schlag zu, schlag zu, erschlag mich, wär nicht dein schlechtestes Stück!«, und fast gleichzeitig einen gellenden Aufschrei des Kindes.

Nun war's mit meiner Selbstbeherrschung zu Ende. Ich riss die Türe auf und da sah ich Bartl auf seiner Schwester knien und sie schäumend vor Wut mit den Fäusten bearbeiten. Daneben aber an der Tischkante lag das Kind regungslos und aus einer Kopfwunde rann Blut.

Mein Kind war das! Mein Kind erschlagen!

Vor meinen Augen tanzten rote Feuer, und in der nächsten Sekunde sauste mein scharfkantiger Werkhammer mit aller Wucht, deren ich fähig war, auf Bartels Kopf hernieder, die Schädeldecke durchschmetternd.

So bin ich zum Mörder geworden.

Aber ich war merkwürdig still. Kein Entsetzen über meine eigene Tat stieg in mir auf, ja, es war mir, als sei ich von etwas erlöst, was immer und immer meine Brust gepresst hatte. Ich glaube, ich habe wirklich aufgeatmet, als ich den Hammer nach einiger Zeit fallen ließ.

Vor mir lag ein toter Mann und neben ihm kniete Marie und sah mich mit entsetzensstarren Augen an, unfähig, ein Wort über die Lippen zu bringen und des eigenen Kindes vergessend, das noch immer bewusstlos am Tischfuße lag.

In mir aber war's klar. Das hatte kommen müssen, dazu war ich also bestimmt gewesen. So sollte also auch das folgende seinen gesetzmäßigen Lauf nehmen. Ich nickte Marie zu und verließ die Stube.

In aller Ruhe kleidete ich mich um und verließ die Mühle, als eben die Dienstleute zusammenzulaufen begannen und in dem ersten Schrecken nicht einmal daran dachten, den Mörder festzuhalten. Unangefochten erreichte ich die Eisenbahnstation und noch am selben Abend stand ich vor dem Untersuchungsrichter und erzählte ihm wahrheitsgetreu, was ich getan.

Der Prozess nahm einen raschen Verlauf. Meine Angaben bestätigten sich als vollkommen der Wahrheit entsprechend, und obwohl sich der Staatsanwalt pflichtgemäß alle Mühe gab, mich als schwärzesten Verbrecher, als Menschen voll des schnödesten Undanks hinzustellen, fiel meine Strafe doch wider mein eigenes Erwarten äußerst gelinde aus: Ich wurde nur wegen Totschlages zu zwei Jahren Kerker verurteilt. Die vielen bösen Dinge, die jetzt von Bartel bekannt wurden, vor allem aber die unsauberen Machenschaften, durch die er neben vielen anderen Menschen seinen Schwager und damit seine eigene Schwester um ihr Vermögen gebracht hatte, fielen bei den Geschworenen so schwer ins Gewicht, dass sie mir alle ihre Sympathie zuwandten. Wäre meine militärische Vorstrafe nicht gewesen, ich wäre sogar noch glimpflicher darausgekommen.

Ich nahm das Urteil mit aller Ruhe hin, ja, es erfüllte mich sogar eine gewisse Genugtuung. Da Bartel nicht verheiratet war und auch sonst keine Menschen mit näheren Ansprüchen vorhanden waren, musste also Marie die Erbin der Mühle und seines Vermögens sein und ich hatte sie also, ohne dies zu wollen, vor dem traurigen Lose bewahrt, ihr Brot vor fremden Türen suchen zu müssen. Ich hatte sie und mein Kind gerettet.

15.

Noch immer liegt die Sommerglut über der Landschaft. Alles Gras ist vergilbt und selbst auf den Bäumen rollt sich schon das Laub ein und färbt sich gelb. Meine Quelle, die noch in keinem der Jahre, da ich hier in der Einsamkeit lebe, ausgetrocknet ist, nun gibt auch sie keinen Tropfen mehr und ich muss mir mein Wasser vom See holen. An den

Fichten- und Tannenstämmen rinnt das Harz in hellen Bächlein herab und ein Duft steht in der Luft, drückend und schwül, dass man kaum atmen kann. Wie Schleier von stumpfem Bleigrau zieht es sich um die Berge und selbst in den Nächten ist nicht mehr das klare, dunkle Blau zu sehen, sondern ein trübes Dunkel, aus dem die Sterne nur ganz matt hervorleuchten. Ab und zu jagen Blitze durch den Nachthimmel und in weiter Ferne grollt ein dumpfes Murren auf; aber das erlösende Gewitter will nicht kommen.

Die Vögel singen nicht mehr, sondern ab und zu wird nur ein leises Piepsen laut, die Rehe und Hirsche ziehen langsam zum See und scheinen wie in der futterarmen Winterszeit alle Scheu abgelegt zu haben, denn wenn ich mit meinem Kruge an das Ufer komme, da heben sie wohl spähend die Häupter, sehen mich aber ganz ruhig, fast traurig an und ziehen langsam, den Boden nach einem grünen Kräutlein ab-schnuppernd, in den Hochwald zurück.

Ein tiefes, banges Müdesein hat von der ganzen Natur Besitz ergrif-fen, ein Gleichgültigsein und stumpfes Fügen ins Unvermeidliche. Vielleicht ist's auch nur ein Träumen, ein ahnendes Erwarten. Denn mitunter seh ich's, da geht durch einen Baum plötzlich ein leises Zittern, da ist's, als hätte ihn der Gedanke an ein nahes Glück erfasst, das ihn süß durchbebt.

Denn nichts kommt von ungefähr, alles muss kommen und meldet sich in geheimnisvollen Schauern an. Die natürlichen Wesen empfinden diese Schauer; der Mensch ist ihnen fremd geworden, weil er sich der Natur entfremdet hat.

Auch in mir zittert nun manchmal solch ein geheimnisvolles Schauern auf und mir ist dann, als müsste etwas kommen, was meinem Frieden eine göttliche Krone auf das leuchtende Seraphshaupt drückt, als müsste sich mir noch eine Tiefe erschließen, voll der heiligsten Wunder, und als müsste eines derselben aufsteigen und meinem so still und schön gewordenen Leben die letzte Weihe geben, das letzte unverstandene Sehnen stillen, das mir dann und wann wie ein fernes Wetterleuchten durch die traumstille Seele huscht.

Vielleicht kommt's, wenn sich in diesen Blättern der Ring meines Lebens geschlossen hat. Darum will ich eilen und von der letzten Sta-tion auf meinem Pfade zum Frieden der Einsamkeit erzählen.

Ich war also Sträfling. In einem weiten, grauen Saale wurde ich mit anderen damit beschäftigt, Papiersäcke zu kleben. Stunde um Stunde stand ich dort und verrichtete mechanisch diese Arbeit. Meine Gedanken aber, die gingen weit, weitab von dieser grauen, eintönigen Welt ihre Wege und besonders nachts, wenn ich in der dunklen Zelle wach auf meiner Pritsche lag, da wichen die Mauern um mich und ich fand mich in einem fremden Lande und da gab es kein Verbrechen, da war nur harte, unerbittliche Notwendigkeit.

Und als ich wieder einmal durch dieses fremde Land schritt, da kam meiner müden, zermarterten Seele eine andere entgegen und die fragte die meine: »Warum bist so müde und warum blutest du?«

Und da sprach meine Seele leise: »Ich habe geliebt.«

Da brach ein hartes, herrisches Leuchten aus der anderen Seele hervor und sie sagte: »Dann musst du allerdings leiden. Denn wer liebt, muss auch hassen und der Hass schlägt seinem eigenen Herrn die schmerzlichsten Wunden. Tue ab deine Liebe und du wirst stolz, stark und gesund werden. Nichts so lieben, dass es weh tut, wenn man's verliert, nichts so hassen, dass man ihm nicht doch die Hand reichen möchte, das ist das Vernünftige. Nur so kommst du zur Ruhe und Ruhe ist Kraft.«

Tagelang sann ich über diese Worte nach, die die dunkle Nacht zu mir gesprochen, und immer wieder und wieder ließ ich mein Leben an mir vorüberziehen. Und es war wirklich so: Die Liebe hatte mich in dieses graue Haus gebracht, die Liebe, die den Hass an der Hand führte. Von ihr musste ich mein Herz lösen und ich tat es.

Wie ein eisiger Hauch ging es durch meine Seele, alles ertötend, was noch an menschlicher Liebessehnsucht darinnen lebte und webte, und dann war ich einsam, so einsam, dass mir vor mir selber graute.

Und wieder gingen meine Gedanken auf Wanderschaft und die Frage stieg vor mir auf: Was wird das werden, wenn du wieder unter die Menschen zurückkommst? Du wirst dich abfinden müssen, denn wenn du leben willst, so bist du auf sie angewiesen. Das Königtum meiner eben erworbenen Einsamkeit bäumte sich dagegen auf und ich beneidete das Tier, das das Glück genießt, auf sich selbst gestellt zu sein.

Aber bald sagte mir mein Denken, dass auch das Tier von seinesgleichen abhängt, wieder vom Tiere, und damit tröstete ich mich. Aber eines stand fest in mir: Ich wollte den Menschen dienen, mir von ihnen mein Brot verdienen, aber mit meinem Herzen sollten sie nichts mehr zu tun haben. Niemand lieben und niemand hassen: Das sollte in Zukunft mein Leitstern sein.

Der Gefangenhausdirektor, ein guter Mensch, der, wie ich heute weiß, die lebhafteste Sympathie für mich hegte, hatte schon einen Posten für mich in Aussicht. Ich sollte bei einem reichen Holzhändler, welcher Mitglied des Vereins zur Unterstützung für entlassene Sträflinge war, Aufseher über den Holzplatz werden.

Aber ehe er noch dazukam, mir von dem günstigen Abschluss seiner Verhandlungen zu erzählen, fand ich meinen ferneren Lebensweg.

Eines Tages wurde ich gerufen: Eine Frau wünsche mich zu sprechen.

Meine Ahnung bestätigte sich: Es war Marie. Die Sorge um mich hatte sie hierher getrieben. Sie wusste, dass meine Strafzeit zu Ende ging und war gekommen, mir ihren rettenden Arm zu bieten.

Als ich eintrat, zuckte sie zusammen, dann aber reichte sie mir beide Hände und sagte: »Grüß dich Gott, Heini!«

Kein Wort kam sonst über ihre Lippen, aber in ihren Augen lag Liebe, Glück und Leid. Noch heute fühle ich diesen Blick in all seiner Innigkeit; dazumal aber wandte ich mich ab.

Es herrschte eine Weile Stille.

Da nahm Marie das Wort und fragte: »Nit wahr, Heini, in einem Monat bist du frei?«

Ich nickte und sah sie fragend an.

Wieder musste sie sprechen und stockend kam es über ihre Lippen: »Heini, ich möchte dich bitten, zu mir auf die Mühle zu kommen!«

Diese Bitte kam mir unerwartet, aber auch unerwünscht. Ich wollte nicht mehr unter Menschen und darum erwiderte ich: »Nein, das geschieht nicht. Ich bin mein Leben genug unter Menschen gewesen und diesem Aufenthalt verdank ich dieses Gewand hier. Ich möcht's jetzt einmal allein probieren. Zu dir kommen, ginge aber überhaupt nicht. Über kurz oder lang müsste ich da ja doch einen niederschlagen, der sagen täte, ich hätte deinen Bruder nur deswegen umgebracht, damit du Geld kriegst und ich mich bei dir ins warme Nest setzen kann. Und dann: Was würden die Leute sagen, wenn du einen Zuchthäusler, den Mörder deines Bruders, bei dir hättest! Nein, nein, ich bleib allein.«

Marie hatte das Haupt gesenkt. Nun hob sie es stolz empor und sagte: »Was die Leute sagen, ist mir gleich, was mir mein Herz sagt, das ist für mich das Wichtigste.«

»Und für mich das, was mein Kopf sagt«, warf ich ein, »mein Herz hat schlafen gehn müssen. Ich will nicht, dass es am Ende in der Mühle noch einmal aufgeweckt würde.«

Aber Marie gab ihren Plan nicht so leicht auf: »Heini, ich glaube, uns hat das Schicksal so arg in die Hand genommen, dass wir nichts mehr zu fürchten haben. Ich will dich nur bei mir haben, um dich vor Not sicher zu wissen. Ich hätte ja auch eine Arbeit für dich: die Oberaufsicht über die Kohlenbrennerei im Seeforst. Das könntest du ja doch leicht besorgen. Schau, Heini, es hat halt nit sein sollen, dass wir zwei einmal zusammenkommen. Warum, das wissen wir nit. Aber es ist so und wir müssen uns fügen. Aber um das eine bitt ich dich, Heini, lass mir wenigstens den Trost, dass ich dich sicher vor Not und Elend weiß. Für mich hast du gelitten, meine Pflicht ist's, dafür zu sorgen, dass du in Zukunft in Ruh und Frieden leben kannst.«

Ihre Stimme zitterte und ihre Augen hatten sich mit Tränen gefüllt.

In mir war für einen Augenblick ein heißer Strom aufgewallt; aber er verrieselte im Wüstensande meines Herzens und kalt entgegnete ich: »Ich hab nicht für dich gelitten, sondern nur für mich selber. Als ich deinen Bruder niedergeschlagen habe, da hab ich nicht an dich gedacht, da hab ich nur meine eigene Wut befriedigt. Du bist mir nichts schuldig.«

Marie sah mich starr und entsetzt an, dann rief sie: »Nein, Heini, das glaubst du selber nit. Weil sie dich schlecht gemacht haben, liegt dir nichts mehr dran, und du willst dich selbst auch schlecht machen. Heini, das darfst du nimmer sagen!«

Ich zuckte die Achseln, und es war mir wirklich vollkommener Ernst, als ich sagte: »Ob sie mich schlecht gemacht haben oder nicht, das ist mir gleichgültig. Was mein Verteidiger gesagt hat, ist mir geradeso gleichgültig, wie das, was der Staatsanwalt gesagt hat. Für mich gilt nur das mehr, was ich selber über mich denke. Andere Leute gelten mir nichts mehr.«

Marie sah mich groß und traurig an und fragte leise: »Auch ich nit?«
»Auch du nicht.«

Da senkte sie den Kopf und ein Schluchzen erschütterte ihren Körper.

In mir ward kein Mitleid wach, sondern nur ein Gefühl unendlicher Erhabenheit über dies kleine Menschentum. Ich legte dem weinenden Weibe die Hand auf die Schulter und sagte: »Wein nicht, Marie, es steht nicht dafür. Ich habe zu viel denken gelernt, als dass wir zwei uns noch verstehen könnten. Aber wenn dir's irgendeinen Trost gewähren kann, so verspreche ich dir, dass ich mir deinen Antrag überlegen will. Irgendetwas muss ich anfangen und vielleicht passt mir die Kohlenbrennerei im Seeforst am besten. Für mich ist die Hauptsache, dass ich allein sein kann.«

Da schlug Marie ihre tränenfeuchten Augen zu mir auf, und wie ein zarter Sonnenstrahl leuchtete es in denselben auf, als sie sprach: »Ja, Heini, versprich mir's, dass du wenigstens kommst. Wie du dir's einrichten willst, das sei dir überlassen. Wenn du glaubst, dass du nur mehr allein sein kannst und darfst, ich will dir nicht dreinreden. Also gib mir die Hand darauf.«

Ich reichte ihr die Hand, und so bin ich nach Ablauf meiner Strafzeit der geworden, der ich heute bin, der Kohlenbrenner im Seeforst.

Marie hat mir die Hütte etwas wohnlicher herrichten lassen und Woche für Woche bringt mir ein Knecht aus der Mühle die nötigen Lebensmittel.

Im Anfange habe ich mich scheu von allen Menschen ferngehalten und vermied es selbst mit dem zu sprechen, der mir die Nahrungsmittel brachte oder die Kohlen holte. Aber diese Art Einsamkeit war mir kein Segen. Meine Gedanken waren noch immer bei den Menschen, und fühlte ich auch keine Liebe, keinen Hass, ein Groll war doch da, ich machte die Menschen für mein verpfuschtes Leben verantwortlich.

Allmählich aber begann der Wald zu mir zu sprechen. Öfter und öfter geschah es, dass ich der Menschen ganz vergaß und nur mehr den Stimmen lauschte, die da um mich tönten: dem Windgesang in den Wipfeln, dem Läuten der Hummeln über den blühenden Kräutern, den raunenden Stimmen der Nacht und dem lauten Jubel der lichtfreudigen Sänger. Und da wachten auch meine Augen auf, und mit stummem Entzücken tranken sie die Schönheit von Licht und Farbe im Wechsel der Tages- und Jahreszeiten. Zum ersten Male glaubte ich nun das leuchtende Silber der Mondnacht zu sehen, das samtene Dunkel des sterngestickten Himmels, den Rosenflor der Morgenfrühe und den Goldstrom des Abends. Neu war mir die weiße Wunderwelt des Winters und das große, zitternde Schweigen glühender Sommertage.

Und je mehr ich mich diesem Schauen und Lauschen hingab, desto tieferes Glück zog in meine Seele ein und dieses Glück führte einen scheuen Gast an seiner Hand: die Liebe. Jede Schönheit weckt Liebe. Und da wurden mir alle die Wesen, Tier und Pflanze, um mich vertraut und sie in ihrem lauten und leisen Leben zu beobachten, war nun das Licht meines Tages. Wie tief hat es mich geschmerzt, wenn ich eines der geliebten Wesen sterben sehen musste! Da ist es mir wohl mitunter gewesen, als sei all die Schönheit trügerischer Schein und die Freude daran Verruchtheit. Aber als ich eines Tages an der Stelle, wo ich ein verendetes Reh begraben hatte, einen so üppigen Flor von Waldblumen fand, wie nirgends sonst, da wusste ich, dass auch aus dem Tode neues Leben erblüht. Und kann tot sein, was neues Leben schafft?

Mir war, als hätte bisher ein Vorhang vor meiner Seele geschattet und eine starke Faust hätte ihn nun plötzlich weggerissen. Eine Segensflut heiligen Lichtes durchströmte meine tiefsten Tiefen und jauchzend ward ich mir bewusst: Es gibt keinen Tod, es gibt nur ewiges Leben. Was vergeht, ist nur Form, das Wesen bleibt von Ewigkeit zu Ewigkeit. Diese Welt aber ist die Welt der Form. Wenn sie ihren Zweck erfüllt hat, fällt sie. So verwittert der Stein, so verwelkt die Pflanze, so verendet das Tier, so stirbt der Mensch, so wird einst dieser riesige Erdenball, in Atome zersplittert, ans Herz der Urmutter Sonne zurücksinken. Aus Mutterarmen kommen wir, in Mutterarme gehen wir und einsam sind wir nur, solange wir an die vergängliche Form gebunden sind. Sie aber ist notwendig, notwendig wie für den Schmetterling die Puppe, aus der er zum Lichtdasein erwacht.

So habe ich mich mit der Einsamkeit abgefunden und so ist sie mir Freundin, ja noch mehr, sie ist mir mein Lebenslicht geworden.

Millionen und Millionen leben neben mir auf dieser Erde. Aber ich muss einsam sein, denn ich muss den Zweck meiner Form erfüllen und dazu kann mir kein Mensch etwas geben, davon kann mir keiner etwas nehmen. Niemand kann für einen andern leben oder sterben; er tut es nur immer für sich selbst.

Seitdem ich dieses Gesetz begriffen, ist in mir Friede, und kein Mensch ist imstande, denselben zu stören. Ich weiche deswegen auch keinem Menschen mehr aus, denn ich weiß, er kann meine Kreise nicht stören. Ich bin der Einzige auf der weiten Welt!

Der einsame Einzige! Und doch fühle ich, wie ich mit allem ringsumher aufs Innigste verkettet bin. Ein Ring schließt mich mit all dem zusammen, was ist. Und in diesen Ring gehören auch die Menschen, die Menschheit. Ich diene ihr gerne, insofern jedes Glied in dem Ringe ein dienendes ist. Aber ich bleibe einsam, weil ich mich fernhalte von der Sünde der Menschen, die darin besteht, sich hochmütig aus dem

Ringe zu lösen, mehr und Besseres sein zu wollen als die anderen, sich der Notwendigkeit zu entziehen.

Wie sie rennen und jagen und Geld und Gut und Ehre und Glück suchen! Wie sie bluten und verbluten an ihrer irren Sehnsucht! Und das Glück liegt doch so nahe!

Wie ruhig und wie heiter man wird, wenn man die Menschen aus der Ewigkeitsperspektive betrachtet! Lächelnd sieht man ihr Lieben und Hassen, ihr Siegen und Verzweifeln. Es ist ja alles nur Traum.

Wie ruhig ich nun mit Marie reden kann, wenn sie manches Mal zu mir in meine Einsamkeit heraufkommt, wie ruhig ich an alle denken kann, die jemals in mein Leben getreten sind!

Marie ist glücklich, mich so glücklich zu sehen, und sie ist die Wohltäterin der Armen der ganzen Umgegend geworden.

Durch mein Haar ziehen sich die ersten silbernen Fäden, und wenn ich Marie ansehe, dann ist mir auch, als läge ein ganz leiser Reif über ihrem Scheitel. Unser Bub aber ist ein starker froher Mann, der auf seine Art das Leben meistert. Er ist Herr der Mühle, hat Weib und Kind und tut doch nichts, ohne seine Mutter zu fragen.

Er weiß, dass ich sein Vater bin und ist auch als Kind oft bei mir gewesen. Jetzt kommt er nur mehr sehr selten. Er weiß mit seinem Vater nichts zu reden. Noch hängt er ja mit allen Fasern seines Herzens an der Welt der Erscheinungen und es dünkt ihm jedenfalls verrückte Grübelei, hinter diesen nach dem Glück zu suchen.

Ich war ja nicht anders. Wenn ich das Bilderbuch meines Lebens aufschlage, sehe ich überall bunte Szenen aus einem an die Erde gebundenen Leben. Da sind Frauen, die ich liebte, ein Freund, und da sind auch Männer, die ich hasste! Ein Dichter hatte ich werden wollen und der Lorbeer schien mir höher als eine Königskrone.

Ich bin kein Dichter geworden; und doch fühle ich es um meine Schläfen wie einen Kranz. Aber es ist kein Lorbeerkranz und er ist auch nicht aus duftenden Veilchen oder glühenden Rosen geflochten, sondern aus großen, kühlen Blumen, die in einem fernen, fernen Lande weit von dieser Erde gewachsen sind. Ihr Duft macht fiebernde Stimmen heiter und heiße Herzen kühl und friedsam; er löst die Seelen aus irdischen Gefängnissen und lässt sie in seligem Tanz zurückkehren in den Reigen kreisender Welten, weit, weit, jenseits aller gemessenen Sonnensysteme und Milchstraßenunendlichkeiten. Wer diesen Duft in sich gesogen, der tritt aus den Reihen der um die irdische Form sorgenden

Menschheit, und im Königsmantel der Einsamkeit schreitet er durch die hohen Pforten der Ewigkeit ins Land des Friedens.

So will auch ich meinen Pfad weiter wandern, und wenn einst die Stunde kommt, wo diese Form zerfällt, dann wird kein Abschiedsweh meine Seele durchzittern, in stillem Jubel wird sie hineingleiten in den Strom, der ohne Anfang und Ende durch die Äonen flutet.

16.

Eben war ich gestern daran, unter diese Blätter der Erinnerung das Schlusswort zu setzen, da wurde ich unterbrochen: Heri ist zu mir gekommen und Marie hat sie zu mir geführt.

Ins Schreiben vertieft, sah ich nicht, wie sie beide herankamen; erst als sie schon unter der Türe standen, machte mich der Schatten aufsehen.

»Heinrich«, sagte Marie, »ich habe da jemand gebracht, der mit dir reden will! Kennst du diese Frau?«

Und ob ich sie erkannte! Sie sah wohl älter aus, als sie war und jedenfalls viel älter als Marie, ihr Haar war grau und Kummer hatte mit scharfem Meißel in ihrem Gesicht seine Spuren eingegraben, aber das Auge, das dunkle, das hatte sein wundersames Leuchten nicht verloren, wenn auch jetzt eine bange Frage darinnen lag.

Ich verstand diese Frage und ruhig beantwortete ich sie damit, dass ich Heri die Hand bot und sagte: »Grüß Gott, gnädige Frau. Es freut mich, Sie wieder einmal zu sehen.«

»Ich hatte gehört, dass Sie hier sind«, sagte sie noch immer scheu und unsicher, »und da ich im Schloss drunten eine Sommerwohnung bezogen habe, konnte ich die Gelegenheit nicht vorübergehen lassen, Sie einmal zu sprechen. Ich habe ja noch etwas abzubitten!«

Ich machte eine abwehrende Handbewegung, aber sie fuhr fort: »Ja ganz gewiss; vor Marie da habe ich schon mein Herz ausgeschüttet, ich muss es auch noch vor Ihnen, Heinrich, und wenn ich weiß, dass Sie mir verziehen haben, dann erst wird mein Herz Ruhe haben. Und es sehnt sich nach Ruhe.«

Der Ton der letzten Worte bestätigte mir, was mir die Runenschrift in ihrem Antlitz schon gesagt hatte: Diese Frau hatte schwer gelitten. Wozu alte Schmerzen aufwecken wollen?

»Lassen Sie's, gnädige Frau«, sagte ich, »ich habe Ihnen nichts zu verzeihen. Wir sind beide einmal jung gewesen, jung und töricht. Das Leben hat uns andere Wege geführt, als wir glaubten, und wir mussten sie gehen. Nun sind wir wohl beide über den Sturm und Drang von damals draußen und wenigstens ich, ich bin demütig geworden und weiß, dass ich nicht mehr Recht habe, mich gegen mein Schicksal, wie es genannt wird, aufzulehnen, als es die Blüte hat, die der Sturm vom Zweige reißt. Was geschah, das geschah, weil es geschehen musste.«

Heri sah mich tief an, dann sagte sie: »Marie hat mir schon gesagt, dass Sie sich eine ganz eigene Religion zurechtgelegt haben. Und sie mag vielleicht auch die richtige sein. Aber ich trage das Schuldgefühl, und von dem kann ich mich nur befreien, wenn Sie mir gestatten, Ihnen alles zu erklären. Ich bitte Sie, Heinrich, lassen Sie mich reden!«

Dieser flehentlichen Bitte nickte ich nach kurzer Überlegung Gewährung. Was konnte mir diese Frau viel anders sagen, als ich ohnehin wusste und ahnte.

Und sie erzählte mir nun, wie es damals ihre Tante allein gewesen sei, die mich durch die Ableugnung meines nächtlichen Besuches im Garten um die Möglichkeit gebracht hatte, weiter zu studieren. In der Sorge um den Ruf der Nichte und ihres eigenen Hauses hatte sie ihr angesehenes Wort gegen das des mittellosen Studenten in die Waagschale geworfen und sie war es auch gewesen, die dann auf die Heirat mit dem Oberleutnant von Steindl gedrängt hatte.

»Sie hat mein Herz so verwirrt«, fuhr Heri fort, »dass ich schließlich für Liebe hielt, was nur bloßes Gefallen war, und so bin ich nach kurzem Rausch als unglückliche Frau erwacht. Mein Mann hatte mehr Schulden, als mein Vater zu decken imstande war, und als dann auch die Tante nicht so helfend einsprang, wie mein Mann erwartete, gingen die häuslichen Szenen an. Ich hatte dann auch erfahren, was mit Ihnen, Heinrich, geschehen war, und das verstörte mich so, dass ich alle Lebenslust verlor. Als ich einmal in seiner Gegenwart der Tante über ihre meineidige Handlungsweise Vorwürfe machte, glaubte er das Recht zu haben, mich mit gemeinen Anwürfen zu quälen, und so haben wir dann nebeneinander gelebt in gegenseitigem Hass. Es hat Stunden gegeben, wo ich sogar das Kind hasste, den Knaben, den ich ihm geboren hatte. Es ist vielleicht kein Offizier so gerne in den Krieg gegangen wie mein Mann, und ich sage es aufrichtig, ich fühlte es als Erlösung, als er einrückte. Und er ist nicht mehr gekommen!«

»Er ist als Held gestorben!«, warf ich ein.

»Es wurde mir auch so gesagt und ich danke ihm noch heute dafür, dass er mir wenigstens den Trost ließ, seinem Kinde etwas Gutes von seinem Vater sagen zu können.

Ich habe meinen Sohn mit aller Sorgfalt erzogen, und als er als schmucker Leutnant vor mir stand, da war ich tatsächlich so stolz auf ihn, wie es nur eine Mutter sein kann. Aber bald machte sich das Erbteil meines Mannes, der Leichtsinn, bei ihm bemerkbar und ich musste öfter in die Tasche greifen, um seine Schulden zu decken. Als er erkannte, dass auch mir dies nicht mehr möglich sei, griff er zum Aushilfsmittel seines Vaters, er heiratete. Zwei Kinder gab ihm seine Frau, mit dem dritten wurde sie in den Sarg gelegt. Ein Jahr darauf fiel mein Sohn in einem Duell, das in einem Spielstreite seine Ursache hatte. Nun habe ich die beiden Kinder bei mir, das einzige, was mir in diesem Leben geblieben ist. Ja, Heinrich, ich habe gelitten, furchtbar gelitten, und nie mehr, als ich in den Zeitungen Ihre begreifliche Tat an Mariens Bruder las. Da schrie es in mir auf: Das hast du verbrochen. Du hast ihn aus seiner ursprünglichen Bahn geworfen, auf deinem Gewissen liegt die Last zweier verlorener Leben. Ich habe aufgeatmet, als ich vor ein paar Monaten erfuhr, dass Sie nicht Ihrem Schicksale erlegen sind. Und nun bin ich da und noch mal bitte ich Sie: Sagen Sie mir das Wort, dass Sie mich nicht verachten, dass Sie mir verzeihen!«

Sie hatte die letzten Worte so flehend, so drängend gesprochen, dass ich nicht anders konnte, als ihr die Hand zu reichen und ihr aus aufrichtigem Herzen zu sagen: »Nein, gnädige Frau, ich verachte Sie nicht und wenn ich Ihnen einmal gegrollt habe, so ist das längst, längst vorbei. Ich bin ein zufriedener und wahrhaft glücklicher Mensch geworden und mehr hätte ich auch nicht werden können, wenn meine Jugendträume in Erfüllung gegangen wären. Für die Wege, auf denen ich zu diesem Glücke geführt wurde, kann ich nicht Sie, kann ich keinen Menschen verantwortlich machen.«

Auf diese Worte sah Heri eine Weile träumend vor sich hin, dann nickte sie, und plötzlich ihre in Tränen schwimmenden Augen zu mir aufschlagend, fasste sie zugleich meine Hand und ehe ich noch abwehren konnte, hatte sie einen Kuss darauf gedrückt.

Ich sprang auf, im tiefsten erschüttert und unwillkürlich entfuhr es mir: »Aber Heri!«

Aber kaum war das Wort über meine Lippen, erkannte ich meinen Fehler und ich wollte mich verbessern: »Gnädige Frau!«

Doch mit unendlich glücklichem Schimmer in den noch immer schönen Augen sagte sie: »Nicht, Heini, ich danke dir, dass du das Wort aus unserer schönen, schönen Jugend gefunden hast. Nun weiß ich, dass du mir wirklich verziehen hast, wie mir auch meine liebe Marie hier verziehen hat.«

Und zugleich wieder meine und Maries Hand fassend, fuhr sie fort: »Wir drei. So hat uns das Schicksal wieder zusammengeführt. Eine späte Sonne über unserem Leben, aber doch eine Sonne. Und wir wollen sie genießen, solange noch unser Tag währt. Du, Marie, hast deinen Sohn und deine Enkel und deine Armen, ich habe meines Sohnes Kinder, da können wir noch viel Liebe geben. Und wenn uns das Leben noch einmal schwer werden sollte, Heini wird uns zeigen, wie man's überwindet.«

Ich soll diesen Frauen sagen, wie man überwindet! O Heri, weißt du nicht, dass du einen neuen Brand in mein Leben geschleudert hast. In Taten der Liebe werdet ihr, du und Marie, eurem Leben die Weihe geben. In eurer Liebe dient ihr dem Ewigen. Doch was habe ich getan? Ist es wirklich so hoch und erhaben, über Menschenleid und -lust zu stehen, der Einzige auf der weiten Welt zu sein? Ist es nicht größer, sich durch eine Tat heiliger Liebe aus der Einsamkeit zu lösen? Von irdischen Schlacken hast du dein Herz befreit, Heinrich Binder, du bist demütig und rein geworden im Gedanken der Notwendigkeit, nun aber lasse dein Herz noch einmal aufflammen im Feuer selbstloser Liebe. Schenke dir Gott eine große Liebestat, dann magst du gekrönt, wie es dein Traum ist, in das Friedensland der Ewigkeit eingehen!

Damit schließt die Geschichte seines Lebens, wie sie der einsame Kohlenbrenner Heinrich Binder im Seeforst selbst niedergeschrieben hat. Er hat nicht geahnt, dass die große Liebestat, nach der er rief, die seines Lebens letzte Sehnsucht war, schon vor der Türe seiner harrte.

Frau Heriberta von Steindl, die mir diese Blätter gab, hat mir auch den Schluss dieses seltsamen Menschenlebens erzählt.

Zwei Tage nach ihrer Begegnung mit dem Jugendgeliebten stieg sie wieder mit Marie und ihren beiden Enkeln zur einsamen Köhlerhütte empor.

Es war der letzte Augusttag, glutzitternd, wie die vorausgegangenen.

Während die Frauen mit dem Freunde im Schatten der Hütte saßen und von vergangenen Tagen sprachen, trieben sich die Kinder im Hochwald umher.

In ihr Geplauder vertieft, hatten es die drei Menschen nicht acht, dass über dem Gamsstein ein tellergroßes Wölklein aufgezogen war, das rasch anwuchs, die Sonne erst in dunstige Schleier hüllte und dann immer dunkler sich färbend, sich mehr und mehr über die Berggipfel senkte. Erst als der erste bange Windstoß durch den Wald fuhr, da schreckten die ganz in ihre Erinnerungen vertieften Menschen auf.

Ein Blick zeigte dem des Wetters kundigen Manne, dass in der nächsten Viertelstunde schon das Gewitter losbrechen musste.

Da eilten alle drei, nach den Kindern rufend, in den Wald. Endlich ward ihren angstvollen Rufen Antwort. In dem Wildgraben, der vom See zum Gamsstein emporzieht, waren die beiden über Felsblöcke und Trümmerwerk emporgeklettert und nun schwenkten sie hoch herab ihre weißen Strohhüte und jubelten ihr stolzes: »Hurra!«

Da erhob Frau von Steindl ihre Stimme: »Kommt augenblicklich herab, in der nächsten Minute ist das Gewitter da!« Und als wollte die Natur selbst ihre Warnung bestätigen, brach aus dem dunklen Wolkentuch ein fahler Blitz und langhin durch die Felsen rollte der erste Donner.

Nun begannen die Knaben abwärts zu klettern. Aber das ging noch langsamer als das Aufwärtssteigen, und als sie etwa ein Viertel ihres Weges zurückgelegt hatten, da flammte plötzlich ringsum blendender Schein, als schlage der ganze Wald in einer einzigen Lohe empor, der Boden bebte unter betäubendem Krachen und im nächsten Augenblick barsten die Wolken und mit dem mächtigen Rauschen eines Stromes schütteten sie ihr Wasser auf die ausgedorrte Erde.

Und nun war ein Brausen und Rollen und Schmettern und Flammen und Lodern ringsum, als sei der Tag der allgemeinen Vernichtung gekommen.

In den dichten Regenschleiern verschwanden die Knaben für einen Augenblick und die beiden Frauen schrien auf. Aber da erschienen sie auch schon wieder. Die Angst gab ihnen Kraft und Gewandtheit, dass sie schier wie Gämsen von Stein zu Stein sprangen.

Heinrich Binder aber war bis an den Rand des Wildbachbettes vorgesprungen und warf einen Blick in dieses hinab. Richtig, was er befürchtet, war eingetroffen, schon wälzte sich ein brauner Bach durch das Bett, das mit jedem Augenblick stieg und immer mehr und mehr Schlammassen herabwälzte. Keine fünf Minuten mehr und er war so stark, dass er die Knaben mit sich reißen musste, hinunter in die grausige Tiefe des Sees.

Auch die Knaben hatten die Gefahr erkannt und begannen zu schreien.

»Habt keine Angst«, rief ihnen der Kohlenbrenner zu, »springt da herab! Schaut, dass ihr auf den Stein dort kommt!«

Damit wies er auf einen Felsblock in der Mitte des Wildbettes, um den die braunen Schlammwasser zischten und schäumten.

Glücklich erreichte ihn der größere der Knaben und da sprang auch schon der Kohlenbrenner in die unheimlich rasch steigende Flut, watete die paar Schritte hinüber, fasste ihn und trug ihn ans rettende Ufer.

Der Kleinere aber, der nicht so rasch hatte folgen können, hatte sich ein kleines Stück weiter oben an einen Felsen angeklammert und schrie in seiner Todesangst wie ein Wahnsinniger.

Aber schon stand Heinrich Binder wieder im Wasser und obwohl er den Grund unter sich fortrieseln fühlte und Steine dahergesaust kamen, er arbeitete sich keuchend bis zu dem Knaben empor, der sich ihm an den Hals warf und diesen umklammerte, dass der Retter kaum atmen konnte.

Aber nun zurück. Binder hielt sich an der felsigen Uferseite, denn in der Mitte des Bettes war kein fester Grund mehr zu fassen. In jede Ritze der Felsen krallte er seine Finger, jede Zacke umklammerte er, mit dem Fuß zugleich immer nach dem nächsten sicheren Tritt tastend. Schon war er in nächster Nähe der Stelle, wo die zurückweichenden Felsen einen Sprung ans Ufer gestatteten, da schoss ein mächtiger Wasserschwall daher, er verlor den Grund, taumelte und wäre unfehlbar samt dem Knaben in die Tiefe gerissen worden, wenn nicht Frau von Steindl, ohne sich zu besinnen und das eigene Leben in die Schanze schlagend, in die quirlende Flut gesprungen wäre und mit der Kraft, die die Verzweiflung gibt, nach dem Köhler gefasst hätte, während sie mit der Linken zugleich einen Fichtenschössling umkrallte, der am Ufer stand.

Und wirklich gelang es, dass sich der Köhler mit ihrer Hilfe wieder auf die Beine brachte. Während seine Hand ebenfalls nach dem Fichtenschössling griff, keuchte er ihr zu: »Schau, dass du hinauskommst und nimm das Kind, ich komm schon nach!«

Aber fast im selben Augenblick schoss, von den Fluten dahergesprengt, ein kopfgroßer Stein gegen seine Brust und mit ächzendem Aufschrei wollte Binder eben den Fichtenschössling loslassen, als auch Marie herbeisprang, den neuerdings Taumelnden erfasste und mit Aufwendung aller Kraft ans Ufer zog.

Heinrich Binder war gerettet und ebenso die beiden Knaben. Während aber die Kinder mit dem bloßen Schrecken und vollständiger Durchnässung davongekommen waren, sah es mit jenem schlecht aus.

Aus seinem Gesicht war alle Farbe gewichen und aus seinem Munde sickerte Blut. Heinrich Binder war ohnmächtig und er kam auch nicht zum Bewusstsein, während ihn die beiden Frauen durch den Wettersturm in die Hütte schleppten.

»Da muss ein Doktor her!«, keuchte Marie. »Bleib du bei ihm, ich laufe in die Mühle hinab.«

Und durch den Regenguss und das Brüllen und Flammen um sie, eilte sie in die Mühle, und während ihr Sohn mit seinem leichten Wägelchen nach dem Doktor jagte, stieg sie mit stürmendem Herzen wieder empor zum Seeforst.

Heriberta von Steindl hatte einstweilen die beiden Knaben des triefenden Gewandes entkleidet und in Decken gewickelt auf der weichen trockenen Streu des Nebenraumes gebettet. Dabei ließ sie aber den Bewusstlosen nicht außer Acht, aus dessen blutleeren, halb geöffneten Lippen fortwährend ein Röcheln kam, das mitunter zu einem leisen Stöhnen anschwoll.

Frau Heriberta war ratlos. Sie hatte dem leblosen Manne die Kleider über der Brust geöffnet, aber es zeigte sich keinerlei äußere Verwundung und sie wusste nicht, was sie tun sollte.

So saß sie an dem Bettrande und starrte in einem fort in das bleiche Gesicht und ihre ganze selige Jugend zog an ihrem Auge vorüber. Wie sehr hatte sie dieser Mann da geliebt, wie schweres Leid hatte sie ihm zugefügt, und nun hatte er noch in aufopfernder Liebe das Letzte gerettet, was ihrem verlorenen Leben geblieben war: ihre Enkel.

Und da konnte Frau Heriberta nicht anders, sie musste sich niederbeugen und die schlaff auf der Bettdecke liegende Hand küssen, die das Rettungswerk vollbracht hatte.

Und als hätte er die zarte Berührung der bebenden Lippen und die heiße Träne, die auf die Hand fiel, gespürt, schlug der Kranke die

Augen auf und sah starr in die angstvoll fragenden Augen Frau Heribertas. Er musste sich erst besinnen, was geschehen war.

»Wie geht's dir, Heini?«, fragte Frau Heriberta und strich ihm eine feuchte Haarsträhne aus der Stirne.

Er tastete nach seiner Brust und hauchte: »Sterben!«

»Nein, Heini, du wirst nicht sterben! Wir werden leben und glücklich sein. Heini, die Sonne muss kommen!«

Er hörte diese Worte nicht mehr, eine neue Ohnmacht umfing ihn.

Und die Sonne kam wirklich. So rasch und furchtbar das Gewitter dahergekommen war, so schnell war es auch wieder verrauscht.

Als Marie den See entlang zur Hütte eilte, zeigte sich schon wieder blauer Himmel und die sinkende Sonne hüllte Wald und Felsen in blendendes Gold.

Und ein breiter Strahl dieser leuchtenden Pracht fiel auch durch das kleine Fenster auf das Lager, auf dem Heinrich Binder sich zum Sterben streckte. Noch einmal war er erwacht und wie ein glückliches Lächeln glitt es über sein blasses Antlitz, als er die beiden Frauen, die er so sehr geliebt, an seinem Lager sah. Jede von ihnen hatte eine seiner Hände gefasst und das letzte, was Heinrich Binder sah, war wie ein süßes Bild aus der Jugend. Vom Abendglanz verklärt, leuchtete das Antlitz der beiden Frauen wie im Schimmer blühender Jugend, ein Strom reinster Liebe flutete aus ihren Augen und auf diesem Strom schwamm Heinrichs Seele hinüber ins Friedensland der Ewigkeit, neuem Frühlinge, neuem Werden nach den ewigen Gesetzen der Liebe entgegen.

Und während an dem Lager des Entschlafenen die Frauen schluchzten, begannen draußen im Hochwald die Amseln, die seit Wochen geschwiegen hatten, zu singen, die Berge zündeten ihre purpurnen Riesenfackeln an und als sie verglommen, das Schluchzen der Frauen und die süßen Flöten der Amseln verstummt waren, da kam die Nacht und breitete ihren sterngestickten Königsmantel über den Einzigen auf der weiten Welt, der in heiliger Liebestat die Einsamkeit überwand, welche die Notwendigkeit allen großen Seelen auferlegt.

In deiner Liebe, Heinrich Binder, bist du unsterblich, denn das Ewige ist Liebe, sich selbst zum Opfer bringende Liebe!